Das Geheimnis von Schloss Auersbach

Heike Scholze

Bibliografische Information der Deutschen Nationalbibliothek: Die Deutsche Nationalbibliothek verzeichnet diese Publikation in der Deutschen Nationalbibliografie; detaillierte bibliografische Daten sind im Internet über dnb.dnb.de abrufbar.

Herstellung und Verlag: BoD – Books on Demand, Norderstedt

ISBN: 9783752658859

Inhalt

Kapitel 1 - Ferienbeginn

Ferien, endlich... Sophie hätte jubeln können vor Freude. Die letzten Wochen waren anstrengend, doch das spiegelte ihr Zeugnis leider nicht wieder. Gerade mal so versetzt, hatte der Klassenlehrer kopfschüttelnd gesagt und sie dabei durchdringend angesehen. Doch nichts konnte Sophie heute schocken, denn sechs Wochen Sommerferien lagen vor ihr, Schwimmbad, Treffen mit der Clique, Feiern gehen, sie würde es sich schon nett machen. Mit Grauen dachte sie an die vergangene Zeit und hätte nicht gedacht, dass sie es noch schaffen würde. Nach Schulschluss lief sie fröhlich lachend mit ihrer Clique zum Bus. Ihre Freundin Julia und sie ergattern einen Sitzplatz, während sich der Bus schnell füllte. Alle hatten heute nach der dritten Stunde aus, so war das Gedrängel groß. Während der Bus von Haltestelle zu Haltestelle schaukelte, schmiedete sie mit Julia schon die ersten Pläne, was sie alles in der freien Zeit unternehmen wollten. Sie drückte Julia noch einmal, bevor diese ausstieg, vergaß nicht ein „bis morgen in der Eisdiele" hinterherzurufen, dann ruckelte der Bus weiter. Ein paar Minuten später stand sie vor der Haustür und wunderte sich, warum diese nicht abgeschlossen war. Oben hörte sie ihre Mutter telefonieren. Eigentlich müsste ihre Mutter noch arbeiten, dachte Sophie, irgendwie seltsam, dass sie vor ihr zu Hause war. Sie legte die Schultasche in die Ecke und ging nach oben.

Ihre Mutter packte gerade ihren Koffer mit dem Telefonhörer ans Ohr geklemmt und schaute nur kurz auf. Das sah jetzt gar nicht nach gemütlichen Ferien zu Hause aus. Sophie ahnte nichts Gutes, als ihre Mutter das Gespräch beendete und zu erzählen begann. Ein Kollege war erkrankt und so sollte sie für ungefähr eine Woche nach Köln, um dort ein Bauprojekt zu betreuen.

„Ja aber“, war alles, was Sophie sagen konnte, während vor ihrem geistigen Auge der Ferienanfang zu zerplatzen drohte wie Seifenblasen. Das war ja mal wieder total ungerecht, dachte Sophie, während ihre Mutter ihr einen Vortrag über die Stadt und deren Vorzüge hielt.

Sophie verzog noch weiter das Gesicht als ihr einfiel, dass aus ihren Unternehmungen mit Julia und der Clique zunächst nichts werden würde.

Ihre Mutter schien die Gedanken zu erraten und redete weiter auf sie ein während Sophie ihrerseits versuchte, sie zu überzeugen, sie doch alleine zu Hause zu lassen. Davon wollte ihre Mutter natürlich nichts wissen. Immerhin war sie erst sechzehn, alleine zu Hause bleiben war also nicht.

„Geh packen Sophie!“, meinte ihre Mutter, „Wir müssen morgen früh sehr zeitig los.“

Sophie ging in ihr Zimmer, nicht ohne vorher der Schlafzimmertür einen kräftigen Schwung zu geben, so dass diese ins Türschloss flog. Genervt kam ihre Mutter hinterher.

„Was ist los, Sophie? Ich kann verstehen, dass du dir die Ferien anders vorgestellt hast, aber ich muss an meinen Job denken und bin froh, wenn ich mich weiter in meinem Beruf etablieren kann. So einfach und selbstverständlich ist das nicht als Architektin. Du weißt selbst, wie schwer ich es bisher hatte.“

„Ich würde so gerne hier bleiben, Mama“, versuchte sie ein letztes Mal, ihre Mutter umzustimmen. „Julia könnte doch zu mir ziehen und wir würden uns auch oft bei dir melden.“

Schon während Sophie diese Worte sagte, spürte sie, dass sie das besser nicht erwähnt hätte. Ihre Mutter war auf Julia nicht gut zu sprechen, war sie doch mit Schuld an Sophies schulischen Leistungen.

Sophie ging mürrisch in ihr Zimmer, um ihre Sachen zusammen zu packen, dabei hing sie ihren Gedanken nach. Sie konnte ihre Mutter schon verstehen, die letzten Wochen waren einfach chaotisch gewesen. Genau konnte sie es eigentlich gar nicht mehr sagen, aber vermutlich, als der neue Lehrer ihre Klasse übernommen hatte, hatte es angefangen. Er war sehr streng, kontrollierte jeden Tag die Hausaufgaben und vergab gerne Strafarbeiten. Den Stoff behandelte er zügig, so dass kaum noch jemand mitkam. Irgendwann hatte Sophie resigniert, so wie viele Mitschüler auch und ab einem gewissen Zeitpunkt ging es nach unten. Dazu kam, dass ihr Hobby viel Zeit in Anspruch nahm. Sie tanzte in einer Tanzgruppe, die an Fasching und zu anderen Feierlichkeiten auftrat. Die Proben verschlangen schon einen großen Teil ihrer Freizeit. Ihre Freundin Julia hatte sie zu allem Überfluss auch noch oft von den Hausaufgaben abgehalten. Julia konnte sich den durchgenommenen Stoff aus dem Unterricht schon immer gut merken. Sie brauchte zu Hause nur wenig nachbereiten und schrieb trotzdem gute Noten. Sophie musste sich alles immer hart erarbeiten und so war es kein Wunder, dass ihre Noten den Bach hinunter gingen. Der blaue Brief hatte alle wach gerüttelt. Sie bekam sofort Nachhilfe, ihre Mutter nahm sich Zeit, um mit ihr abends zu lernen und sie selbst büffelte, was das Zeug hielt. Es grenzte fast an ein Wunder, aber sie wurde versetzt. Das hieß aber auch, dass sie in den Ferien einiges aufarbeiten musste, um fit für das nächste Schuljahr zu werden. Das war kein schöner Gedanke.

Sie schaute sich noch mal im Zimmer um. Hatte sie alles, was sie brauchte? Gerade als sie den Koffer nach unten tragen wollte, rief ihre Mutter nach ihr. Sophie betrat das Schlafzimmer.

„Ich habe es mir noch mal überlegt", meinte ihre Mutter seufzend. „Vielleicht ist es keine schlechte Idee, wenn du jemanden mit nach Köln nimmst. Dann bist du nicht so alleine, denn den ganzen Tag wirst du sicher nicht lernen."

Sophie jubelte innerlich und sagte „Ich könnte Julia fragen, ob sie Zeit hat. Bitte Mama", bettelte sie und wunderte sich selbst, dass ihre Mutter den Widerstand aufgab. Vielleicht hatte sie ein schlechtes Gewissen, auf jeden Fall durfte Julia mit. Sofort griff Sophie zum Telefon, um Julia die freudige Botschaft mitzuteilen und alles Weitere zu besprechen. Nun konnten die Ferien beginnen.

Am nächsten Tag ging es zeitig los. Zunächst hatten sie Julia abgeholt und die beiden Mädchen machten es sich auf dem Rücksitz bequem. Hier konnten sie ungestört besprechen, was sie alles unternehmen wollten. Köln bot herrliche Möglichkeiten, schwärmte Julia und steckte Sophie mit ihrer guten Laune an. Die Fahrt verging im Fluge und als sie im Hotel ankamen erfuhren sie, dass die Firma für ihre Mutter und die Tochter zwei getrennte Zimmer gebucht hatte. Sophie und Julia waren ganz sprachlos über so viel Freiheit und begannen sofort, ihre Koffer in ihrem eigenen Zimmer auszupacken. Sophies Mutter kam nur schnell vorbei um ihnen mitzuteilen, dass sie sofort mit ihrer Arbeit beginnen müsste und nicht vor dem Abendessen zurück wäre. Wenn etwas wäre, sollten sich die Mädchen auf ihrem Handy melden.

„Was machen wir zuerst?“, wollte Julia wissen, nachdem die Kleidung halbwegs im Schrank und auf dem Bett verteilt war.

„Schwimmen?“

„Eine gute Idee und dabei schmieden wir Pläne, was wir alles unternehmen wollen. Hier gibt es einiges zu sehen. Lass uns noch schnell aufräumen, Ärger mit deiner Mutter wollen wir nicht bekommen.“

Die Mädchen holten ihre Schwimmsachen aus dem Schrank, schlossen die Tür und gingen zum Fahrstuhl. Im Schwimmbadbereich angekommen zogen sie sich um und bespritzten sich schon während des Duschens gegenseitig mit Wasser. Sie waren guter Laune und stellten fest, dass nicht viele Leute um diese Uhrzeit dem Wasserspaß frönten.

„Los!“, rief Sophie, „Wer zuerst im Wasser ist“. Fast gleichzeitig standen sie am Beckenrand und Julia berührte das Wasser zu erst.

„Muss das sein?“, ein älterer Herr zog seine Runden und fühlte sich durch die laute Ankunft der Mädchen gestört.

„Komm!“, meinte Julia, „Lass uns da hinten in die Ecke schwimmen, da sind wir hoffentlich ungestört.“

Während sie quer ans andere Ende des Schwimmbeckens schwammen, sahen sie eine ältere Dame, die in ein Buch vertieft war, im Liegestuhl sitzen. Hinten in der Ecke hatten eine Frau und ein Mann an einem Tisch Platz genommen. Er redete wild gestikulierend auf sie ein. Obwohl sie hier in einer Schwimmhalle waren, hatte er nur die Schuhe und Strümpfe ausgezogen. Ansonsten war er vollständig bekleidet. Auf dem Kopf trug er eine seltsame Kappe, die an eine Baskenmütze erinnerte. Von Weitem sah es so aus, als versuchte die Frau, ihn immer wieder zu beschwichtigen, aber er wollte sich nicht beruhigen. Auch sie hatte keine Badesachen an, war aber in kurzer Hose und T-Shirt irgendwie angemessener gekleidet. Als Sophie in ihre Nähe kam, konnte sie ein paar Wortfetzen aufschnappen: „Heute Abend, keine Angst, Pistole geladen“ – ihr Kopf drehte sich ruckartig zu dem Pärchen. Sofort sprachen diese leiser miteinander, als sie merkten, dass Sophie interessiert zuhörte.

„Was trödelst du denn so?“, Julia hatte es sich in einer Ecke des Schwimmbades bequem gemacht und spielte mit den Füßen an der Wasseroberfläche.

„Ich bin mir nicht sicher“, meinte Sophie, „aber das Pärchen da hinten, irgendwie – ach ich weiß nicht.“

„Also, was wollen wir heute noch unternehmen?“, fragte Julia, „Ich könnte mir vorstellen, wir nehmen nachher die U-Bahn und fahren zum Museum. Ich möchte mir dort unbedingt die Ausstellung ansehen, wenn wir schon mal hier sind.“

Sonderlich begeistert war Sophie darüber nicht, sie war nicht unbedingt für alte Ausgrabungen zu haben. Aber sie wollte auch keine Spielverderberin sein und ein bisschen Bildung konnte vermutlich nicht schaden. Außerdem würde das ihrer Mutter gefallen und sie könnte Pluspunkte sammeln. Man konnte ja nie wissen, wofür man die mal brauchte.

„Aber anschließend gehen wir Eis essen, das ist ja wohl klar!", meinte Sophie.

„Heute Abend will Deine Mutter bestimmt auch noch ein bisschen unsere Gesellschaft genießen", lachte Julia. „Wer zuerst auf der anderen Seite ist" rief sie und schwamm los.

Sophies lautes „Moment mal…" hörte sie schon nicht mehr. So verbrachten sie eine ganze Weile mit Wettschwimmen und faul im Wasser abhängen, bis Julia auf die Uhr schaute.

„Wenn wir noch was vom Tag haben wollen.", ermahnte sie Sophie, lies aber offen, was sie sich weiter darunter vorstellte. Die Mädchen stiegen aus dem Wasser und gingen zu ihren Handtüchern. Das Pärchen war verschwunden, der ältere Herr hatte sich zu seiner Frau gesetzt, die beiden waren angeregt in ein Gespräch vertieft. Unter der Dusche dachte Sophie, wie schön es war, dass sie Julia mitnehmen durfte und sie fand es gar nicht mehr so schlimm, dass ihre Mutter beruflich nach Köln musste. Julias Mutter hatte sich sehr für ihre Tochter gefreut und sofort zugestimmt. Sie selbst hätte diese Ferien kaum Zeit für Julia gehabt und so war es bestimmt eine nette Abwechslung.

Nachdem sie sich die Haare trocken geföhnt hatten, warteten sie auf den Fahrstuhl. Sie wollten gerade einsteigen, da rief von hinten eine Stimme: „Stopp! Wartet auf mich."

Sophie drehte sich um und sah einen Jungen, ungefähr in ihrem Alter, der einen Wagen mit Utensilien zum Putzen vor sich herschob.

„Vielen Dank, dass ihr mich mitnehmt", meinte er und drückte den Knopf für das Erdgeschoss. „Der Fahrstuhl braucht so ewig, bis er kommt, da muss man jede Gelegenheit nutzen, um mitzufahren."

Sophie schaute ihn von der Seite an. Braunes Haar, größer wie sie, durchtrainierte Figur.

„Macht ihr hier Urlaub?" wollte er wissen. „Blöde Frage, ich weiß" und schaute Sophie verschmitzt an.

„Wie man es nimmt", entgegnete Julia, hatte aber wenig Lust, ihm weitere Einzelheiten zu erzählen. Sie fand, das ginge ihn gar nichts an.

„Meine Mutter", setzte Sophie gerade an, da hielt der Fahrstuhl im Erdgeschoss, er musste aussteigen.

„Viel Spaß noch", wünschte er ihnen und rollte mit seinem Wagen davon.

Die Fahrstuhltür schloss sich. Im ersten Stock hielt der Fahrstuhl wieder und das Pärchen aus dem Schwimmbad stieg ein. Stumm starrten alle auf den Boden. Im dritten Stock stieg das Pärchen aus. Schade, dass wir nicht hinterherschleichen können, dachte sich Sophie noch, da schloss sich die Fahrstuhltür. Julia bemerkte gerade noch, dass die Beiden etwas verloren hatten. Sie schubste Sophie an, die den Zettel auf dem Boden liegen sah. Aber es half nichts, die Tür ging nicht mehr auf und sie mussten zunächst in den fünften Stock fahren, der Tür zuschauen, wie sie sich öffnete und wieder schloss, um dann wieder in den dritten Stock zu gelangen. Die Fahrstuhlfahrt kam ihnen endlos lange vor und als sie aussteigen wollten wären sie beinahe mit dem Jungen von eben zusammen gestoßen.

„Was machst du denn hier?", fragte Sophie ungeduldig. „Gerade bist du im Erdgeschoss ausgestiegen."

„Ich habe hier etwas aus der Besenkammer holen müssen", meinte er, erstaunt über die Frage. „Wollt ihr hier aussteigen?", erinnerte er sie an ihr Vorhaben und so stolperten die Mädchen aus dem Fahrstuhl heraus. Langsam gingen sie den Gang hinunter und warteten, bis sich die Fahrstuhltür sicher geschlossen hatte. Sie schauten sich um und hoben unbeobachtet den Zettel auf. Schnell steckte ihn Julia in ihre Hosentasche, sie schlenderten zurück zum Fahrstuhl und fuhren nach oben. In ihrem Zimmer angekommen entfalteten sie den Zettel und konnten damit absolut nichts anfangen:

„Ging ich einen Schatz… . Meine… du haben
Schriebe ich hin mit eignem Blut
Und so zog ich Kreis´ um Kreise,…
Stellte wunderbare
Kraut und Knochenwerk zusammen".

„Was soll denn das sein?", Julia las den Zettel nun schon zum dritten Mal.

„Klingt irgendwie schaurig und auch alt. Vielleicht aus alter Zeit überliefert?", Sophie drehte den Zettel herum, aber da stand leider nichts weiter darauf. Auch das Papier war nicht sonderlich alt. Vielleicht gehört der Zettel gar nicht dem Pärchen, dachte Sophie und sie hatten ihn nur gelesen und dann achtlos weggeworfen. Nun erzählte sie Julia doch von den Beiden im Schwimmbad und von den Wortfetzen, die sie aufgeschnappt hatte.

„Wir sollten dem Pärchen den Zettel bringen und an ihrer Reaktion sehen, ob sie den Zettel wirklich vermissen", meinte Julia, zückte ihr Handy und machte ein Foto vom Text. Für alle Fälle meinte sie.

„Vielleicht treffen wir die Beiden morgen früh beim Frühstück, dann können wir sie fragen, ob sie den Zettel vermissen", meinte Sophie.

„Das ist eine gute Idee", sagte Julia.

Sie zogen sich um, packten ihre Taschen und zogen los. Sie fuhren mit der U-Bahn zur Haltestelle Dom und stiegen aus. Der Dom war schon ein imposantes Gebäude und so machten sie erst ein paar Fotos bevor sie die Kirche betraten. Auch im Inneren des Domes konnte man die Geschichte förmlich spüren. Julia hatte sich vorher erkundigt und ging zielstrebig auf den Eingang zur Domschatzkammer zu. Die Mädchen hatten sich geeinigt, dass sie erst die Domschätze anschauen wollten und dann, wenn noch Zeit blieb, die Ausgrabungen besichtigen wollten. An der Kasse kauften sie ihre Eintrittskarten und schlossen an der Garderobe ihre Taschen ein. Im Inneren des Museums war es recht dunkel, die Exponate aber gut beleuchtet. Die beiden Mädchen schlenderten durch die Gewölbe und schauten sich die glitzernden und funkelnden Gegenstände an. Vor der Prunkmonstranz verweilten sie etwas länger. Julia bekam ganz glitzernde Augen, denn dieses Ausstellungsstück hatte es ihr besonders angetan. Gerade hatten sie in Religion die Bedeutung der Monstranz durchgenommen und diese hier war ein besonders schönes Stück. Sophie, die für solche Sachen nicht ganz so viel übrig hatte, zog sie ungeduldig weiter. Julia wehrte sich und so kamen die beiden Mädchen überein, jede für sich die Räume weiter zu erkunden. Julia blieb zurück, während Sophie in den nächsten Raum schlenderte. Plötzlich blieb sie ruckartig stehen. Waren das nicht die Beiden, die in ihrem Hotel wohnten? Sie versuchte näher an sie heranzukommen, ohne dass das Pärchen etwas bemerkte. Zum Glück war es nicht so hell und gut besucht war die Ausstellung außerdem, so konnte sich Sophie zwischen den einzelnen Ausstellungsbesuchern ganz gut verstecken. War das nun Zufall oder planten die Beiden etwas? Sophie kam der Zettel ins Gedächtnis und sie holte ihr Handy hervor. Julia hatte ihr das Foto in der Zwischenzeit geschickt und sie las noch einmal die Worte, die darauf standen: „Ging ich einen Schatz…“ Was wäre, wenn das Pärchen einen Einbruch in die Domschatzkammer plante? Sophies Phantasie ging mit ihr durch, doch rasch verwarf sie den Gedanken wieder. So wie die Schatzkammer gesichert war, war das bestimmt eine Nummer zu groß für das Pärchen. Langsam und in gesichertem Abstand folgte Sophie den Beiden. Das entpuppte sich aber als ein sehr langweiliges Unterfangen, so wie es aussah, waren die Beiden wirklich nur als Museumsbesucher da. Ich sollte mir wirklich mehr die Ausstellungsstücke ansehen, mahnte sich Sophie, sonst schimpft Julia nachher, dass ich so gar nichts davon gesehen habe. Und für den Religionsunterricht wäre es sicher hilfreich, solche Gegenstände schon mal live gesehen zu haben. Sie gab also ihre Verfolgung auf und widmete sich wieder den Ausstellungsstücken. Gerade als sie vor einem besonders schönen Stück, einem Epitaph, stand, wurde sie von hinten berührt. Erschrocken fuhr sie herum, Julia hatte sie zwischenzeitlich eingeholt und knuffte sie in die Seite.

„Ich dachte, ich würde dich erst am Ausgang wiedertreffen", lachte sie.

„Wer glaubst du, ist auch hier?", fragte Sophie.

„Keine Ahnung, der Papst?", kicherte Julia weiter.

„Nein, das Pärchen aus unserem Hotel", schilderte Sophie Julia ihre Begegnung mit den Beiden.

„Schon komisch, dass wir die Beiden ausgerechnet hier wieder treffen", meinte auch Julia.

Während Sophie ihre Freundin noch auf den Zettel und den ersten Satz darauf mit dem Schatz hinwies und ihr erklärte, dass das Pärchen bestimmt einen Coup in die Domschatzkammer plante, schlenderten sie weiter.

„Hast Du die tolle Prunkmonstranz in der Schatzkammer gesehen?" wollte Julia wissen. Sophie überlegte rasch und meinte dann „Ja, ja…".

„Du hast sie also nicht gesehen", Julias Stimme klang vorwurfsvoll. „Die hat vielleicht einen Wert. Hast Du die vielen Edelsteine gesehen?"

Sophie konnte sich beim besten Willen nicht erinnern. „Da stand so viel Zeug rum" versuchte sie sich herauszureden und ihre Freundin rollte nur mit den Augen.

Sie schlenderten weiter durch die Ausstellung. Im zweiten Untergeschoss hingen vorwiegend alte Kirchengewänder und Teppiche, die die beiden Mädchen nicht sonderlich interessierten. Sie begannen etwas schneller durch die Ausstellung zu gehen. Als sie in Richtung des Fahrstuhls gingen, um mit ihm wieder nach oben zu fahren, kam ihnen das Pärchen aus dem Hotel entgegen. Sie hatte einen großen Zettel in der Hand und Sophie versuchte, einen Blick darauf zu erhaschen. Das gelang ihr aber nicht. Er redete wild aber leise auf sie ein und so konnten die Mädchen wieder nur unbedeutende Wortfetzen verstehen.

„Komm!", drängte Julia Sophie in den Fahrstuhl. „Ich zeige dir die herrliche Monstranz noch einmal, die musst du gesehen haben, diese Edelsteine" schwärmte sie.

Zwischenzeitlich war es im Museum noch etwas voller geworden und sie schoben sich vorsichtig an den Besuchern vorbei, bis sie in der Schatzkammer vor der Monstranz standen. Julias Augen glitzerten vor Freude und Sophie erkannte, dass sie dieses Stück vorhin bereits gesehen hatte. Julia störte das nicht im Geringsten und sie hielt Sophie einen Vortrag über den Wert der vielen Edelsteine. Sophie hörte nicht richtig zu, horchte dann aber doch auf, als Julia von einem Schatz und einer alten Geschichte erzählte.

„Diese Monstranz wurde im 17. Jahrhundert von einem Goldschmied in Köln erschaffen. Er hatte die Steine von einem hohen Kirchenfürsten erhalten und sollte sie in diese Monstranz einfügen. Woher der Kirchenfürst die vielen Steine hatte, blieb schon damals ein Rätsel. Man vermutete, dass er sie auf nicht ganz legalem Wege beschafft hatte. Die Monstranz stand zunächst in einer anderen Kirche bis sie erst verschollen und dann auf mysteriösen Wegen in den Kölner Dom gelangte. Die Legende besagte, dass sie zusammen mit einem anderen erschaffenen Kunststück des Künstlers zusammengebracht werden muss und dann einen Schatz freigeben würde, sobald sich die Stücke vereinen. Weder der Ort noch das andere Stück konnten jedoch jemals ausfindig gemacht werden. Im Laufe der Jahrhunderte wurde die Geschichte immer dürftiger und kaum einer glaubte noch an sie."

„Woher kennst du die Geschichte?" fragte Sophie staunend, während Julia die Augen rollte.

„Man braucht sich über deine Leistungen in der Schule eigentlich nicht wirklich zu wundern", Julias Stimme klang etwas giftiger als sie das wollte.

„Wenn du dich erinnerst hat uns unser Religionslehrer vor ein paar Wochen diese Geschichte erzählt, als wir über die katholische Kirche und ihre Reichtümer sprachen." Er hatte sie nur beiläufig erwähnt und doch stand diese Geschichte für viele Exponate aus vergangenen Jahrhunderten. Oft wollten die Künstler ihre Arbeiten damit interessanter machen, trotzdem konnte man nie sicher sein, ob an diesen alten Geschichten nicht doch etwas dran war. Sophie konnte sich beim besten Willen nicht daran erinnern.

„Ich muss mal", jammerte sie und Julia schaute sich um.

„Komm, Toiletten waren am Eingang", tröstete sie Julia.

Die Mädchen schoben sich an den Besuchern vorbei und gingen die große Treppe nach oben. Sophie huschte hinein, Julia blieb vor der Tür stehen. Zum Glück war hier nicht so viel los und so konnte Sophie gleich in eine Kabine verschwinden. Nebenan telefonierte eine Frau. Was für ein ungewöhnlicher Ort für ein Telefongespräch dachte Sophie und hörte unfreiwillig zu, was die Frau mit dem Anrufer zu besprechen hatte. Gerade als sie sich die Hände abtrocknete kam die Frau aus ihrer Toilettenkabine. Sophie zuckte zusammen. Es handelte sich um die Dame aus dem Hotel. Die Frau schien von Sophie keine Notiz zu nehmen legte ihre Handtasche und den großen Zettel ab und begann sich die Hände zu waschen. Nun konnte Sophie einen Blick auf das Blatt werfen. Sie erschrak. Es handelte sich um einen Lageplan des Museums.

Kein Plan, den man von der Museumsleitung erhält, um sich in den Räumen und seinen Exponaten zu recht zu finden. Nein. Ein mit Hand gezeichneter Plan, der wie ein Bauplan aussah. Sophie starrte auf das Papier. Nun merkte auch die Frau, dass Sophie den Plan wie gebannt betrachtete und faltete diesen rasch zusammen. Mit großen Schritten verließ sie den Raum. Schnell ging auch Sophie hinaus und suchte Julia. Sie zog sie in eine ruhige Ecke und fing atemlos an, Julia von dem belauschten Telefongespräch und dem Lageplan zu erzählen.

„Zunächst sprachen sie nur belangloses, übers Wetter, die Stadt, wie man als Tourist eben erzählt", begann Sophie. „Dann aber wurde ihre Stimme leiser und sie erzählte, dass sie die Sache gefunden hätte. Das Wort Steine hätte sie dann in den Telefonhörer geflüstert. Die Stimme wurde wieder lauter und sie erzählte von einem tollen Ausflug, den sie in den vergangenen Tagen unternommen hatten. Auch dort hätte es ähnliche Exponate gegeben."

„Ja und?", Julia konnte der Sache nicht so ganz folgen. „Was ist so ungewöhnlich an diesem Gespräch?"

„Denk doch mal nach", Sophie verstand gar nicht, dass die Freundin ihr nicht folgen wollte. „Der Bauplan, die Wortfetzen im Schwimmbad, der Zettel, das belauschte Gespräch in der Toilette…, irgendetwas stimmt doch da nicht oder?"

Julia konnte sich zwar keinen Reim darauf machen aber so richtig mysteriös fand sie die Story nun auch wieder nicht. Auf der anderen Seite, etwas komisch war es schon. Aber was sollten die beiden Mädchen schon unternehmen?

„Lass uns ins Hotel fahren und ein bisschen im Internet recherchieren, vielleicht finden wir etwas heraus", meinte sie.

Es dauerte eine ganze Weile, bis sie wieder im Hotel waren. Zunächst war ihnen eingefallen, dass sie sich am praktischsten mit etwas Proviant ausstatten sollten, um den Nachmittag ungestört auf dem Hotelzimmer verbringen zu können. An der Rezeption angekommen, ließen sie sich das Passwort für den Internetzugang geben. Sophie konnte es kaum erwarten, bis sie auf dem Zimmer waren. Während Julia noch vor sich hin kaute, hatte sie bereits Zettel und Stift ausgepackt und begann ein Gedächtnisprotokoll zu erstellen.

„Was willst du denn damit?“, Julia schaute etwas irritiert auf ihre Freundin.

„Damit wir nichts vergessen, das macht man doch so“, entschuldigte sich Sophie.

Julia hatte sich in der Zwischenzeit den Computer geschnappt, den Sophies Mutter dagelassen hatte. Sie versuchte etwas über die Monstranz in Erfahrung zu bringen, aber leider gab das Internet kaum etwas her. Sie wurde von einem Christian Schweling erschaffen, der Goldschmied in Köln war. Verarbeitet wurden Bergkristalle, Edelsteine und Perlen. Außerdem wurde Gold und Silber verwendet. 1975 wurde sie bei einem Raub ziemlich zerstört und in den folgenden zehn Jahren aus den vorhandenen Teilen rekonstruiert. Das alles half nicht weiter. Kein Hinweis auf ein Geheimnis hinter der Monstranz. Enttäuscht legte Julia den Computer zur Seite. Einfach schade, dass das Internet nicht schon Jahrhunderte vorher erfunden worden war, es würde so manche Recherche vereinfachen.

Sophie brütete über ihrem Zettel, den sie in der Zwischenzeit in ein altes Schulheft übertragen hatte. Sie kaute auf ihrem Bleistift und dachte angestrengt nach.

„Komm!“, Julia kam aus dem Badezimmer und hatte ihren Badeanzug angelegt. „Lass uns ein bisschen schwimmen gehen. In meinem Kopf schwirrt es.“

Die beiden Mädchen verbrachten den Rest des Nachmittags im Schwimmbad. Danach gingen sie duschen und zogen sich an. Julia las und Sophie saß über ihren Büchern und versuchte Englischvokabeln in ihren Kopf zu bekommen.

Es klopfte an der Tür. Julia und Sophie erschraken, wer konnte das sein? Vorsichtig öffnete Sophie die Tür. Dort stand ihre Mutter mit einem eher vorwurfsvollen Blick.

„Ich dachte, wir hätten uns zum Abendessen verabredet und ich hoffte auch, ihr würdet unten auf mich warten", ihre Stimme klang etwas genervt. „Stattdessen muss ich euch suchen und hier auf dem Zimmer habt ihr euch verkrochen. Auch das Handy habt ihr nicht gehört."

Sie setzte sich auf das Bett und schaute auf Sophies Schulheft. Leider hatte Sophie das Heft offen liegen lassen als sie zur Tür ging, was sie jetzt natürlich bereute. Ihre Mutter las die Aufzeichnungen.

„Was soll denn das sein?", sie schaute ihre Tochter erwartungsvoll an.

„Nichts", das kam sehr gedehnt von Julia.

„Glaube ich euch nicht", sie kannte ihre Tochter und auch wegen ihrer vorgefassten Meinung über Julia ließ sie das Gelesene aufhorchen.

„Was sind das für Stichpunkte? Pistole, Lageplan? Was sind das für Aufzeichnungen?", langsam wurde sie ungeduldig.

„Mama", kam es gedehnt aus Sophies Mund. „Julia und ich arbeiten gerade an einer Deutschaufgabe. Du weißt doch, ich bin so schlecht im Formulieren, Julia meinte, ich soll mal eine Kurzgeschichte schreiben, damit wir im Anschluss meine Formulierungen verbessern können und ich aus meinen Fehlern lernen kann. Immerhin muss ich mich nach den Ferien für meine Prüfungsfächer fürs Abitur entscheiden und um Deutsch kommt man nun mal nicht herum. Das hier sind meine Stichpunkte für meine Kurzgeschichte."

Man konnte förmlich hören, wie Julia ausatmete doch tatsächlich, Sophies Mutter gab sich mit dieser Erzählung zufrieden. Während die Mädchen sich für das Abendessen umzogen berichteten sie Sophies Mutter, was sie heute alles unternommen hatten. Der Bericht stimmte Sophies Mutter versöhnlich und sie freute sich darüber, dass sie gleich am ersten Tag ein Museum besichtigt hatten, sie ahnte auch, wem sie das zu verdanken hatte. Ihre Tochter interessierte sich leider überhaupt nicht für solche Sachen, es war schon Julias Verdienst, dass sie heute im Museum waren.

Gemeinsam gingen sie zum Fahrstuhl und fuhren in die Hotelhalle. Von dort gingen sie in das Hotelrestaurant zum Abendessen. Der Ober wies ihnen einen Tisch ein bisschen Abseits im hinteren Teil des Restaurants zu und brachte die bestellten Getränke, während die Drei die Speisekarte studierten. Sophie fiel auf, welchen Hunger sie hatte. Sie hätte am liebsten zwei Gerichte bestellt. Julia hatte einen fürchterlichen Durst und trank ihre Limo in drei Zügen aus. Sophies Mutter schüttelte den Kopf.

„Was habt ihr heute Mittag gemacht? Die eine ist fast verdurstet, die andere verhungert. Kann man euch wirklich alleine lassen?", fragte sie besorgt.

„Alles in Ordnung", beschwichtigte Sophie ihre Mutter. „Wir kommen sehr gut alleine klar.", und fügte entrüstet hinzu: „Wir sind doch keine Babys mehr."

Das Abendessen verlief ohne weitere Störungen. Sophies Mutter berichtete von ihrer Arbeit und der Baustelle. Die Mädchen hörten aufmerksam zu, erwischten sich aber immer mal wieder, wie sie mit ihren Gedanken abschweiften. Sophie war während des Essens ein weiterer Gedanke gekommen, den sie dringend mit Julia besprechen wollte. Aber noch gab es keine Chance, das Abendessen frühzeitig zu beenden. Gerade war Sophies Mutter mit ihrem Bericht über ihren heutigen Tag beim Mittagessen mit den Kollegen angekommen als ein Mann mittleren Alters an ihren Tisch trat. Er stellte sich als Arbeitskollege von Sophies Mutter vor und bat diese zu einem kurzen Gespräch an seinen Tisch. Die Mädchen konnten sehen, dass am Tisch des Kollegen noch weitere Herren saßen, während Sophies Mutter sich zu ihnen setzte. Das war die Gelegenheit, Julia von ihrer Idee zu unterrichten.

„Hör mal…", weiter kam Sophie nicht, denn Julia stupste sie unterm Tisch mit dem Fuß an. Sie schaute Julia an, die mit dem Kopf in Richtung des Tisches nickte, an dem Sophies Mutter saß.

„Ja und?", Sophie konnte nicht erkennen, was Julia meinte.

„Schau doch!", flüsterte Julia, „Unser Pärchen trifft sich mit einem anderen Mann. Der sieht vielleicht finster aus."

Tatsächlich saß der Typ, der wieder eine Baskenmütze trug, mit der Dame und einem weiteren Mann gleich neben Sophies Mutter an einem Nebentisch.

„Viel zu weit weg, als das wir da etwas verstehen könnten", meinte Sophie.

Sophie versuchte erneut, Julia von ihrem Einfall zu berichten aber Julia schaute gebannt in Richtung der drei Gestalten. Es schien, als würden sie sich über einen großen Plan beugen, der vor ihnen auf dem Tisch lag. Wenn man nur näher heran käme. Zu gerne hätte Julia einen Blick auf das Dokument geworfen.

„Sophie!", sie drehte sich zu ihrer Freundin um, doch die hatte ihren Platz gerade verlassen, um in Richtung ihrer Mutter zu gehen. „Was hast du vor?"

„Abwarten", grinste Sophie und ging zum Tisch ihrer Mutter. Sie sprach kurz mit ihr, gab ihr etwas in die Hand und schlenderte betont langsam zu Julia zurück.

„Und?", Julia, rutschte nervös auf ihrem Stuhl hin und her.

„Ich habe meiner Mutter Handy und Handtasche gebracht", lächelte Sophie Julia an. „Außerdem habe ich ihr erklärt, dass wir mittlerweile fertig sind und unseren Nachtisch gerne auf dem Zimmer essen würden. Sie meinte, das ginge in Ordnung, wir sollten uns etwas bestellen und aufs Zimmer bringen lassen."

„Ja und weiter?“, Julia konnte sich kaum beherrschen, „Konntest du sehen, was auf dem Tisch der Drei lag?“

Sophie musste grinsen, so ungeduldig hatte sie ihre Freundin selten gesehen.

„Hm.“, sie dehnte sich erst mal in aller Ruhe. „Auf ihrem Tisch lag der gezeichnete Lageplan, den ich heute Mittag schon einmal am Waschtisch gesehen habe. Außerdem hatte der finstere Kerl ein Bild der Monstranz in der Hand, unserer Monstranz, verstehst du?“, nun überschlug sich fast ihre Stimme.

Einen weiteren Zettel konnte Sophie nicht deuten, es war ein großes Blatt Papier auf dem ein Gedicht oder so etwas stand. Zumindest hatte man den Eindruck bei der Anordnung der Wörter auf dem Schreiben. Außerdem lagen dort Stifte und weiße Zettel, mehr konnte Sophie während des Vorbeigehens nicht erkennen.

Die Mädchen suchten sich einen leckeren Nachtisch aus der Speisekarte, den sie beim Kellner bestellten. Sie winkten Sophies Mutter noch einmal zu und gingen zum Fahrstuhl. Im Zimmer angekommen, holte Sophie ihr Schulheft hervor und sie begannen die weiteren Fakten einzutragen. Endlich konnte Sophie Julia auch berichten, was ihr noch eingefallen war.

„Wir könnten mal die Worte von unserem Zettel über das Internet laufen lassen, vielleicht finden wir etwas dazu.“ meinte sie.

Julia hatte sich sofort den Computer genommen und gab den ersten Textfetzen ein.

„Bingo“, jubelte sie, „ich habe etwas gefunden“ und sie drehte den Computer um, damit auch Sophie mitlesen konnte.

„Das ist aber ein komisches Gedicht. Und Goethe soll das geschrieben haben? Was soll uns das nun sagen?“, Sophie schaute Julia ratlos an.

„Na ja“, meinte Julia. „So recht schlau werde ich auch noch nicht aus diesem Text.“

Es klopfte und Julia sprang zur Tür.

„Das ist bestimmt unser Nachtisch", erklärte sie und öffnete mit einem Schwung.

Es war der Nachtisch, der von dem Jungen aus dem Fahrstuhl, gebracht wurde.

„Oh, danke", sagte Julia, nahm das Tablett in die Hand und wollte die Tür mit einem Fußtritt schließen. Doch der Junge war schneller und sein Fuß hielt die Tür auf.

„Eigentlich müsste ich euch das Tablett auf den Tisch stellen, einfach an der Tür abgeben, das darf ich gar nicht", meinte er.

„Schon gut" rief Sophie vom Bett her.

Er schaute zu ihr rüber und sofort ärgerte Sophie sich, dass sie sich überhaupt bemerkbar gemacht hatte. Das Bett sah ziemlich unordentlich aus und darauf waren alle ihre Unterlagen ausgebreitet.

„Seid ihr auf Schatzsuche?", fragte er und lächelte, als er Sophies erschrockenes Gesicht sah. „Ich habe also Recht", triumphierte er.

Sophie sah Julia an und diese meinte: „Nein, da täuschst du dich, was für einen Schatz könnte man denn hier überhaupt suchen?"

Kapitel 2 - Die Geschichte der Monstranz

Am nächsten Morgen wachte Sophie früh auf. Ihr ging noch einmal der gestrige Tag durch den Kopf. Das Pärchen, was sich zugegeben, doch recht seltsam benahm. Auf der anderen Seite hatten sie nichts Verwunderliches unternommen. Einen Zettel mit Wortfetzen zu verlieren und ein Museum zu besuchen machte einen noch nicht verdächtig. Der selbstgezeichnete Lageplan in der Hand der Frau vielleicht schon eher, aber auch hierfür konnte es eine harmlose Erklärung geben. Als äußerst schwierig hatte es sich später gestaltet, den Jungen aus dem Fahrstuhl, wie sie ihn nannten, wieder los zu werden. Tobias hieß er, hatte hier einen Ferienjob im Hotel und war sehr neugierig. Er erzählte ihnen, dass er in die elfte Klasse des hiesigen Gymnasiums gehe und im Moment für einen neuen Computer sparen würde. Den Ferienjob machte er schon im zweiten Jahr, um sich das Geld dafür zu verdienen. Nachtisch den beiden Mädchen zu bringen, war sein letzter Auftrag am gestrigen Tag gewesen und anschließend hatte er Feierabend. Zunächst hatte Julia noch versucht, ihn mit ein paar belanglosen Erzählungen über den gestrigen Tag abzuspeisen. Doch man plauderte und plauderte und irgendwann hatte er die verstreuten Unterlagen auf dem Bett der Mädchen genauer betrachtet. Auch er kannte die Geschichte über die Monstranz, die, wie er sagte, im Kölner Raum hinreichend bekannt war. Es gäbe sogar mehrere Hobbyhistoriker, die sich mit den Hintergründen beschäftigten.

Die Edelsteine aus der Monstranz gehörten vorher einer reichen Adelsfamilie. Sie sollten der jüngsten Tochter einer anderen Adelsfamilie als Hochzeitsgeschenk überreicht werden, doch diese starb an hohem Fieber drei Tage vor der Hochzeit. Aus Kummer über ihren Tod schenkte der Bräutigam die schönsten Steine der Kirche, um sie in eine Krone oder Ähnliches einarbeiten zu lassen. Der damalige Bischof ließ die Monstranz anfertigen und die Steine darin einfassen. Das war die offizielle Geschichte. Es gab auch noch eine andere Version. Die beiden Adelsfamilien waren verfeindet, aber die jüngste Tochter hatte sich trotzdem in den Sohn verliebt. Dieser war bereits einer Prinzessin versprochen, die er wiederum nicht liebte. Sie trafen sich heimlich bis der Vater des Sohnes dahinter kam. Er sperrte den Sohn in ein Verlies in dem er unter mysteriösen Umständen starb. Mit den Edelsteinen hatte der Sohn einen Diener bestechen wollen, damit er aus dem Verlies befreit wurde. Der Diener nahm die Edelsteine an sich und verschwand. Später fand man ihn ermordet in seiner Dachkammer, von den Edelsteinen fehlte jede Spur. Aus Kummer über den Verlust ihres Liebsten starb die jüngste Tochter kurz nach ihrem Geliebten. Sophie schüttelte sich. Seltsame Geschichte fanden alle drei. Sophie schaute Tobias an und überlegte. Irgendwie war er ihr sympathisch und sie hätte ihn gerne in ihre bisherigen Erkenntnisse eingeweiht. Julia hielt sie immer wieder davon ab und wechselte so beharrlich das Thema, dass es fast schon auffiel. Als es schon sehr spät war, hatten sie sich für heute mit Tobias verabredet. Er hatte seinen freien Tag und sie planten, gemeinsam Eis essen zu gehen. Sophie wollte sich gerade noch einmal umdrehen und noch ein wenig weiter schlafen, da wachte Julia auf.

„Na, träumst du von deinem Tobias?“ Julia zog Sophie auf, denn dass ihr der Junge gefiel, das war gestern schon sehr offensichtlich gewesen. Ihre Augen funkelten förmlich, wenn er sie ansah.

„Ach komm, so toll finde ich ihn auch wieder nicht“, Sophie versuchte abzuwiegeln.

„Stimmt, du warst sehr gelangweilt, wenn er etwas erzählte“, versuchte Julia in Worte zu fassen, was so absolut nicht stimmte.

In Wirklichkeit hatten Sophie und Tobias überhaupt keine Notiz mehr von Julia genommen und sich sehr angeregt unterhalten. Dabei ging es nicht nur um die Monstranz.

„Komm! Lass uns frühstücken“, meinte Sophie und sauste als erste ins Bad.

Nach dem Frühstück machten sie sich auf zur Eisdiele in die Stadt. Zunächst wollten die Mädchen eine Ansichtskarte kaufen und diese an Julias Mutter schreiben. Sie schlenderten auf dem Weg zur Eisdiele an einem Antiquariat vorbei. Julia blieb stehen.

„Komm schon!", ermahnte sie Sophie. „Wir sind eh schon spät dran."

„Dein Schatz wird sich sicher noch ein paar Minuten gedulden können", Julias Stimme klang etwas gereizt. „Könnte doch sein, dass wir hier etwas über die Monstranz finden."

„In einem Antiquariat?" erstaunt schaute Sophie ihre Freundin an.

„Wo denn sonst?" Julia rollte die Augen.

Im Antiquariat war nicht viel los und sie begannen die Buchrücken zu studieren. So wurde das nichts, dachte Sophie, wollte aber Julia auch nicht die Laune verderben. Sie schaute auf die Uhr und wollte gerade zum Aufbruch mahnen, da zog Julia ein Buch heraus. „Köln im Mittelalter" stand auf dem Buchrücken und das Buch sah so mitgenommen aus, als ob es auch aus dieser Zeit stammte.

„Meinst du, da steht etwas drin?", Sophie schüttelte den Kopf.

Sie wollte das Buch überhaupt nicht anfassen, so verstaubt sah es aus. Beide Mädchen beugten sich über das Buch, während Julia zu blättern begann. Sie versuchten, dem Inhaltsverzeichnis etwas zu entnehmen.

„Da!", stieß Sophie hervor. „Schau nur, da steht etwas über Relikte in Kirchen und Klöstern in und um Köln."

Schnell blätterten die Mädchen auf die ausgewiesene Seite und begannen zu lesen. Nachdem sie aber die Seiten aufmerksam studiert hatten, waren sie enttäuscht. Kein Hinweis zu ihrer Monstranz und schon gar nicht ein Hinweis zu den Geschichten, die die Mädchen darüber gehört hatten. Sie klappten das Buch zu. Sophies Handy brummte und mit einem Blick darauf stellte sie fest, dass Tobias sich bemerkbar machte. Er fragte, wo sie denn blieben und teilte ihnen mit, dass er sich in der Zwischenzeit schon mal ein Eis bestellt hatte. Sie verließen das Geschäft und gingen mit schnellen Schritten zur Eisdiele.

Nach ihrer Ankunft bestellten die Mädchen zunächst jeweils einen Eisbecher. Auch Tobias hatte schon wieder Platz im Magen und orderte einen weiteren.

„Was hat euch denn so lange aufgehalten?", wollte Tobias wissen, nachdem die Kellnerin die Bestellung gebracht hatte.

„Wir waren noch in einem Antiquariat", rutschte es Sophie heraus.

„Was wolltet ihr denn dort?", Tobias schaute ungläubig.

„Ach, nichts Besonderes. Wir wollten einfach mal nachschauen, ob die Geschichten, die du gestern erzählt hast, na ja, ob die auch stimmen", meinte Julia.

„Und?", Tobias schaute von einer zur anderen. „Seid ihr fündig geworden?"

„Nein, leider Fehlanzeige", Sophie löffelte weiter an ihrem Eis.

„Also irgendwie werde ich den Verdacht nicht los, dass hinter eurer ganzen Recherche mehr steckt, als ihr mir erzählen wollt", Tobias schaute Sophie an, die in ihren Sessel zurückrutschte.

„Ach komm", meinte diese zu Julia, wir können ihm doch von unseren Begegnungen erzählen.

Tobias hörte sich ihren Bericht interessiert an, kam aber auch zu dem Schluss, dass es sich hier vermutlich mehr um Zufälle als um eine konkrete Geschichte handeln könnte.

„Was plant ihr denn für heute Nachmittag?" fragte er die Mädchen.

„Ich muss mich leider mal um meine Schulsachen kümmern, sonst sind die Ferien um und ich habe nichts gelernt", Sophie hob entschuldigend die Achseln.

„Musst du da auch mitlernen?" Tobias schaute Julia an.

„Nein, meine Noten waren gut, ich habe also den Nachmittag zu meiner Verfügung."

„Wir könnten noch mal ins Museum gehen und uns dort diese Monstranz etwas genauer anschauen. Vielleicht fällt uns etwas auf, was bisher alle anderen übersehen haben.", Tobias schaute Julia aufmunternd an.

„Das glaubst du doch wohl selber nicht", schnaubte Julia aber da sie keine bessere Idee hatte, stimmte sie dem Plan von Tobias zu.

Als sie ins Hotel zurückkamen gingen die Mädchen auf ihr Zimmer. Sophie holte ihre Lernsachen heraus während Julia einen kleinen Rucksack packe und sich dann verabschiedete. Sophie blickte ihr sehnsüchtig nach. Unten in der Hotelhalle wartete Tobias auf sie. Sie fuhren mit der U-Bahn in die Innenstadt. Am Dom angekommen gingen sie direkt zum Museum, holten sich eine Eintrittskarte und schlenderten langsam durch die einzelnen Räume. Heute war das Museum nicht so gut besucht, wie am vorherigen Tag. Das lag vermutlich an dem schönen Wetter draußen. So hatte man viel mehr Zeit, um sich die einzelnen Ausstellungsstücke genau anzuschauen. Schon von weitem konnten sie die Monstranz sehen und Julia blieb wie angewurzelt stehen. Tobias merkte zunächst nichts und wunderte sich nur, warum Julia nicht mehr an seiner Seite war. Sie hatte sich hinter einer Säule versteckt. Tobias ging zurück.

„Was ist?", er schaute ratlos.

„Da vorne, schau mal, kennst du die Beiden?", flüsterte Julia.

„Irgendwie kommen mir die Beiden bekannt vor", Tobias schaute etwas genauer. „Sind das

Gäste aus unserem Hotel?"

„Genau!", meinte Julia. „Und zwar die höchst verdächtigen Gäste. Ich finde es überaus komisch, dass die gestern schon mal hier waren und heute bereits wieder."

„Das bist du aber auch", entgegnete Tobias richtigerweise.

„Wir können unmöglich nach vorne gehen", sagte Julia. „Ich möchte nicht, dass die mich hier sehen."

„Ich könnte doch gehen und mir die Monstranz und die Beiden näher betrachten" sagte er und nachdem Julia nickte, ging er zur Ausstellungsvitrine.

Julia konnte hinter ihrer Säule ganz gut beobachten, was dort vor sich ging. Tobias schaute sich erst unauffällig die Vitrine neben der Monstranz an. Dann schlenderte er hinüber. Das Pärchen schaute noch immer in den Schaukasten und leise unterhielten sie sich dabei. Leider war Tobias nicht nah genug bei ihnen, um genaueres zu verstehen. Um nicht zu sehr aufzufallen, ging er langsam um die Vitrine herum. Dabei schaute er die Monstranz sehr genau an, konnte aber nichts Auffälliges entdecken. Warum gehen die nicht weiter, dachte Tobias. Er konnte ja nicht ewig die Vitrine umkreisen. An der Frontseite blieb er wieder stehen. Direkt neben ihm stand das Pärchen. Sie verstummten und machten heimlich ein Foto. Dann gingen sie endlich weiter. Tobias schlenderte durch den Raum und wartete, bis die Beiden im nächsten Raum verschwunden waren. Er winkte Julia heran und gemeinsam standen sie nun vor der Vitrine. Aber so sehr sie auch schauten, sie konnten an der Monstranz nichts entdecken, was auf ein Rätsel oder sonst eine Lösung hinwies. Plötzlich jauchzte Julia auf.

„Schau hier!", sie zog Tobias ein Stück herunter. Und tatsächlich, unterhalb der Edelsteine war eine Gravur zu sehen. Julia machte heimlich ein Foto, denn fotografieren war hier nicht erlaubt.

„Komm!", zog Tobias sie fort. „Wir wollen keinen Ärger haben."

„Was kann denn diese Inschrift bedeuten?", Julia schaute Tobias an.

„Ich kenne mich mit so etwas nicht aus", Tobias zog sie in eine Ecke, wo sie sich hinsetzen.

Julia zog das Handy aus ihrer Hosentasche und gemeinsam schauten sie sich das Foto an. Sie vergrößerte den Ausschnitt, deren Inschrift man gut erkennen konnte. Es war kein Wort zu erkennen, vielleicht der Buchstabe X oder auch ein T.

„Kannst du damit etwas anfangen?“, Tobias sah Julia fragend an.

„Es sieht nach einer Geheimschrift aus“, Julia drehte ihr Handy vorsichtig in alle Richtungen.

„Hast du gesehen, dass das Pärchen auch ein Foto gemacht hat?“, Tobias nahm Julia das Handy ab, um es ebenfalls vorsichtig zu drehen. Der Bildschirm wurde schwarz und Julia schrie auf: „Mist!“.

„Der Akku“, Tobias nickte. „Dann müssen wir erst mal in Richtung einer Ladestation, um weitere Nachforschungen anstellen zu können.“

Während sie mit der U-Bahn ins Hotel fuhren, überlegten sie gemeinsam, warum das Pärchen ebenfalls im Museum gewesen war. Das konnte doch kein Zufall mehr sein, erst der seltsame Zettel, die Beobachtung auf der Toilette im Museum, die Gesprächsfetzen und nun das Interesse an der Monstranz. So sehr sie sich den Kopf zerbrachen, sie konnten keine Verbindung zu den einzelnen Begebenheiten herstellen. Julia hing ihren Gedanken nach. Was konnten das für Initialen auf der Monstranz gewesen sein? Wer machte so etwas und zu welchem Zweck? War es eine Geheimschrift oder Koordinaten, um eine bestimmte Stelle zu finden? Und wenn es wirklich eine Geheimschrift oder ähnliches war, die Monstranz war im 17. Jahrhundert erschaffen worden. Hatte nicht längst jemand anhand der Gravur herausgefunden, worum es sich dabei handelt?

Kapitel 3 - Kolumba

Sophie hatte es sich mit ihren Schulsachen auf dem kleinen Sofa in ihrem Hotelzimmer gemütlich gemacht. Nur wollten weder die Mathematik-Formeln und ihre Anwendungen noch die Englisch-Vokabeln in ihren Kopf eindringen. Nach einer halben Stunde legte sie die Bücher zur Seite und überlegte, womit sie sich ablenken konnte. Sie musste eine Pause machen, es ging einfach nichts mehr in den Kopf hinein. Sie nahm ihren Schlüssel und ging zur Rezeption. Dort fragte sie nach einer Flasche Wasser und wo sie diese erhalten könnte. Die nette Dame an der Rezeption schickte sie ins Restaurant. Es dauerte eine ganze Weile, bis der Kellner ihr eine Flasche brachte und sie schlenderte langsam zurück. Gerade als sie überlegte, sich ihre Jacke zu holen und einen kurzen Spaziergang um das Hotel zu machen, kam das sonderbare Pärchen aus dem Fahrstuhl und ging zum Ausgang. Es ist einfach schade, dass ich ihnen nicht unsichtbar folgen kann, dachte Sophie. Als sie sich in ihrem Zimmer aufs Bett legte, um für fünf Minuten die Augen zu schließen, schoss sie wieder hoch. Irgendetwas piekte sie. Sie hob die Decke etwas an und sah einen Schlüsselbund. Wem gehörte er und wie kam er hierher? Ihrer war es nicht und Julia hatte keinen Schlüssel mitgenommen, da sie ihn zu Hause morgens nicht hatte finden können. Ob das der Schlüssel von Tobias war? Sophies Gedanken überschlugen sich. Wenn er hier einen Spind oder Schrank im Hotel hat, wo er seine Sachen aufbewahrt und wenn er vielleicht eine Karte besaß, mit der er Zutritt zu allen Zimmern hätte. Wäre ja möglich. Dann könnte man vielleicht mal… Aber wo konnte dies sein. Sophie nahm den Schlüssel an sich und ging auf die Suche. Sie verließ ihr Zimmer und schaute sich auf dem Stockwerk um. Hier gab es Türen, die nur für das Personal bestimmt waren. Vorsichtig versuchte Sophie die erste Tür zu öffnen. Der zweite Schlüssel passte. Sie öffnete die Tür und schaute sich in diesem Raum um. Hier wurden Handtücher und Bettwäsche aufbewahrt. Außerdem standen hier die Wagen herum, auf denen die Zimmermädchen und -männer die Utensilien mitnahmen, die sie zum Putzen der

Gästezimmer verwendeten. Ganz hinten, am Ende des Ganges war eine weitere Personaltür. Sophie schloss auf und machte wieder Licht. In diesem Raum standen Getränkekisten und augenscheinlich wurde auch der Müll hier zwischengelagert. Es gab vier Spinde und Sophie nahm ihre Schlüssel. Sie probierte sie alle durch aber leider passte keiner von Tobias Schlüsselbund. Sophie überlegte, wo könnte er seine Sachen aufbewahren? Vielleicht hatte er seinen Spind in einem der anderen Stockwerke. Vorsichtig schlüpfte sie aus der Tür hinaus, schaute sich um, damit sie niemand sah. Sie ging zunächst ein Stockwerk tiefer und probierte an der hinteren Tür den Schlüssel. Hier passte keiner der Schlüssel. In den darunter liegenden Personalräumen passten ihre Schlüssel auch nicht. Also wieder ein Stockwerk tiefer, sie kam im Erdgeschoß an. Hier gab es keinen Personalraum, zumindest konnte sie keinen entdecken und an der Rezeption kam sie nicht ohne weiteres vorbei. Mist, dachte Sophie, wo ist dieser Spind? Da kam ihr eine Idee. Sie ging zur Dame an der Rezeption und erzählte ihr, dass sie im Zimmer ihrer Mutter ihr Handy vergessen hatte und sie bräuchte es dringend, aber ihre Mutter war bereits wieder am Arbeiten. Die Dame ließ sich ihren Namen, den ihrer Mutter und die Zimmernummern geben. Sie verglich diese Daten im Computer und tatsächlich, Sophie bekam eine zweite Karte ausgehändigt, um das Zimmer ihrer Mutter zu öffnen. Diese Karte sollte sie anschließend unverzüglich wieder zur Rezeption bringen. Wenn ich Glück habe, dachte Sophie, habe ich eine Blankokarte erhalten, mit der ich alle Türen öffnen kann. Dann würde ich mich doch mal vorsichtig im Zimmer des Pärchens umschauen. Sie spurtete also los, um die Karte an ihrer Zimmertür auszuprobieren. Natürlich klappte das nicht und so brachte sie die Karte enttäuscht wieder zurück an die Rezeption. Als die Dame sie fragte, ob sie das Handy gefunden hatte, war sie etwas verwirrt und stammelte dann aber: „Ja, danke."

Also zog sie den Schlüssel von Tobias wieder aus der Hosentasche und ging in den sechsten Stock, um dort die Türen zu untersuchen. Hier war ein Personalraum in der Mitte des Flurs. Ziemlich weit hinten war das Zimmermädchen dabei, die Zimmer der Gäste zu reinigen. Der Schlüssel passte. Schnell schloss sie die Tür auf und schlüpfte in den Raum. Die Tür fiel ins Schloss und es war stockdunkel. Sophie erschrak und suchte verzweifelt den Lichtschalter. Nach gefühlten Minuten fand sie ihn und schaltete das Licht an. Der Raum war größer als die anderen und auch hier standen mehrere Spinde. Sophie versuchte mit dem Schlüssel aufzuschließen und nach dem vierten Spind hatte sie Glück. Der Schlüssel passte. Sie wollte gerade einen kleinen Jubelschrei loslassen, da hörte sie, wie ein Schlüssel ins Schloss gesteckt wurde, um die Personaltür zu öffnen. Sie schaute sich um. Im hinteren Teil der Kammer waren Wäschecontainer, in die die gebrauchte Wäsche geworfen wurde. Sie schaffte es gerade noch, hinter einem Container zu verschwinden, um das Licht konnte sie sich nicht mehr kümmern. Jemand betrat den Raum und ging in Richtung Wäschecontainer. Sophie blieb fast das Herz stehen, als sie die Schritte hörte. Dann wurde etwas in den Container geworfen, die Schritte entfernten sich, das Licht wurde ausgeschaltet und die Tür fiel ins Schloss. Sophie atmete auf. Ihr Handy und damit ihre einzige Lichtquelle lag in ihrem Zimmer. Sie tastete sich vorsichtig in Richtung Tür und erwischte den Schalter. Es wurde wieder hell. Vorsichtig öffnete sie die Tür und schaute hinaus. Vom Zimmermädchen war nichts zu sehen und so schloss sie diese leise wieder. Sie ging zum Spind und öffnete die Tür. Er bewahrte wenig darin auf, ein paar Schuhe, eine Jacke. Oben auf dem Ablagebrett lagen Taschentücher, eine Sonnenbrille und tatsächlich, da lag sein Zugangskärtchen. Sophie jubilierte innerlich, das war einfach genial. Sie schloss den Spind zu, löschte das Licht und schlich sich zurück in ihr Zimmer. Es war die richtige Karte, denn sie konnte damit ihre Zimmertür öffnen. Sie holte ihr Handy und schlich die Treppe runter in den dritten Stock. Sie schaute sich erst mal um, ob der Flur leer war und hoffte dann, dass sie auch die richtige Zimmertür erwischte. Sie hatte eigentlich ein schlechtes Gewissen, denn Tobias war nett und sie hätte ihn bestimmt auch fragen können. Aber sicher war es besser, dass sie alleine das Zimmer untersuchte und nicht im Beisein von Tobias. Das würde ihn seine Stellung kosten. Sie klopfte vorsichtig an die Tür und als sich keiner meldete, öffnete sie mit der Karte. Sie staunte nicht schlecht, was sie zu sehen bekam. Hatte sie vorher noch überlegt, woran sie das Zimmer erkennen könnte, war ihr mit einem Schlag klar, dass sie das richtige Zimmer erwischt hatte. Auf dem Tisch lag der ausgebreitete Plan des Museums. Er sah wie ein Bauplan aus. Der Zettel mit dem vermeintlichen Gedicht war wirklich das Gedicht „Schatzgräber" von Johann Wolfgang Goethe, das die Mädchen im Internet recherchiert hatten. Das Bild der Monstranz fehlte, dafür lag ein anderes Bild auf dem Tisch. Es handelte sich um eine Säule aus Stein, die in der Mitte eine kaum zu erkennende Vertiefung hatte. Mit einem Filzstift war diese Vertiefung auf dem Foto markiert worden. Um die Säule herum waren Ausgrabungen zu sehen, an der Wand sah man ein Bild. Man konnte es nicht genau erkennen, es sah nicht wie ein Gemälde auf einer Leinwand mit Rahmen aus. Eher wie ein Fresko, also ein Bild, das direkt auf die Wand gemalt wurde. Was konnte es mit diesem Foto auf sich haben und wo war es aufgenommen? Sophie machte schnell ein Foto mit ihrem Handy und schaute sich weiter um. Auf dem Bett lagen eine Hose und eine Bluse unachtsam hingeworfen. Vorsichtig öffnete sie die Schränke. Komisch, keine Koffer, keine Klamotten. Wo hatten die Beiden ihre Sachen zum Wechseln? Auch im Badezimmer deutete nichts darauf hin, dass hier jemand seinen Urlaub verbrachte. Keine Zahnbürste, Rasierapparat oder ähnliches, was man mehr oder weniger täglich brauchte. Das fand Sophie schon sehr eigenartig. Sie schaute nach oben auf den Schrank, Fehlanzeige, aber unter dem Bett wurde sie fündig. Dort lag ein Koffer. Komisch, wer legt seinen Koffer unters Bett. Ist doch sehr umständlich, wenn man sich die Kleidung so heraus nimmt, dafür gibt es doch Schränke, dachte Sophie. Sie zog den Koffer heraus, doch leider war dieser verschlossen. Vielleicht liegt der Schlüssel im Nachtschrank. Sie zog die Schubladen auf doch außer der obligatorischen Bibel lag auch dort nichts. Weder ein Schlüssel noch andere Gegenstände. Es sah so aus, als würde das Pärchen hier gar nicht wohnen. Als sie auf die Uhr sah, erschrak sie. Eigentlich müsste sie seit geraumer Zeit wieder lernen. Außerdem bestand die Gefahr, dass das Pärchen wieder kam. Auch Tobias sollte eigentlich nichts davon erfahren, dass sie sich seine Karte ausgeliehen hatte. Den Gedanken verwarf sie gleich wieder, er und auch Julia mussten erfahren, was sie hier entdeckt hatte. Sophie schaute sich noch einmal um, dann öffnete sie langsam die Zimmertür. Die Luft war rein und so schlich sie zum Personalzimmer, wo sie die Karte unbemerkt wieder an ihren Platz legte. Gut gelaunt aber auch leicht verwirrt machte sie sich an die nächste Lernphase.

Unterdessen waren Julia und Tobias auf dem Rückweg. Sie schlenderten langsam zum Hotel und grübelten jeder für sich, was sie in der Zwischenzeit erlebt bzw. erfahren hatten. Julia hatte Tobias vorgeschlagen, mit ihr und Sophie ein weiteres Gedächtnisprotokoll anzufertigen, damit sie nichts vergaßen. Außerdem wollten sie gleich an den Computer, um mit ihrer Recherche zu beginnen.

Sophie staunte nicht schlecht, als Julia und Tobias mit ihrem Bericht geendet hatten. Auch sie konnte mit dem Foto von der Monstranz und der Geheimschrift nichts anfangen. Dann beichtete Sophie, was sich in der Zwischenzeit bei ihr zugetragen hatte. Julia staunte über so viel Kaltschnäuzigkeit und Mut, den sie ihrer Freundin gar nicht zugetraut hatte. Tobias war verständlicherweise nicht sonderlich begeistert darüber und reagierte dementsprechend. Er schnaubte Sophie ziemlich grob an, von wegen Rausschmiss, Gefahr und was ihm noch alles einfiel. Sophie war fast den Tränen nahe, als er endlich aufhörte, sie zu beschimpfen. Julia war erschrocken über Tobias´ rüden Ton versuchte aber mit ein paar überzeugenden Argumenten die Wogen zu glätten. Tobias tat es bereits leid, dass er so ungehalten reagiert hatte und so beugten sie sich, halbwegs versöhnt, gemeinsam über den Computer.

„Unter was könnte man denn diese Schrift suchen?", Julia dachte laut nach. „Schade, dass man das Foto nicht einscannen kann und das Internet spuckt die passende Geheimschrift aus."

„Fassen wir doch mal zusammen, was wir wissen", Tobias Stimme war nun wieder normal. „Die Monstranz ist aus dem 17. Jahrhundert, genauer gesagt wurde sie vermutlich 1658 in Köln gefertigt.

„Woher weiß man das so genau?" Sophie hatte sich wieder gefasst und wollte sich auch an der Aufklärung beteiligen. Julia und Tobias zuckten mit den Achseln.

„Keine Ahnung, auf der Monstranz selbst habe ich kein Datum gesehen, ich weiß aber auch nicht, ob man so etwas überhaupt einritzt und wenn, dann würde es vermutlich unter dem Fuß sein", meinte Julia. „Wenn wir also mal davon ausgehen, dass der Künstler diese Geheimschrift selbst angebracht hat, dann müsste es sich doch um eine Schrift handeln, die damals bekannt und vielleicht auch gebräuchlich war. „

Julia zog den Computer zu sich heran und gab die Worte „Geheimschrift Mittelalter" ein. Plötzlich stieß sie einen Schrei aus. Sophie erschrak und Tobias drehte den Computer so, dass alle darauf schauen konnten.

„Alphabetum Kaldeorum", flüsterte Sophie als sie die Abbildung vergrößert hatten.

„Schaut mal!", Julia nahm ihr Handy und vergrößerte das Bild. „Das könnten doch unsere Zeichen sein." Schon angelte sich Sophie Stift und Papier vom Tisch und versuchte die Buchstaben zu entziffern.

„Rathaus", jetzt flüsterten alle Drei.

„Was hat das nun wieder zu bedeuten" stöhnte Tobias. Er hatte so gehofft, dass es sich um Koordinaten handelte, die sie direkt an einen Fundort gebracht hätten. Stattdessen hatten sie wieder ein Rätsel und eigentlich noch nicht mal das. Was sollten sie mit dem Wort Rathaus schon anfangen können. Rathäuser gab es viele und selbst wenn es sich bei dem Rathaus um das Kölner Rathaus handeln sollte, was würde das schon heißen?

„Sei doch nicht gleich so pessimistisch", raunzte Julia ihn an. „Wir sind doch schon ein ganzes Stück weiter gekommen und mittlerweile glaube ich nicht mehr daran, dass unser Pärchen hier Urlaub macht. Ich habe eher den Eindruck, die haben von dem Rätsel Wind bekommen und wollen es für sich lösen. Das sieht auch nicht mehr nach Zufall aus, was sich so alles ereignet hat. Irgendetwas stimmt da nicht und wir sollten an der Sache dran bleiben."

„Vielleicht sollten wir unser Pärchen etwas besser beobachten, was sie so machen, den ganzen Tag", schlug Sophie vor.

Die Drei überlegten, wie man das anstellen könnte. Es würde auffallen, wenn man zu dritt hinter den Beiden herlaufen würde. Das würde nicht funktionieren. Auch waren ihnen die Gesichter der Drei bekannt oder man musste es zumindest vermuten. Sie brüteten vor sich hin, bis Tobias eine Idee hatte.

„Mein Freund Andreas", begann er. „Wir gehen in die gleiche Klasse und sind schon seit dem Kindergarten befreundet. Er langweilt sich den ganzen Tag, liegt mir ständig in den Ohren, ich soll meinen Ferienjob schmeißen und wir könnten dann etwas gemeinsam unternehmen, er wäre der ideale Beschatter."

„Meint ihr nicht, wir sollten so langsam die Polizei informieren?“ Sophie schaute von einem zum anderen. „Immerhin handelt es sich hier vielleicht um Kriminelle und es könnte auch gefährlich werden.“

„Und was willst du der Polizei sagen? Wir haben keine Beweise, wir haben ein paar Fakten. Ich kann mir nicht vorstellen, dass das der Polizei reicht“, erläuterte Julia.

„Also gut“, Sophie war schon wieder dabei, ihr Heft heraus zu holen und weitere Erkenntnisse einzutragen. „Tobias, du informierst deinen Freund. Am besten er kommt hierher und wir sollten hier unsere Kommandozentrale aufbauen. Was können wir sonst noch tun?“

Während Tobias mit Andreas telefonierte versuchten die Mädchen etwas Ordnung in ihre Gedanken zu bekommen. Das Rathaus, Julia hatte sich in der Zwischenzeit den Computer genommen und recherchierte bereits über das Kölner Rathaus. Sie nahmen einfach mal an, dass es sich um dieses Rathaus handeln könnte, mehr Hinweise gab es bisher noch nicht. Nun hatte Julia eine Idee. Sie nahm das Gedicht von Goethe zur Hand und versuchte „zwischen den Zeilen“ zu lesen. Sie schrieb hinter jede Textzeile ein Wort oder einen Satz, mit der sie das Gedicht und das restliche Wissen verglich. Das war nicht ganz einfach, aber bei einigen Zeilen gelang es ihr schon.

Es klopfte an der Tür. Tobias öffnete sie und herein kam sein Freund Andreas. Er war ein Jahr älter als Tobias, etwas kleiner als er und hatte dunkle Locken. Er war den Mädchen auf Anhieb sympathisch. Sie weihten Andreas in ihre Recherchen ein und berieten, wie man nun weiter vorgehen wollte. Andreas erklärte sich bereit, sich zur Beschattung des Pärchens zur Verfügung zu stellen. Sie tauschten die Handynummern aus, damit sie jederzeit miteinander Kontakt aufnehmen konnten. Wenn sie nichts anderes für ihn hätten, würde er morgen damit beginnen, das Pärchen zu beobachten.

„Dazu musst du aber wissen, wie die Beiden aussehen", meinte Julia und überlegte gerade, woher sie ein Foto bekommen konnten.

„Das ist kein Problem", sagte Tobias. „Sie speisen eigentlich jeden Abend hier im Lokal und ich werde Andreas nachher die Beiden zeigen."

Sie überlegten noch eine Weile weiter und arbeiteten ihre bisherigen Spuren aus. Danach mussten sie sich fürs Abendessen umziehen und die Jungs verabschiedeten sich. Heute waren die Mädchen pünktlich im Restaurant. Sophies Mutter saß schon am Tisch und studierte die Speisekarte.

Das Abendessen mit ihr verlief sehr gut. Jeder berichtete von seinem Tag. Das gestaltete sich bei den Mädchen schwieriger als gedacht, denn Sophies Mutter sollte von ihren Erlebnissen natürlich nichts erfahren. Sie freute sich aber darüber, dass Sophie in ihre Schulbücher geschaut hatte und gab sich damit auch zufrieden. Auf der Baustelle lief alles bestens. Man habe bereits die Wünsche des Kunden umgesetzt und sie würden vielleicht schon bald wieder heimfahren können. Sophie und Julia zuckten zusammen. Das wäre zum jetzigen Zeitpunkt vollkommen unmöglich dachten beide, man wusste nicht, wie sich der Fall weiter entwickeln würde. So versuchten sie also mit guten Argumenten die Mutter zum Bleiben zu überreden. Sophies Mutter schaute die Mädchen an. Sie konnte sich keinen Reim machen. Erst war es absolut grauenhaft, das waren die Originalworte von Sophie noch vor nicht mal zwei Tagen, dass sie mit hierher sollte und nun wollten die Mädchen nicht mehr weg.

„Woher kommt eurer plötzlicher Sinneswandel?", fragte sie.

„Ach weißt du, wir haben bisher noch so wenig von der Stadt gesehen und ein bisschen was steht noch auf unserem Programm", meinte Sophie.

„So schnell werden wir sicher auch noch nicht fertig werden“, sagte Sophie Mutter und die Mädchen atmeten erleichtert auf. „Was habt ihr morgen vor?“

„Rathaus“, kam es wie mit der Pistole geschossen aus Sophie und Julias Mund.

„Wieso ausgerechnet das Rathaus?“ Sophies Mutter schaute die beiden an.

„Julia meint, das müsste man sich unbedingt mal ansehen“ Sophie hoffte, dass ihre Mutter nicht weiter nachfragen würde. Aber die hatte schon einen ganz anderen Gedanken.

„Dann könnt ihr mich morgen mal besuchen kommen, wir sind direkt am Rathaus tätig. Schreibt mir eine SMS und ich hole euch ab.“

Auch heute kam der Kollege von Sophies Mutter an den Tisch, um sie an seinen zu bitten. Sie verabschiedete sich von den Mädchen und meinte, wenn sie wollten könnten sie sich noch einen Nachtisch mit aufs Zimmer nehmen.

Als Sophie und Julia alleine waren, überlegten sie zunächst, welchen Nachtisch sie bestellen sollten. Als die Wahl getroffen war, gingen sie auf ihr Zimmer. Das Pärchen war heute Abend nicht im Restaurant gewesen. Das wunderte die beiden Mädchen zwar, allerdings waren sie heute auch früher als am gestrigen Tag. Den weiteren Abend verbrachten sie damit, das Gedicht von Goethe zu analysieren und Julia berichtete Sophie welche Textzeilen sie nach ihrer Meinung schon enträtselt hatte.

Arm am Beutel, krank am Herzen	Geschichte mit den Liebenden
Schleppt' ich meine langen Tage.	Kerker
Armut ist die größte Plage,	
Reichtum ist das höchste Gut!	
Und, zu enden meine Schmerzen,	Vater, der Reue zeigt
Ging ich, einen Schatz zu graben.	
Meine Seele sollst du haben!	
Schrieb ich hin mit eignem Blut.	Rote Rubine in der Monstranz

Dazu erklärte ihr Julia, was sie sich vorstellte: Die Geschichte der Liebenden, die Tobias ihnen bestätigte und die zufälligerweise vor ein paar Wochen im Religionsunterricht erzählt wurde, könnte auf den ersten Teil des Gedichtes zutreffen. Hier würde auch die Passage mit dem Reichtum passen. Die Schmerzen könnten den Vater meinen, es wäre aber auch möglich, dass damit der Liebhaber im Kerker gemeint war. Wie Armut nun dazu passte, war Julia noch nicht ganz klar und die Textstelle mit dem Blut deutete sie mit den roten Rubinen in der Monstranz. Sophie war erstaunt über so viel Phantasie. Darauf wäre sie im Leben nicht gekommen. Julia hatte ihr wirklich einiges voraus und es erklärte einmal mehr, warum sie in der Schule wesentlich besser war. Es blieb trotzdem die Frage, welchen Zusammenhang es zwischen Goethes Gedicht und der Monstranz und dem eventuellen Rätsel geben konnte. Die Monstranz war im 17. Jahrhundert erschaffen worden, Goethe wurde erst im 18. Jahrhundert geboren. Den Mädchen war dazu immer noch unverständlich, wie das Pärchen hier einen Zusammenhang hatte finden können bzw. wo sie überhaupt eine Verbindung zwischen dem doch eher nicht so geläufigen Gedicht Goethes und der Monstranz sahen. Goethe, so hatten sie bereits recherchiert, war nachweislich zweimal in Köln gewesen. Möglich wäre es schon, dass er die Geschichte der beiden Adeligen gehört und sie zu einem Gedicht zusammengefasst hatte. Wie so oft bei Dichtern oder Schriftstellern, griffen sie Geschichten aus vergangener Zeit in ihren Werken auf. Die Mädchen kamen zu dem Schluss, dass sie mehr über diese Geschichte hören mussten, um eine eventuelle Verbindung herzustellen. Aber wer könnte ihnen helfen und wer konnte heute noch etwas über diese Geschichte erzählen? Im Internet, das hatten sie bereits geprüft, war nichts über diese Geschichte bekannt.

„Schreib doch mal Tobias an, vielleicht kennt er hier jemanden, der sich mit alten Geschichten auskennt“, war Julias erster Gedankengang.

Kapitel 4 - Das Schloss zu Auersbach

Am nächsten Morgen war Sophie wieder zeitig wach. Tobias hatte sich spät am Abend noch gemeldet und ihnen mitgeteilt, dass er Andreas das Pärchen hatte zeigen können. Sie waren recht spät zum Abendessen gekommen. Von seinen Eltern hatte er noch etwas zu der Geschichte erfahren. Außerdem hatten sie ihn auf seinen Patenonkel aufmerksam gemacht, der sich als Hobbyhistoriker, mit dieser und anderen Geschichten beschäftigte. Tobias bot den Mädchen an, dass er ein Treffen mit ihm arrangieren würde. Sie waren übereingekommen, dass ein Treffen so schnell wie möglich stattfinden sollte, da Sophies Mutter bereits von Abreise sprach. Mit einem Satz war sie aus dem Bett und weckte dabei Julia. Die war nicht sonderlich begeistert, so früh aufstehen zu müssen, fügte sich dann aber doch in ihr Schicksal. Beim Frühstück trafen sie das Pärchen, das mit dem Frühstück bereits angefangen hatte. Die beiden Mädchen suchten sich einen Tisch in der Nähe und hofften so, etwas über den Tagesplan des Pärchens zu erfahren. Tobias selbst musste heute wieder arbeiten und stand somit für eine weitere Mitarbeit, zumindest bis zum späten Nachmittag, nicht zur Verfügung. Während sie auf ihren Kakao warteten, den die Kellnerin bringen wollte, schmierten sie sich ihre Brötchen und schauten auf ihre Handys. Sie wollten jede Unterhaltung vermeiden, um eventuelle Gespräche von dem Pärchen besser zu verstehen. Tatsächlich konnten sie recht gut hören, was die beiden besprachen, aber es waren unbedeutende Informationen. Sie sprachen über das Wetter, über eine gemeinsame Freundin und waren darüber hinaus nicht sonderlich gesprächig. Plötzlich stand Tobias mit dem Kakao vor den Mädchen. Auf dem Rückweg in die Küche, hob der Mann mit der Baskenmütze die Hand und winkte Tobias zu sich. Aber so sehr sich die Mädchen auch anstrengten, sie konnten nicht verstehen, was er von ihm wollte, er sprach einfach zu leise. Tobias grinste zu den Mädchen herüber und verschwand in der Küche. Während sich die beiden noch den Kopf darüber zerbrachen, was der Mann mit der Baskenmütze mit Tobias zu besprechen hatte, kam auf dem Handy von Sophie eine SMS von Tobias an.

„Er braucht einen Fremdenführer und ich habe Andreas empfohlen“ stand dort zu lesen. Das war einfach genial, besser ging es nicht oder war das eine Falle? Hatte der Typ etwa gemerkt, dass sie sich für das Tun der Beiden interessierten?

Sophie antwortete ihm, teilte ihm ihre Bedenken mit und fragte zurück, ob der Hobbyhistoriker heute Vormittag für sie Zeit hatte. Auch das hatte Tobias schon arrangiert, sie könnten ihn bis vierzehn Uhr im Kolumba treffen.

„Kolumba?“ schrieb Sophie zurück, worauf hin Tobias ihr erklärte, dass es sich dabei um ein Kunstmuseum in der Kolumbastraße in der Innenstadt handelte.

Nachdem die Mädchen zu Ende gefrühstückt hatten, gingen sie auf ihr Zimmer zurück, um ihre Taschen zu packen. Dann machten sie sich auf den Weg in das Museum. Der Hobbyhistoriker entpuppte sich als belesener und sehr freundlicher Mann. Er wunderte sich nicht, warum die Mädchen genau zu dieser Geschichte Näheres wissen wollten, fragte auch nicht nach den genauen Hintergründen, versuchte ihnen aber alles, was er zu dieser Geschichte wusste, zu erzählen. Nachdem der Vater die Liebenden gestellt hatte, hatte er den Sohn in einen Kerker auf der Burg einsperren lassen. Dort bekam der Sohn nur Wasser und Brot. Der Vater besuchte ihn täglich und redete ihm ins Gewissen, ohne Erfolg. Der Sohn weigerte sich standhaft, seine Geliebte zu verlassen, um eine

Prinzessin zu heiraten, die er nicht liebte. Der treue Diener, der ihm die tägliche Ration Nahrung brachte, sollte Edelsteine für seinen Herrn aus dessen Schatulle im Schlafzimmer holen. Dabei wurde er vom Vater beobachtet. Dieser erstach den Diener in seiner Dachkammer und nahm die Edelsteine an sich.

„Wie kam der Sohn ums Leben?", fragte Sophie.

„Man vermutet, dass der Sohn eines natürlichen Todes in dem Kerker starb. Die Lebensumstände in solchen Verliesen waren nicht besonders gut und man konnte schnell von einer Ratte gebissen werden. Diese Tiere übertragen Krankheiten. Der Mythos wollte natürlich an einen einfachen Rattenbiss nicht glauben, aber andere Hinweise gibt es nicht. Über den Kummer, dass sein Sohn nicht einsichtig war und er ihn deshalb viel zu lange im Kerker beließ, so dass er in dem Verlies starb, kam der Vater nie hinweg. Um wenigstens einen Teil seines Gewissens zu beruhigen und ein wenig Gutes zu tun, stiftete er die Steine der Kirche. Er gab in Auftrag, dass ein Teil dieser Steine in ein großes Gefäß, die Monstranz, eingelassen werden sollte. Der andere Teil sollte in eine Schale eingefasst werden. Er bestimmte außerdem, dass Schale und Gefäß an unterschiedlichen Orten aufbewahrt werden sollten. Nur wenige Personen weihte er ein, dass die beiden Exponate ein Geheimnis beinhalten würden. Sie sollten Hinweise auf den Verbleib seines Vermögens geben. Er selbst hatte sich nach der Anfertigung von seinen Reichtümern losgesagt und starb verarmt."

Nachdem er mit seiner Erzählung geendet hatte, waren die Mädchen beeindruckt. Sie nahmen sein Angebot an, mit ihm durch den alten Teil des Museums zu schlendern. Der Teil, in dem sich die Ruinen der alten Kirche St. Kolumba befanden. Diese Kirche war im zweiten Weltkrieg fast völlig zerstört worden, wobei allerdings zum damaligen Zeitpunkt auch nur noch der Turm und das Mittelschiff erhalten waren. Trotzdem war es sehr interessant, diese Ruinen zu sehen. Als sie in einen großen Raum mit vielen Ausgrabungen kamen pfiff Sophie durch die Zähne. Diesen Raum kannte sie. Sie musste nur kurz überlegen. Natürlich, das war der Raum, den sie auf dem Foto im Zimmer des Pärchens gesehen hatte. Sie holte das Handy heraus und suchte das Bild. Es war zwar nur schwarzweiß aber unverkennbar das Fresko an der Wand und auch die Treppe auf der rechten Seite erkannte sie wieder. Sie gingen mit dem Onkel zu der Säule, die mit einem Filzstift markiert worden war. Sie war ziemlich auffällig, weil sie direkt an eine Mauer angrenzte. Bei näherer Betrachtung sah sie nicht wie eine Säule aus, eher wie die Ecke in einem Zimmer.

„Was ist daran so Besonderes?" fragte Julia den Onkel.

Der Onkel nahm das Handy und schaute sich die Markierung an. Er zuckte mit den Schultern.

„Ausgrabungen sind immer was Besonderes, sie sind alt, sie sind erhaltenswert aber warum nun jemand diese Säule umkringelt, also für besonders wichtig empfindet, das entzieht sich meiner Kenntnis. Wir haben bisher keine Information darüber, dass die Säule oder der Maurerrest ein Geheimnis birgt."

Sophie schaute die Säule soweit es ging von allen Seiten an. Keine Einkerbungen, keine Hieroglyphen, keine Geheimschrift, kein Geheimfach.

„Schade", murmelte sie.

„Was erwartest du hier zu finden?" fragte der Onkel, nun doch neugierig geworden.

„Kleinen Moment" sagte Sophie und zog Julia mit sich. Die Mädchen beratschlagten, ob man dem Onkel von den Entdeckungen berichten und vertrauen konnte. Für alle Einzelheiten fehlte die Zeit, aber nachdem der Onkel in die kurze Version ihrer Geschichte eingeweiht war, runzelte er die Stirn.

„Komische Sache" gab er den Mädchen Recht. „Und ihr glaubt, hier könnte eine weitere Spur zu dem Schatz gelegt worden sein?"

„Ob nun zu einem Schatz oder einfach nur die Lösung eines mysteriösen Rätsels, irgendetwas muss sich doch dahinter verbergen", meinte Sophie.

Die beiden hatten sich angeregt unterhalten und dabei Julia ganz außer Acht gelassen. Die kniete mittlerweile vor dem Sockel und schaute aus nächster Nähe darauf.

„Also ich kann absolut nichts sehen", stimmte sie der Freundin zu.

„Wäre auch zu schön gewesen", meinte Sophie.

Sie wollten schon weiter gehen, da zog Julia an Sophies Arm. „Schau mal hier unten."

Julia ging in die Hocke und tatsächlich, an der Mauer neben der Säule waren einige Steine nicht exakt gemauert. Sie sahen aus, als wären sie etwas zurückgesetzt. Auf der anderen Seite schauten sie dafür etwas aus dem Mauerwerk heraus. Wenn man die Steine genauer betrachtete, dann konnte man ein eingeritztes Zeichen erkennen.

„Was soll das sein?" fragte Julia den Onkel.

„Wir haben das auch schon gesehen und halten es für ein Zeichen, dass der Maurer bei der Entstehung des Mauerwerks vielleicht hineingeritzt haben könnte. Das gibt es öfter, deshalb haben wir diesem Zeichen keine tiefere Bedeutung beigemessen."

„Meinen sie, ich kann die Anordnung der Steine und das Zeichen abmalen damit wir uns das genauer ansehen können? Ein Foto wäre zwar praktischer ist aber verboten, habe ich schon am Eingang gelesen."

Der Onkel hatte nichts dagegen und Julia begann mit Block und Stift eine Anordnung der Steine und der Zeichen zu übertragen. Er verabschiedete sich von den Mädchen, weil er einen wichtigen Termin hatte. Sophie und Julia betrachteten die

Steine eingehend. Vielleicht hatte die Anordnung der Steine mit Mathematik zu tun und das Zeichen war wirklich nur ein Zunftzeichen. Sie malten die Anordnung der Steine auf und markierten die Steine, die etwas zurückgesetzt waren. Dazu malten sie das Zeichen auf.

Als sie draußen waren schnappte Sophie erst mal nach frischer Luft, denn im Museum war es stickig gewesen.

„Das waren aufschlussreiche Informationen", meinte Julia und zog Sophie mit sich.

Und dass der Onkel auch wusste, welches Schloss dem armen reichen Vater gehört hatte, war natürlich die beste Information, die sie erhalten hatten. Das Schloss hatte alle Kriege ohne Schäden überstanden, war zwar im Familienbesitz, konnte aber besichtigt werden, so der Onkel.

„Nichts wie los", Julia zog Sophie immer weiter, bis sie die U-Bahn erreicht hatten.

Es war ohne Auto nicht so einfach, das Schloss zu erreichen. Sie fuhren zunächst mit der Bahn, dann weiter mit dem Bus und kamen am frühen Nachmittag vor dem Park, der das Schloss umgab, an. Sie schlenderten langsam durch den Park und bald erschien das Schloss vor ihren Augen. Viel war an diesem Wochentag nicht los und so konnten sie sofort mit der Besichtigung starten. Es gab keine Führungen, man erhielt entweder einen Audioguide oder man konnte einfach so durch das Schloss und seine Besucherräume schlendern. Die Mädchen nahmen zur Sicherheit ein Gerät mit und begannen, die Räume zu erkunden.

„Nach was suchen wir eigentlich?" Sophie konnte sich nicht vorstellen, dass hier irgendetwas aufbewahrt wurde, was ihnen auch noch genau ins Auge springen würde. Julia, die wie immer sofort Feuer und Flamme war, zog sie weiter.

„Wir schauen uns einfach um und lassen uns inspirieren. Vielleicht können wir auch einen Blick in das Verlies werfen, wenn es zu besichtigen ist", meinte Julia.

Nach dem dritten Zimmer langweilte sich Sophie bereits und zuckte zusammen, als Julia sie anstieß.

„Schau!", Julia zeigte mit dem Finger in eine Ecke des Zimmers. „So könnte die Schale ausgesehen haben, die wir suchen."

„Aber die Schale wurde doch vermutlich gar nicht im Schloss aufbewahrt", gab Sophie zu bedenken.

„Ja schon, aber so könnte sie aussehen", Julia rollte mit den Augen. „Du hast mich gefragt, was wir suchen. So etwas suchen wir."

Während sie weiter durch die Räume spazierten, überlegte Sophie, wie man überhaupt Monstranz und Schale zusammenbringen könnte. Man konnte schlecht zur Museumsleitung spazieren und diese bitten, die wertvollen Teile mal auszuleihen. Da könnten sie sich auch gleich einen Platz im Irrenhaus reservieren. Vielleicht war das aber auch gar nicht nötig, überlegte sie weiter. Vielleicht war jedes der Teile für sich nur ein Hinweisträger. Allmählich hatte Sophie keine Lust mehr auf die Detektivarbeit. Selbst wenn sie die Schale finden würden, was sollten sie dann mit ihr machen? Schalen, die gab es wie Sand am Meer, das Schloss bewies es gerade. Eine Fotografie, eine Skizze oder eine Beschreibung darüber gab es auch nicht. Das machte keinen Spaß. Sie war stehen geblieben und schaute eine von vielen Vitrinen an. Auch da lagen Schalen jeder Art und Größe darin. Sie hatten keine eingefassten Edelsteine außen oder innen und somit schieden sie von vorn herein aus. Sie schaute sich um. Wo war Julia nur abgeblieben? Sie war einfach weiter gegangen, hatte ihren Gedanken freien Lauf gelassen und gar nicht darauf geachtet, dass Julia nicht mehr an ihrer Seite war. In diesem Raum konnte sie Julia nicht sehen. Sie ging noch mal zurück, Julia war nicht zu sehen. Sie konnte doch unmöglich an ihr vorbei gegangen sein. Das wäre ihr doch aufgefallen. Ich werde sie schon wieder am Ausgang treffen, dachte Sophie. Sie hatte den Audioguide auf den Ohren und hörte der Stimme wenig interessiert zu. Die einzelnen Räume waren mit vielen alten Möbeln bestückt, Fresken an den Wänden und zum Teil auch alten Gemälden. Sophie betrachtete die Wände und Gemälde. Das sah schon schön aus, sehr dezente Farben, die Möbel darauf abgestimmt. An manchen Wänden waren Türen eingelassen. Schade, dass man da nicht einfach mal durchgehen kann, diese Türen und was sich dahinter verbirgt, waren bestimmt interessanter, als die Räume hier, fand sie. Kurz vor dem Ausgang machte sie sich doch langsam Sorgen, wo Julia geblieben war. Sie nahm ihr Handy und schaute darauf. Gemeldet hatte sie sich nicht. Also schreibe ich ihr mal eine Nachricht beschloss Sophie. Nichts passierte. Langsam wurde es Sophie etwas mulmig zumute. Sie war beim Ausgang angekommen und gab den Audioguide zurück. Sie schrieb Julia eine weitere Nachricht, dass man sich am besten im Garten treffen könnte und ging nach draußen. Der Park war herrlich angelegt. Die Sonne schien und so ging Sophie langsam zu einem künstlich angelegten See. Dort standen Bänke, da würde sie sich hinsetzen und ihr Brötchen essen, das sie sich schnell beim Umsteigen vorhin gekauft hatten. Sie schaute auf die Uhr. Warum meldete sich Julia nicht? Nach dem sie das Brötchen aufgegessen hatte, ging sie ein bisschen weiter, direkt auf den verwilderten Teil des Parks zu. Er war durch eine Mauer geschützt und als sie durch das Tor eintrat sah sie, dass es sich hier um einen alten Friedhof handelte. Längst standen die Steine schief und Grabeinfassungen konnte man auch kaum noch erkennen. Im Laufe der vielen Jahre hatte das Gras und die Wildblumen die Oberhand gewonnen und nur vereinzelt standen überhaupt noch Grabsteine herum. Man überließ den Park der Natur und so schlenderte Sophie begeistert über die kaum noch vorhandenen Wege. So etwas mochte sie. Es war ein wunderschönes Farbenspiel mit der Sonne. Sie nahm ihr Handy und machte ein paar Fotos in alle Richtungen. Wie alt der Friedhof war überlegte Sophie und trat an einen Grabstein heran. Man konnte nicht mehr sehr viel davon lesen. Schade, dachte sie. Beim nächsten Stein hatte sie mehr Glück. Der Verstorbene war 1735 geboren, das konnte man gerade noch erahnen. Mit etwas Geduld konnte man auch den Namen entziffern. Vermutlich war es ein Urahne der heutigen Besitzer. Sie ging weiter, der nächste Grabstein war noch älter, denn das Todesdatum war 1680. Sophie pfiff durch die Zähne, sie hatte gerade den Grabstein des Mannes gefunden, der der Vater des unglücklichen Liebhabers war. Kein Zweifel, es stand „Wilhelm zu Auer…" auf dem Grabstein, den Rest konnte man nur noch erraten. Sofort nahm Sophie ihr Handy heraus und fotografierte den Stein von allen Seiten. Als sie an die Rückseite trat, um auch davon zur Sicherheit ein Foto zu machen, sah sie ein Zeichen auf dem Stein. Das Zeichen kannte sie irgendwo her. Sie nahm die von Julia angefertigte Zeichnung in die Hand und versuchte das Zeichen mit dem auf dem Grabstein zu vergleichen. Es war identisch, nur das hier in den Stein auch noch Buchstaben eingeritzt waren. Lediglich Buchstaben, keine Wörter. Während Sophie noch vor sich hin grübelte, wurde sie von hinten an die Schulter gefasst. Sie erschrak so, dass ihr das Handy aus der Hand fiel.

„Was bist du denn so schreckhaft", wollte Julia von ihr wissen.

„Da bist du endlich", Sophie schlang vor lauter Begeisterung die Arme um ihre Freundin. „Ich war schon so in Sorge um dich und wenn ich nicht hier eine sensationelle Entdeckung gemacht hätte, ich glaube, ich hätte schon das ganze Schloss zusammen getrommelt."

„Ich musste mich verstecken", erklärte ihr Julia. „Komm hier weg".

„Wieso verstecken?", Sophie sah Julia fragend an. „Hast du mit Falschgeld bezahlt?"

Die Mädchen suchten sich eine ruhige, etwas abgelegene Parkbank und Julia begann zu erzählen:

„Ich bin mit dir noch am Anfang der Besichtigung zusammen gewesen und habe gesehen, wie du langsam weiter gegangen bist. Mir war klar, wir treffen uns am Ausgang wieder, du schaust dir die Sachen schneller an als ich. Als ich von der einen Vitrine mal wieder hoch schaute guckte ich in das Gesicht unserer Dame, du weißt schon. Ich bin so erschrocken“, Julia biss in ihr Brötchen, „und halb verhungert“, entschuldigte sie sich.

„Sie grüßte mich und ich habe auch „Hallo“ gesagt, was sollte ich auch sonst sagen? Ob ich denn alleine hier wäre, hat sie mich gefragt oder ob meine Freundin auch dabei ist. Ich habe dann nur gestammelt, dass du schon ein bisschen weiter gegangen bist und ihr einen schönen Tag gewünscht. Danach bin ich zur nächsten Vitrine und musste mich von meinem Schock erst mal erholen. Dann dachte ich, mal schauen, ob sie in Begleitung hier ist. War sie, der Typ mit der Baskenmütze war auch da. Wie immer unterhielten sie sich im Flüsterton und da dachte ich mir, die beiden lässt du jetzt mal nicht mehr aus den Augen. Ich bin also immer, in einem gewissen Abstand, hinter den Beiden her. Als wir in diesem Tempo ungefähr die Hälfte der Räume hinter uns gelassen hatten, was glaubst du, wer dazu kam?“

Sophie zuckte mit den Schultern.

„Na der Typ, den wir am ersten Abend im Lokal gesehen haben. Er begrüßte die Beiden wie alte Freunde und dann gingen sie, halt dich fest, durch eine Hintertür in einen eigentlich nicht für Besucher zugänglichen Bereich. Ich habe überlegt, was ich tun soll und da in diesem Moment niemand in diesem Raum war, habe ich die Gelegenheit genutzt und bin hinterher. Ich habe also vorsichtig die Tür geöffnet, mich umgeschaut und stand in einem langen Flur. Von weitem konnte ich sehen, dass die Drei den Gang schon ziemlich weit nach vorne gelaufen waren. Kurz vor dem Ende des Flures sind sie rechts abgebogen. Als ich am Ende des Ganges ankam, ging es rechts die Treppe hinunter. Zunächst habe ich geschaut, ob ich die Drei noch irgendwo sehen kann, aber da war niemand mehr. Also bin ich vorsichtig die Treppen nach unten geschlichen. Als ich mein Handy in die Hand nahm, habe ich gesehen, dass du mich angeschrieben hattest aber erstens hatte ich keinen Empfang mehr und zweitens keine Zeit, auch nur irgendein Wort zu schreiben. Ich musste hinterher."

Julia trank nun erst mal einen großen Schluck Wasser und berichtete weiter. Zunächst hatte sie sich vorsichtig umgeschaut und festgestellt, dass sie im Keller des Schlosses angekommen sein mussten. Von dem Pärchen keine Spur mehr. Licht konnte sie keines machen, da sie damit eventuell die Aufmerksamkeit auf sich gezogen hätte und auch das Handylicht war ungeeignet. So schlich sie im Halbdunkel durch das alte Kellergewölbe. Da sie die Drei nicht finden konnte und der Platz doch recht ungemütlich war, hatte sie sich gerade entschlossen, den Rückweg anzutreten, als sie Stimmen hörte. Sie schaute sich um und suchte ein geeignetes Versteck. Hinter einer halbhohen Wand zog sie sich zurück. Das Pärchen kam näher.

„Dann hat der Typ gemeint, dass der nächste Hinweis hier im Keller sein muss. Wie er denn darauf komme, hatte seine Begleiterin ihn gefragt.

Es ist doch ganz klar, dass das Zeichen mit Hilfe der Übersetzung einen Ort hier im Schloss angibt und das man dazu erst mal eine Übersetzung haben müsste". Das war das letzte, was Julia von dem Baskenmützentyp hören konnte. Als sich die Stimmen komplett entfernt hatten, schlich sie doch weiter, um den Keller zu inspizieren. Vielleicht war hier das Verlies, in dem der Sohn damals eingesperrt gewesen war. Eigentlich wäre sie gerne hinter den Dreien hergeschlichen aber diese Gelegenheit kam nicht wieder. Was würde sie nur machen, wenn man sie erwischen würde? Diesen Gedanken verwarf sie gleich wieder. Hier unten gab es absolut gar nichts, was man oben vermissen würde. Ob hier überhaupt jemals jemand runter ging? Staub gefegt wurde hier auf jeden Fall nicht. Auch die Spinnenweben an den Decken deuteten darauf hin, dass man es zumindest hier unten mit der Reinlichkeit nicht ganz so genau nahm. Am Ende des Ganges angekommen, machte dieser einen Knick und sie stand in einem großen Raum. Kalt und ungemütlich war es hier. Julia schaltete ihr Handylicht vorsichtig ein. Von außen kam so gut wie kein Tageslicht herein. An den Wänden konnte man eingelassene Ringe sehen. Sie deuteten darauf hin, dass man hier vermutlich Menschen festgebunden hatte. Der Boden war schmutzig und es roch leicht modrig. Eine alte Truhe stand in der Ecke, in der Mitte konnte man einen Tisch aus Stein ausmachen. Julia war gerade dabei, Fotos zu machen, da hörte sie Schritte. Schnell machte sie das Handylicht aus und versuchte sich hinter dem Tisch aus Stein zu ducken. Die Schritte kamen näher. Julia lauschte. Dann entfernten sie sich aber wieder. Sie entschloss sich, so schnell wie möglich aus dem Keller herauszukommen. Langsam und vorsichtig tastete sie sich an der Wand entlang, bis es wieder etwas heller wurde, Licht anmachen, das traute sie sich nicht. Im vorderen Teil des Kellers schien durch die Kellerfenster ein wenig Tageslicht. Am Fuße der Treppe angelangt schaute sie vorsichtig nach oben. Die Luft war rein. Als sie oben angekommen war musste sie sich zunächst orientieren, konnte dann aber doch die richtige Tür finden. Auch hier war sie vorsichtig und machte die Tür zunächst nur einen kleinen Spalt auf, um zu sehen, ob der Museumsraum leer war. In der einen Ecke stand eine Mutter mit ihren Kindern. Schnell schlüpfte sie in den Raum und tat so, als würde sie sich an dieser Wand die Gemälde sehr genau ansehen.

„Puh", sagte Sophie als Julia geendet hatte. „Du kannst von Glück sagen, dass dir niemand begegnet ist und dass auch die Drei dich nicht entdeckt haben".

„Allerdings", stellte Julia fest. Ich vermute, der große Kellerraum, in dem ich zum Schluss war, ist das Verlies. Aber außer einer alten Truhe, die ich nicht näher betrachtet habe, und dem steinernen Tisch gab es nichts Interessantes zu sehen, sofern ich nichts übersehen habe, bei den Lichtverhältnissen".

„Wo war eigentlich Andreas? Sollte er nicht die beiden überwachen bzw. sich als Fremdenführer hervortun?" meinte Sophie.

„Jetzt, wo du es sagst. Ist doch komisch, dass der sich bisher weder gemeldet, noch zum Beispiel hier mit aufgetaucht ist" bemerkte Julia.

Das fand Sophie auch, die sich noch dazu darüber wunderte, warum Tobias sich bisher nicht gemeldet hatte. Die Mädchen überlegten kurz und schrieben sowohl Tobias als auch Andreas eine SMS. Andreas meldete sich sofort und erklärte, er hätte heute leider einen wichtigen Termin vergessen, den er in der Zwischenzeit erledigt hätte. Mit dem Baskenmützentyp und seiner Lady hätte er sich für morgen verabredet.

„Na das klingt doch schon mal ganz gut", meinte Sophie. „Bin gespannt, wo die Morgen mit Andreas hin wollen.

Hast du schon mal überlegt, woher die Drei eigentlich den Weg zum Kellerverlies kannten?"

„Das frage ich mich auch schon die ganze Zeit", Julia blickte angestrengt um sich. „Es wäre immerhin möglich, dass der finstere Typ hier arbeitet, denn sonst kann man kaum so dreist sein und einfach durch Türen entschwinden, die sonst nur dem Personal vorbehalten sind."

„Die Sache wird immer mysteriöser", murmelte Sophie vor sich hin.

„Sag mal, du hast doch vorhin erzählt, du hättest auch etwas Sensationelles entdeckt. Was war es denn?“ neugierig schaute Julia ihre Freundin an.

„Ich hätte es dir lieber direkt gezeigt, aber nachdem unsere „Freunde“ hier sind, halten wir uns von dort auf jeden Fall fern“, meinte Sophie und begann ihre Entdeckung zu schildern. Als sie geendet hatte, schaute sich Julia die Bilder auf Sophies Handy an.

„Das sieht wirklich nach dem gleichen Zunftzeichen aus, dass ich von der Wand im Museum abgemalt habe“, dachte Julia laut. „Wieso lässt sich jemand dieses Zeichen hinten auf seinen Grabstein meißeln?“

„Und was mich besonders irritiert“, Sophie nahm Julia das Handy ab. „Was bedeuten die Buchstaben, die darum herum tanzen? Sie sind völlig wahllos angeordnet oder kannst du da eine Regel erkennen? Hast du eigentlich unsere „Freunde“ noch mal gesehen?“

Julia schüttelte den Kopf. „Ich weiß nicht, ob sie noch hier sind. Als ich den Weg zu dir gelaufen bin, habe ich keinen der Drei gesehen. Schau mal hier unten, am Fuß des Grabsteins, das sieht aus, als hätte man ein Gitternetz aufgemeißelt.“

Sophie schaute auf die Uhr. „Ich glaube, wir sollten langsam los. Bis wir wieder im Hotel sind, uns frischgemacht und umgezogen haben, ist es Zeit, dass wir meine Mutter zum Abendessen treffen. Da muss uns auch noch eine gute Geschichte einfallen, warum wir sie heute nicht an der Rathausbaustelle besucht haben.“

Nachdem die Mädchen sich geduscht und frisch angezogen hatten, war doch noch etwas Zeit. Also begannen sie weiter an ihrem Gedächtnisprotokoll zu schreiben. Julia hatte den Computer vor sich und versuchte etwas mehr über das Zunftzeichen heraus zu bekommen. Leider ohne großen Erfolg. Dem Rätsel des Grabsteins kamen sie damit nicht näher. Zumindest Tobias hatten sie zwischenzeitlich getroffen, der versprochen hatte, am Abend kurz bei ihnen vorbei zu kommen. Sophies Handy meldete sich mit einem kurzen Ton und sie schaute nach.

„Es ist meine Mutter. Sie kann heute Abend nicht mit uns Essen, sie muss noch auf der Baustelle bleiben. Wir sollen alleine Essen gehen oder uns etwas aufs Zimmer kommen lassen."

Julia grinste, „Worauf hast du Lust?"

Sophie dachte nach und erklärte: „Lass uns hier bleiben, dann haben wir alle Möglichkeiten und können in Ruhe weiter recherchieren."

Nachdem sie ihr Abendessen auf dem Zimmer gegessen hatten, machten sie sich weiter daran, ihr Gedächtnisprotokoll zu überprüfen. Zunächst überlegten sie, was sie bisher wussten. Das Gedicht, das immer mehr einen Sinn ergab. Zumindest konnte man zwischen den Zeilen erkennen, dass es sich um die Geschichte des Wilhelm zu Auersbach handelte. Der Hinweis auf die Monstranz und das dazugehörige Rätsel, das sie bereits mit „Rathaus" gelöst hatten, erschien plausibel. Mit „Kraut und Knochenwerk" könnte der Friedhof mit dem Grabstein gemeint sein und der Hinweis nach dem „Schatze" und „Platze" könnte sich auf den Rathausplatz oder das Rathaus beziehen.

„Warum sind dann im Kolumba-Museum die gleichen Zeichen angebracht, wie auf dem Grabstein, das ergibt doch keinen Sinn", stöhnte Sophie. Ihr Kopf drehte sich und sie mochte einfach keinen Gedanken mehr an dieses mysteriöse Rätsel verschwenden. Es klopfte. Julia sprang auf und öffnete die Tür.

„Schön, dass du kommst, äh, dass sie kommen", stammelte Julia, denn im Türrahmen stand Sophies Mutter.

„Ich wollte nur mal nach dem Rechten sehen und hören, ob es euch gut geht".

Sophie stand auf und ging zur Tür. „Danke, es geht uns prima", begann sie zu erzählen. „Ich bin dabei, meinen Aufsatz weiter zu formulieren und Julia hilft mir. Wie war dein Tag heute?"

Sophies Mutter berichtete kurz, was sie heute erlebt hatte, meinte aber dann: „Ach Schatz, ich bin müde und würde gerne unter die Dusche und dann ins Bett verschwinden. Morgen Nachmittag habe ich frei und da würde ich mit euch etwas unternehmen wollen. Ist euch das recht?"

Sophie und Julia waren damit einverstanden und so verabschiedete sich die Mutter mit einem Kuss auf die Wange der Tochter.

„Glück gehabt", lachte Julia. „Gut, dass sie so müde war und nicht weiter nachgefragt hat."

„Warum also sind die Zeichen auf dem Grabstein und dem Mauerrest identisch?", dachte Sophie laut. „Und was sollen die Buchstaben bedeuten, die wahllos herum fliegen?"

„Wenn wir das Rätsel auf dem Grabstein lösen, wird uns vielleicht das Rätsel auf dem Mauerwerk plausibel."

Julia schnappte sich Sophies Handy und schaute sich die einzelnen Zeichen und Buchstaben erneut an.

Also, wenn man die Zeichen mal weglässt, sind das für mich die Buchstaben L A K T M S B O U. Mit viel Phantasie, denn richtig erkennen kann man auch die Buchstaben hinten auf dem Grabstein schlecht."

„St. KOLUMBA, da bin ich mir ganz sicher", rief Julia nach einer gefühlten Ewigkeit. „Schau Sophie!", Julia war gar nicht zu bremsen. „Jetzt verstehe ich auch die Gitterlinien. Das könnte eine Andeutung auf eine Mauer sein."

„Hurra", jubelte Sophie, um gleich darauf einen ruhigeren Ton anzustimmen. „Aber da waren wir doch schon."

„Na und", Julia konnte die Stimmung ihrer Freundin nicht nachvollziehen. „Wir haben vielleicht noch nicht alles dort herausgefunden. Du vergisst außerdem, dass wir dort nicht aufgrund des Rätsels waren, sondern weil wir den Onkel von Tobias dort getroffen haben. Aber was heißt das für uns? Wir müssen dort morgen früh als erstes wieder hin."

Es klopfte an die Tür, diesmal stand Sophie auf und öffnete. Vor ihr stand Tobias noch in voller Arbeitsmontur.

„Ich wollte euch nur Bescheid geben, dass ich immer noch arbeiten muss. Eine Kollegin ist ausgefallen und ich bin im Restaurant und bediene. Das Pärchen ist auch da und isst gerade. Ich habe so gut es geht versucht, etwas von ihren Gesprächen mitzubekommen. Aber sie sind so leise und hören jedes Mal auf, wenn man dem Tisch näher kommt. Mehr kann ich im Moment nicht für euch tun."

Die Mädchen berichteten in groben Zügen, was sie heute alles ermittelt hatten und baten ihn lediglich darum, noch einmal einen Kontakt zu seinem Onkel herzustellen. Tobias versprach es und ging schnell wieder zurück ins Restaurant.

„Ich glaube, für heute haben wir genug ermittelt, lass uns bald schlafen, damit wir morgen früh zeitig loslegen können", gähnte Julia.

Kapitel 5 - Der Schlüssel

Am nächsten Morgen waren die beiden Mädchen früh aufgestanden, um wenigstens mit Sophies Mutter zu frühstücken. Tobias hatte Küchendienst und so konnte er ihnen bereits heimlich mitteilen, dass der Onkel gegen Zehn im Kolumba sein würde. Julia und Sophie hörten ihrer Mutter zu, die von der Baustelle berichtete.

„Wir müssen schon sehr vorsichtig sein", erzählte sie gerade, als Sophie aufhorchte.

„Was baut ihr denn eigentlich?", fragte sie.

„Im Moment bauen wir noch nicht viel. Zurzeit werden die Funde gesichert, die dort zum Vorschein kommen. Wir schauen schon mal, ob das, was der Bauträger nachher vorhat, auch umsetzbar ist", erklärte sie.

„Um was für Funde handelt es sich denn?", Julia war nun doch neugierig geworden.

„Fundstücke aus dem Mittelalter oder noch älter, so genau weiß ich das leider auch nicht. Aber wenn euch das interessiert, können wir sicher heute Nachmittag mal zuschauen."

„Ach nö", begann Sophie und bekam unter dem Tisch von Julia einen Tritt. „Oder doch, ist bestimmt spannend", verbesserte sie sich dann. „Wann sollen wir da sein?"

„Wäre gegen 15.00 Uhr für euch in Ordnung?", Sophie schaute auf die Uhr.

„Das passt uns prima, Mom", meinte Sophie. „Dann können wir heute Vormittag noch einiges erledigen."

„Was werdet ihr heute unternehmen?", die Mädchen hatten es befürchtet, dass diese Frage kommen würde.

„Wir wollen mal in das Kolumba-Museum", erklärten sie wahrheitsgemäß. „Und dann vielleicht ein bisschen Shopping?"

„Nun gut", Sophies Mutter stand auf. „Ich muss mich leider auf den Weg machen. Wir sehen uns später."

Die Mädchen warteten noch einen Moment und hielten nach Tobias Ausschau. Als sie ihn sahen, winkten sie ihn zu sich an den Tisch.

„Können wir uns heute Abend sehen, damit wir unsere Erkenntnisse mal wieder gemeinsam besprechen können?", fragte Sophie.

„Ich denke, dass ich hier am späten Nachmittag Feierabend machen kann, danach habe ich Zeit", erklärte Tobias.

Sie einigten sich darauf, dass sie nach dem Abendessen zusammen smsen wollten.

Die Mädchen packten ihre Rucksäcke und fuhren los. Am Eingang vom Museum wartete der Onkel schon auf sie und nahm sie mit in einen gemütlichen Aufenthaltsraum. Sie erzählten ihm zunächst, was sich bis hier ereignet hatte. Der Onkel hörte staunend zu. Auch die Fotos betrachtete er.

„Dann wollen wir uns gar nicht weiter aufhalten und gehen direkt zu den Mauerresten", erklärte er.

Auch er war der Meinung, dass die Gitternetzlinien einen Hinweis auf eine Mauer in der St. Kolumba Kirche geben könnten. Den Mauerrest mit dem Zunftzeichen wollten sie als erstes genau untersuchen. Als sie dort ankamen, schauten sich die Mädchen die Mauer und den Sockel eingehend an. Auch der Onkel betrachtete das Zunftzeichen und versuchte vorsichtig, den Stein zu bewegen. „Vielleicht ist er locker."

Das war er leider nicht.

Vorsichtig versuchten die Mädchen, die zurückgesetzten Steine zu bewegen, es passierte nichts.

„Das Zunftzeichen, welches ist es denn?", fragte Julia. Der Onkel und Sophie schauten noch einmal genau.

„Ich vermute, es ist das Zunftzeichen vom Steinmetz oder Steinhauer. Schau, da ist ein Kreis und drinnen sieht es oben aus wie eine Vier und in der Verlängerung wie zwei Haken.", Sophie holte ihr Handy heraus und zeigte Julia und dem Onkel die Abbildungen, die sie gestern im Internet herausgesucht hatten.

„Könnte passen", stimmte auch der Onkel zu. „Würde auch Sinn machen, denn ein Steinhauer war bestimmt beim Bau der Kirche zugegen."

„Es könnten aber auch Zahlen sein", murmelte Sophie vor sich hin.

Julia stieß einen Schrei aus: „Ich hab´s, ich hab´s, lasst mich mal probieren."

„Oben sieht es aus wie eine 4, hattest du doch eben schon festgestellt. Wenn du das andere Zeichen um 180° drehst, sieht es aus wie eine 11 bzw. eine spiegelverkehrte 1 und 1 und der Kreis darum könnte eine 0 bedeuten. „

„Und weiter?“, Sophie konnte ihrer Freundin nicht folgen.

„Wir haben also die Zahlen 4110“, stellte Julia triumphierend fest.

„Und woher weißt du, dass es diese Reihenfolge ist?“ allmählich verlor Sophie die Geduld.

„Denk doch mal nach, mit 0 beginnt es sicher nicht, sonst wäre es 0411, das macht keinen Sinn. Ich denke, es beginnt mit der 4 die 11 und dann die 0.“

„Was glauben sie, könnte sich hinter diesen Ziffern verbergen?“, Sophie schaute den Onkel an.

„Also mit 4 und 0 bin ich bei dir, Julia, aber die beiden Einsen, das könnte auch ein „M“ sein und wofür sollte das stehen?“, meinte dieser.

„Ich könnte mir noch etwas anderes vorstellen“, nun war es Sophie, die ganz ungeduldig, die Beiden zur Seite drängte. „Wenn man vom Zunftzeichen aus vier Reihen nach oben oder unten wandert und dann elf oder einen Stein nach rechts oder links?“

„Das sind aber etliche Möglichkeiten, denn es könnten auch 11 Reihen nach... Nein, geht nicht, so viele Mauerreihen hat der Rest nicht... Oder, ach du Schreck, der Rest ist nicht mehr da?“

Julia war bereits am Zählen und versuchte je nach Ergebnis, den Stein einzudrücken oder herauszuziehen. Bei vier Reihen nach unten und elf nach links hatte sie das Gefühl, dass der Stein etwas locker saß. Sie schauten sich an. Was sollten sie tun. Sie konnten schlecht anfangen, die Mauer auf Verdacht kaputt zu machen. Der Onkel zog sein Taschenmesser heraus und wollte es Julia geben. Sie schaute ihn verwundert an.

„Wenn uns jemand sieht“, gab Julia zu bedenken.

„Ich habe meinen Kollegen Bescheid gesagt, dass wir hier etwas vermuten, sie haben grünes Licht gegeben“, meinte der Onkel.

„Arbeiten sie hier?“, Sophie schaute den Onkel fragend an.

„Arbeiten wäre zu viel gesagt, ich helfe hier und da immer noch mal aus, da ich das Museum früher geleitet habe", erklärte der Onkel, der den Stein in der Zwischenzeit etwas gelockert hatte.

„Aber wir können doch nicht einfach hier herumbuddeln", Sophie schüttelte den Kopf. Der Onkel hörte auf, den Stein weiter zu lockern.

„Ich gebe euch recht, das ist schon ungewöhnlich und diese Ausgrabungen hier sind auch wertvoll. Hin und wieder wird so ein Mauerwerk aber auch mal genauer untersucht - und das tun wir jetzt hier."

Er setzte das Taschenmesser erneut an und zog den Stein vorsichtig aus dem Mauerwerk heraus. Sie staunten nicht schlecht, als darunter ein kleiner Spalt zum Vorschein kam. Es handelte sich bei dem darunter liegenden Stein nicht um einen einzelnen Stein, sondern um zwei schmalere Steine, die fast aneinander gesetzt, Platz für einen Hohlraum ließen. Der Onkel versuchte mit den Fingern in diesen Hohlraum zu gelangen. Seine Hand war zu kräftig und so kam er nicht bis nach unten. Sophie wiederum war zu ängstlich: „Wer weiß, was in diesem Spalt wohnt", ekelte sie sich und so versuchte Julia ihr Glück.

Sie stieß einen Schrei aus und Sophie wollte gerade sagen, dass sie vermutlich die Wohnung einer dicken Spinne gefunden hatte, die etwas gegen den Besuch von Julias Hand hatte, da zog Julia einen Schlüssel mit Zettel aus dem Hohlraum heraus. Die Zwei staunten nicht schlecht, als Julia den Schlüssel in ihren Händen hielt. Der Onkel war fassungslos.

„Glauben sie nun, dass an unserer Geschichte etwas dran ist?" fragte Sophie und der Onkel konnte nur nicken.

„Wir sollten den Stein schnellstens wieder dorthin zurücksetzen, wo er war", erklärte er und ich werde veranlassen, dass eine Überwachungskamera auf das Mauerwerk ausgerichtet wird. Wir wollen doch zusehen, ob das Pärchen sein Glück versucht, wenn sie überhaupt so weit kommen."

Der Onkel nahm den Stein und schob ihn wieder an die richtige Stelle. Wenn man es nicht wusste, fiel es nicht weiter auf, dass der Stein kurzzeitig seine Position verlassen hatte. Er beruhigte die Mädchen damit, dass die Handwerker später den Stein wieder richtig einmauern würden. Sie gingen zurück in den Aufenthaltsraum, der - wie vorhin - leer war. Julia legte den Schlüssel auf den Tisch. Sie betrachteten ihn gemeinsam.

„Wo kann der nur hingehören", fragte Sophie nun schon zum dritten Mal. „Und du bist sicher, dass sich dort nicht noch mehr in dem Spalt befunden hat?"

Julia begann die Augen zu rollen: „Hättest ja selbst nachsehen können", gab sie ihrer Freundin zur Antwort.

Den kleinen Zettel, der um den Schlüssel gewickelt war, konnte man kaum noch entziffern. Es sah aus, als hätte jemand ein Rechteck aufgemalt und dazu zwei einzelne Punkte. Sehr brauchbar war das nicht.

Der Onkel drehte unterdessen den Schlüssel in seiner Hand und murmelte: „Wohin gehört der nur? Es ist mir ein Rätsel, wie wir hier das dazugehörige Schlüsselloch finden sollen."

„Denken wir doch mal logisch", erklärte Julia den beiden ihren Gedankengang: „Wir haben eine Monstranz, auf dem das Wort Rathaus steht, wir kennen die Geschichte, warum vielleicht zwei Gegenstände angefertigt wurden. Wir haben den Grabstein, auf dessen Rückseite Buchstaben eingeritzt sind, die uns in die alte St. Kolumba Kirche gebracht haben. Und nun finden wir tatsächlich mithilfe des Rätsels im Zunftzeichen einen Schlüssel. Also ich bin mir ziemlich sicher, dass der Schlüssel zu einem Gegenstand im Schloss gehört. Wilhelm musste sich sicher sein, dass der Gegenstand, zu dem man den Schlüssel benutzt, auf jeden Fall im Schloss verbleiben wird, denn wann und ob er überhaupt gefunden würde, darauf hatte er keinen Einfluss."

„Immerhin wäre es aber auch möglich, dass der Schlüssel zu einer Tür oder Truhe in der Kirche gehört", gab der Onkel zu bedenken.

„Das macht für mich keinen Sinn", ereiferte sich Julia. „Dann hätte er gleich die nächste Position des Rätsels auf den Grabstein meißeln lassen können".

„Also sollten wir dem Schloss einen Besuch abstatten", schlug der Onkel vor.

„Wie stellen sie sich das vor?", Julia schaute ihn mit großen Augen an. „Wir können unmöglich an der Kasse sagen, wir hätten gerne drei Tickets und würden dafür mal das Schloss auf den Kopf stellen, um nach einer Tür oder Truhe, zu der dieser Schlüssel passt, zu suchen."

„Wieso nicht?", der Onkel grinste. „Ich rufe jetzt meinen Freund an. Er ist Verwalter mehrerer Schlösser im Raum Köln und er wird uns sicher helfen können".

Die Mädchen staunten nicht schlecht, als sie das hörten. Das war einfach fantastisch. Während Julia und Sophie noch beratschlagten, wie sie das Treffen mit Sophies Mutter verschieben konnten, kam der Onkel zurück. „Wir können sofort losfahren. Zufällig arbeitet er heute im Schloss, er erwartet uns."

Der Verwalter ging schon im Foyer auf und ab, als die drei das Schloss betraten. Durch einen Nebeneingang folgten sie ihm an der Kasse vorbei.

„Das ist eine tolle Sache, von der du am Telefon berichtet hast", meinte er zu dem Onkel, der ihm den Schlüssel zeigte.

„Kannst du dir vorstellen, dass es einen Gegenstand hier im Schloss gibt, den ihr bisher nicht öffnen konntet?"

„Soweit ich weiß, gibt es hier keine Geheimtüren mehr, die wir nicht in der Zwischenzeit öffnen konnten."

Am späten Vormittag hatte Andreas das Pärchen am Hotel abgeholt. Sie wollten mit ihm zunächst zum Rathausplatz, um sich die Ausgrabungen anzusehen und dann weiter zum Kolumba-Museum, hatte er Julia auf ihr Handy per SMS mitgeteilt. Andreas kannte sich gut in Köln aus. Sein Hobby war die Stadtgeschichte und so konnte er den Beiden bereits auf der Fahrt dahin so einiges Interessante erzählen. Allerdings hatte er den Eindruck, dass sie das wenig begeisterte. Am Rathaus angekommen holte der Typ drei Eintrittskarten und sie gingen zu den Ausgrabungen.

„Wurden in der letzten Zeit interessante Gegenstände gefunden?", wollte die Dame wissen.

„Soweit ich es den Zeitungen entnehmen konnte, hat man schon einiges gefunden. Das muss nun gesichtet, katalogisiert und gegebenenfalls Instand gesetzt werden, bevor es in eine Ausstellung kann", erklärte Andreas.

„Wissen sie", begann die Dame, „mein Mann interessiert sich sehr für alte Kunstgegenstände aus dem 17. Jahrhundert und würde zu gerne mal einen Blick auf die Ausgrabungsgegenstände werfen."

Wer nicht, dachte Andreas und sagte laut: „Vielleicht haben wir die Möglichkeit, einen Blick zu erhaschen. Man kann von oben direkt auf die Ausgrabungsstätten blicken."

„Das wäre absolut super", ereiferte sich ihr Mann. „Gibt es denn auch irgendwelche Geschichten rund um die Ausgrabungsgegenstände?"

Andreas horchte auf. Es war ganz klar, dass die Beiden versuchten, Informationen zu erhalten. Sicher waren auch sie auf der Suche nach der Schale. „Geschichten zu noch nicht gefundenen Gegenständen kenne ich keine", log er und deutete auf die vielen Regale hin, in denen Stücke lagen. „Es wird sicher noch eine Weile dauern, bis das alles gesichtet ist. Suchen sie denn eine bestimmte Geschichte oder einen konkreten Gegenstand?"

„Eigentlich nicht", die Dame schaute gelangweilt auf die vielen Mauern und Säulen, die bei der Ausgrabung zum Vorschein gekommen waren.

„Wir haben von einer verschollenen Schale mit wertvollen Edelsteinen gehört, die in einer Geschichte erwähnt war, können sie uns hierüber etwas erzählen?" wurde der Typ nun konkreter.

Andreas atmete hörbar und erwiderte dann: „Doch, ich glaube, ich kenne diese Geschichte auch. Wenn ich mich recht entsinne, geht es hier um eine unglückliche Liebe, die im Tod der Beiden endete. Schuld daran war ein Jahrhunderte alter Familienstreit. Der Vater, der sich nach dem Ableben der Beiden schwere Vorwürfe machte, hat zwei wertvolle Gegenstände anfertigen lassen, um wenigstens etwas von seiner Schuld abzubüßen."

„Genau das ist die Geschichte. Es soll um einen verlorenen Schatz gehen, haben wir gehört", berichtete die Dame.

„Das ist auch hier die Interpretation. Wenn jemand von dieser Geschichte erzählt, wird immer der Schatz erwähnt.", erklärte Andreas. „Aber ein Schatz wurde meines Wissens nie gefunden."

„Können sie sich vorstellen, dass die alte Kirche St. Kolumba mit dieser Geschichte zu tun hat?", fragte der Typ.

Andreas überlegte kurz und stellte eine Gegenfrage: „Wie kommen sie denn darauf?"

„Wir haben Informationen, die uns zu dieser Annahme führen", erklärte die Dame.

Andreas überlegte, wie er an diese Informationen kommen konnte. Sie konnten auf jeden Fall nicht weiter mit ihren Ermittlungen sein, als die Mädchen. Vermutlich hatten sie die Schale auch noch nicht gefunden.

„Schauen sie hier", er deutete auf ein Regal, in dem mehrere Ausgrabungsstücke lagen. Zum Teil waren sie zerbrochen, anderen fehlte eine Ecke. Aus der Entfernung konnte man mehrere Schalen ausmachen. „Meinen sie solch eine Schale?"

„Wenn wir das wüssten", seufzte die Dame. „Leider steht in unseren Unterlagen...", sie hielt sich erschrocken den Mund zu.

„Von welchen Unterlagen sprechen sie?", nun war Andreas hellhörig geworden.

„Ach nichts", verlegen wechselte die Dame das Thema. „Wir würden gerne eine Führung durch die Ausgrabungen mitmachen, wissen sie, ob so etwas angeboten wird?"

Andreas ging ins Foyer zurück, um sich zu erkundigen. Er kam mit drei weiteren Tickets zurück. „Für die Besichtigung der Ausgrabung muss man extra Tickets haben. Ihr Einverständnis vorausgesetzt, habe ich drei Karten geholt, die Führung beginnt in zehn Minuten."

Eine junge Studentin führte sie durch die Ausgrabungen. Es war wenig los und so konnten sie die einzelnen Stücke gut sehen. Während sie durch die einzelnen Räume gingen erzählte sie, wie man auf die Exponate gestoßen war. Dass es mehr oder weniger dem Zufall zu verdanken war, dass man hier noch einmal gegraben hatte. Eigentlich sollte der Platz verkleinert und ein neues Museum gebaut werden. Bei den Ausschachtungen war man auf alte Mauerreste gestoßen. Sofort wurden alle Baumaßnahmen gestoppt und seit dieser Zeit grub und grub man und fand ein schönes Stück nach dem anderen. Zum Teil zwar kaputt aber das würden die Restauratoren schon reparieren können. Zum Schluss zeigte die Studentin ihren Besuchern die am besten erhaltenen Gegenstände. Sie waren hinter Glasvitrinen geschützt. Andreas pfiff durch die Zähne. Das waren wirklich schöne Stücke. Eine sah besonders schön aus, ein bisschen so wie die Monstranz. Zumindest war sie aus purem Gold gearbeitet und die Edelsteine, zumindest die, die man bisher erkennen konnte, ähnelten denen, die sie schon kannten, sehr. Auch das Pärchen schien die Schale zu erkennen, denn es tuschelte hinter ihm.

Kapitel 6 - Zahlen über Zahlen

„Geheimtür hin oder her, es könnte sich eher um einen Schrank oder Sekretär mit Geheimfach handeln", gab Julia zu bedenken. „Schaut, die Knöpfe, das könnten doch Griffe sein?" Sie drehte den Zettel im Uhrzeigersinn.

„Wo sollen wir hier anfangen?", stöhnte Sophie.

„Ich glaube, ich habe eine Idee", sagte der Verwalter.

Er ging in sein Dienstzimmer und holte einen großen Schlüsselbund.

„Wenn es noch etwas Unentdecktes gibt, dann im alten Turm.", meinte er. „In diesen Teil des Gebäudes haben wir alle alten Sachen verbracht, die wir hier im Moment in den Ausstellungsräumen nicht gebrauchen können. Da könnte etwas dabei sein, denn die Sachen, die hier stehen, die werden ständig begutachtet und geputzt, das wäre längst jemandem aufgefallen, dass man etwas nicht öffnen könnte."

Mit dem Begriff „alter Turm" war nicht nur dieser gemeint sondern auch das dazugehörige Gebäude. Und dachten die Mädchen vorher noch, diese Durchsuchung wäre schnell erledigt, was kann in einem Turm schon gelagert werden, so wurden sie hier eines besseren belehrt. Der komplette Teil des Gebäudes stand mit Möbeln voll und es gab auch genügend Vitrinen, in denen sich Gegenstände aus allen Epochen befanden.

„Das ist ja ein Traum hier", schwärmte Julia und wäre am liebsten Tage hier geblieben.

Systematisch suchten sie die Möbel ab. Sie öffneten jeden Schrank, suchten vorsichtig mit den Fingern nach geheimen Öffnungen für einen Schlüssel oder Vorrichtungen für ein

Geheimfach. Nach einer gewissen Zeit tat ihnen der Rücken weh vom vielen Bücken, um unter die Einlegeböden zu schauen. Es nahm kein Ende. Sie hatten noch nicht mal ein Drittel des gesamten Inventars gesichtet, da rief Sophie die anderen zu sich. Sie stand vor einem großen Schrank. Von außen war er ziemlich unscheinbar. Auch wenn man die Türen öffnete fiel einem nichts Spektakuläres auf. Wenn man aber mit den Fingern über das Holz der inneren Seitenwand strich, fühlte man einen kleinen Absatz. Sophie nahm ihr Handy und leuchtete an diese Stelle. Da war tatsächlich ein Spalt. An der einen Seite konnte man kleine Scharniere erkennen. Aber wo war das dazugehörige Schlüsselloch? Oder vielleicht ein Mechanismus, also ein Riegel, der die Tür öffnete? Julia ging am Schrank entlang, schaute auch die Seitenwände an. Nichts. Sophie kam auf die Idee, den Schrank etwas nach vorne zu schieben, damit man ihn auch von hinten betrachteten konnte. Mit vereinten Kräften schoben sie, der Schrank war ganz schön schwer. Auch dahinter konnte man kein Schlüsselloch oder einen Hebel entdecken. Sophie schaute noch einmal in die andere Schrankhälfte und stellte fest, dass an der Stelle, wo auf der einen Seite der Absatz zu erfühlen war, hier kleine unscheinbare Tasten eingelassen waren. Man musste schon fast in den Schrank hineinkriechen, um diese zu sehen. Wenn man nur Kleider hineinhängte oder herausholte, fielen die Tasten nicht weiter auf. Sophie drückte eine Taste, nichts passierte.

„Gib mir mal dein Handy", sagte sie zu Julia.

Sie leuchtete die Tasten ab.

„Das sind verschiedene Zahlen. Auf jeder Taste ist eine Zahl aufgedruckt, was kann denn das nun wieder bedeuten?" Sophie schaute die anderen ratlos an.

„Drück doch mal alle Tasten", schlug der Onkel vor.

Sophie drückte, nichts passierte.

„Kannst du erkennen, welche Zahlen vermerkt sind", wollte der Verwalter wissen.

„Ja, das kann man sehen. Soll ich sie euch vorlesen?"

„Moment, ich hole Stift und Papier aus meiner Tasche", sagte Julia und kramte danach. „Nun kannst du beginnen."

„4, 1, 8, 6, 2, 0", diktierte Sophie.

Aus dem Schrank war ein Surren zu hören.

„Hast du etwas gedrückt", fragte der Verwalter.

„Nein", sagte Sophie, „ich habe die Tasten noch nicht mal berührt.

„Vielleicht ist das ein Mechanismus, der sich nach gewisser Zeit wieder auf Null - also in den Ursprung - zurücksetzt", meinte der Onkel.

„Gab es solch eine raffinierte Technik schon im 17. Jahrhundert", fragte Sophie.

„Man muss sich den Mechanismus vielleicht wie ein Uhrwerk vorstellen und Uhren, die gab es zu dieser Zeit schon.", erklärte der Verwalter.

„Ich drücke noch einmal", meinte Sophie und drückte ein paar Schalter. Alle lauschten auf das Geräusch. Es dauerte eine Weile aber dann hörte man im Innern des Schrankes ein klicken.

„Wieso sind das nur sechs Zahlen und nicht zehn", wunderte sich der Onkel und gab sich gleich selbst die Antwort. „Es soll uns in der Eingabe etwas einschränken."

„4, 1, 8, 6, 2, 0", murmelte Julia vor sich hin.

„Wir hatten doch schon mal ein Zahlenrätsel", erinnerte sich Sophie.

„Stimmt", gab Julia ihr recht, „da kamen die Zahlen 4110 drin vor. Die sind hier auch dabei."

„Ich glaube nicht, dass das eine Rätsel mit dem anderen etwas zu tun hat", meinte der Onkel. „Wilhelm hat sich sicher etwas Neues ausgedacht."

„Gehen wir systematisch vor“, überlegte der Verwalter. „Rätsel hin oder her, er wollte sicher, dass es gelöst wird, zur rechten Zeit am rechten Ort. Es kann sich hierbei nicht um eine willkürliche Zahlenkombination gehandelt haben, sonst hätte er diese mit ins Grab genommen oder auf dem kleinen Zettel vermerkt. Ich denke, er wollte schon, dass irgendjemand eines Tages das Rätsel lösen kann. Welche Zahlen also sind auch für die Nachwelt nachvollziehbar?“

„Sterbedatum!“, Sophie sagte es schnell, fügte dann aber hinzu: „Nein, quatsch, das konnte er vorher unmöglich wissen.“

„Geburtsdatum, das ist etwas, was auch die Nachwelt weiß“, rief der Onkel. „Sophie, weißt du noch das Geburtsdatum von Wilhelm?“

„Aus dem Kopf nicht, aber ich habe Fotos vom Grabstein gemacht“, sagte sie und griff nach ihrem Handy. „14.12.1608“, sie zeigte Julia und dem Onkel das Foto. „Das sind zumindest auch die Zahlen, die hier im Schrank auf den Tasten stehen. Soll ich mal in dieser Reihenfolge drücken?“

Die Anderen nickten und so drückte Sophie nacheinander die Tasten 1, 4, 1, 2, 1, 6, 0, 8. Im Schrank surrte es und dann machte es ein leises Plop. Julia schaute auf der anderen Seite in den Schrank und jubelte:

„Es hat sich geöffnet.“ Sie kletterte hinein und fühlte nach der Öffnung. „Gib mir mal dein Handy, ich brauche Licht.“ Sie öffnete die Klappe und rief: „Bingo, es liegt ein Stück Papier hier drin.“

Nachdem Julia wieder aus dem Schrank geklettert war, hatten sie das Stück Papier vorsichtig auseinandergefaltet und auf einem in der Nähe stehenden Tisch ausgebreitet. Das Schriftstück war erstaunlich gut erhalten. Es bestand aus zwei Seiten. Auf der einen hatte Wilhelm zu Auersbach seine Geschichte niedergeschrieben oder aufschreiben lassen. Warum er die Gegenstände anfertigen ließ und wohin er sie gegeben hatte. Auch hatte er darin angedeutet, dass er sein Vermögen zum Teil in die Gegenstände investiert, den größeren Teil aber vergraben hatte, damit die gierige Verwandtschaft das Vermögen zu Lebzeiten nicht finden würde. Der Nachwelt gab er auf den Weg, sich nie in die Dinge eines Anderen einzumischen und sollte der Schatz gefunden werden, sei mit ihm nur Gutes zu tun. Auf dem anderen Zettel stand eine Notiz:

„Du blickst von oben herab
Und schaust auf mich
Wo ich hier geh und steh
Du schaust von oben auf mich
Bin ich draußen
Du schaust von oben auf mich
Bin ich drinnen
Du kannst nicht auf mich schauen".

„So einen Quatsch habe ich auch noch nie gelesen", meinte der Verwalter. „Könnt ihr euch einen Reim darauf machen?"

„Ich glaube nicht, dass Wilhelm einen Schönheitspreis mit diesem Versuch eines Gedichtes erringen wollte", überlegte der Onkel laut. „Ich glaube eher, er wollte uns mit einfachen Worten den nächsten Ort des Rätsels mitteilen."

„Mit einfachen Worten?", schnaubte Sophie. „Also einfach hätte ich gefunden, wenn er geschrieben hätte „der nächste Ort meines Versteckes ist der Dachboden" oder so. Was bitte schön ist an diesem Rätsel einfach?"

„Überlegen wir mal aus seiner Sicht", Julia war wieder Feuer und Flamme. „Er spricht von „hier", also meint er doch sicher, hier wo der Zettel war, also hier wo wir uns im Moment befinden. Es muss etwas sein, was mich anschauen kann."

„Und im Schloss kann es nicht sein, denn da steht „bin ich drinnen, kannst du nicht auf mich schauen“. Es kann nur außen das Gelände gemeint sein“, schlussfolgerte der Onkel.

„Gut!“, überlegte der Verwalter laut, „Wenn es nicht innen sondern außen ist, was kann mich außen anschauen, um mal den Faden weiter zu spinnen?“

Sie verteilten sich an den Fenstern. Der Garten lag schön angelegt vor ihnen.

„Da stehen ein paar Skulpturen herum, sonst kann ich nichts erkennen“, meinte Sophie.

Die Vier machten sich auf und gingen in den Garten. Den Schrank und seine Geheimtür hatten sie vorher wieder verschlossen, damit sich niemand wunderte.

Im Garten stellten sie fest, dass es reichlich viele Skulpturen gab. Sophie verlor bald die Lust, denn es konnte jede dieser Steingebilde sein. Sie alle blickten von oben herab auf sie drauf und lachten sie vermutlich innerlich aus. Zumindest fand Sophie, dass manche Figur sie angrinste. Der Verwalter verabschiedete sich, denn er musste noch einiges erledigen. Er gab ihnen für alle Fälle seine Handynummer und sicherte ihnen zu, dass sie jederzeit wieder kommen konnten. Dem Personal an der Kasse wollte er Bescheid geben, dass diese die Drei ungehindert ins Schloss einlassen sollten. Als Sophie auf die Uhr sah, erschrak sie. Das Treffen mit ihrer Mutter hatten sie fast vergessen. Sie nahm ihr Handy zur Hand und sah, dass sich ihre Mutter in der Zwischenzeit gemeldet hatte. Ihr war etwas dazwischen gekommen und so hatte sie die Mädchen gebeten, sie nach ihrem Feierabend abzuholen. Für eine Besichtigung würde es heute nicht mehr reichen, aber den Abend wollte sie mit ihnen gemeinsam verbringen. Das verschaffte ihnen doch etwas mehr Zeit, sich im Garten noch umzusehen.

Während die Mädchen mit dem Onkel alle Skulpturen vorsichtig untersuchten und Sophie mit ihrem Handy Fotos von den Figuren und der Umgebung machte, überlegten sie, wie das Pärchen auf das Rätsel gestoßen war. Sie vermuteten, dass der undurchsichtige Typ wahrscheinlich der Drahtzieher war. Den Verwalter hatten sie diesbezüglich gefragt. Ein Foto an der Wand im Personalbüro, auf dem alle Angestellten abgebildet waren, hatte gereicht und sie erkannten auf ihm sofort den finsteren Typ wieder. Er hatte sicher Zugang zu allen Räumen, kannte die Geschichte, wie sie jeder kannte und hatte vermutlich eins und eins zusammen gezählt. Dass Wilhelm die Prunkmonstranz hatte anfertigen lassen, konnte er bei seinen Recherchen herausgefunden haben. Die verschlüsselte Inschrift hat dann auch das Pärchen und den Typ auf die Spur eines Rätsels kommen lassen. Die Schale vermutete das Pärchen bei den Ausgrabungen des Rathauses, zumindest erklärte es, warum sie heute mit Andreas dorthin unterwegs waren. Im Schloss selbst waren sie noch nicht viel weiter gekommen, wahrscheinlich hatten sie den Grabstein entschlüsselt, denn Andreas berichtete, dass er mit ihnen am Nachmittag in das Kolumba-Museum gehen sollte.

„Da wir den Schlüssel haben, sind wir ihnen um eine Armlänge voraus", schloss Julia gerade ihre Ausführung. „Auch vom Rätsel im Schrank haben sie bisher nichts gewusst, wir sollten also vorsichtig sein, was wir hier machen. Der undurchsichtige Typ, der hier arbeitet, könnte uns sehen und Schlüsse daraus ziehen."

Mittlerweile hatten sie alle im Park befindlichen Skulpturen, soweit dies ging, untersucht. Während dieser Arbeit fragte Sophie ihre Freundin, ob man nicht langsam die Mutter einweihen sollte. Julia war damit nicht einverstanden, gab dann aber nach. Bei allem, was bisher passiert war, war es besser, dass eine ihnen vertraute Person von ihren Recherchen wusste. Alle Personen, die bisher mit ihnen nach dem Schatz suchten, kannten sie selbst erst seit ein paar Stunden. Man konnte nicht wissen, ob sich darunter nicht ein schwarzes

Schaf befand. Julia rieb sich den Rücken und reckte sich. Das Bücken tat mittlerweile im Rücken weh. Sie schaute sich um, das Schloss wurde gerade wunderschön von der Sonne angestrahlt. Sie konnte Sophie verstehen, die schon lange herummeckerte und aufgeben wollte. Der Tag war einfach zu schön, um hier in gebückter Haltung sämtliche im Park befindliche Skulpturen zu untersuchen. Am Fenster im ersten Stock konnte sie eine Person sehen, die zurückwich, als sie in diese Richtung sah. Das war doch der finstere Typ überlegte sie. Sie tat so, als würde sie weiter nach etwas suchen und schielte ein paar Minuten später wieder zum Fenster hinauf. Ja, das war unverkennbar der Typ, der immer noch am Fenster stand. Während Julia noch überlegte, wie sie die anderen unauffällig warnen konnte, sah sie im 2. Stock des Schlosses in der Ecke einen Wasserspeier hängen. Wenn man es genau nimmt, schaut der mich auch an, dachte Julia. Schnell blickte sie wieder auf die Skulptur zurück und anschließend auf ihre Uhr und meinte, sie müssten jetzt langsam los, sonst würden sie es nicht zum Treffen mit Sophies Mutter schaffen. Sophie strahlte, und so schlenderten sie durch den Park zurück zum Auto des Onkels, der sie bis in die Stadt mitnehmen wollte und dort absetzte.

„Das ist ja eine feine Geschichte", sagte die Mutter, als die beiden Mädchen mit ihrem Bericht geendet hatten. Gemeinsam bummelten sie durch die Innenstadt auf der Suche nach einem Eiscafé. Die Sonne schien und so war es schwierig einen Sitzplatz zu finden. Endlich konnten sie einen Tisch für drei Personen ergattern. Nachdem sie ihre Bestellung aufgegeben hatten, berichtete Julia von ihrer Entdeckung. „Ich bin mir ziemlich sicher, dass der Typ mittlerweile weiß, dass wir keine normalen Touristen sind. Wir müssen vorsichtiger sein."

Die Mutter war noch nicht wirklich überzeugt. „Ich kann das absolut nicht verantworten, schon gar nicht deiner Mutter gegenüber, Julia. Ihr müsst mir versprechen, nur noch in Begleitung mit dem Onkel oder Verwalter irgendwelche Schritte zu unternehmen. Man kann nicht wissen, ob sie nicht gefährlich sind. Ich möchte niemandem etwas unterstellen, aber bitte versprecht mir, dass ihr keine Unternehmungen alleine macht."

Julia und Sophie verdrehten insgeheim die Augen und schmollten vor sich hin. Nachdem sie ihr Eis aufgegessen hatten, bezahlte die Mutter und sie fuhren mit der Bahn zurück ins Hotel. Heute Abend wollten sie außerhalb des Hotels essen gehen. Die Mädchen machten sich schick und warteten in der Hotelhalle auf die Mutter. Sie hatte sich etwas verspätet, weil ein Kollege mit ihr noch etwas besprechen wollte. Es war ein schöner Sommerabend und so gingen sie die paar Schritte zum Lokal zu Fuß. Die Mutter hatte einen Tisch im hinteren Teil des Restaurants reserviert, an den sie sich setzten. Der Ober brachte die Getränke und sie stöberten in der Speisekarte. Sophie bemerkte erst jetzt, was sie für einen Hunger hatte. Julia ging es ähnlich.

„Was werdet ihr morgen unternehmen?", fragte die Mutter die Mädchen.

„Nachher kommen Tobias und Andreas, mit denen wir alles Weitere besprechen wollen. Andreas will uns erzählen, was er mit dem Pärchen unternommen hat. Außerdem werden wir versuchen, das Gedicht zu enträtseln. Die Statuen scheinen damit nichts zu tun zu haben. Wir haben Fotos vom Schloss gemacht und ich meine, die Wasserspeier könnten gemeint sein. Das werden wir nachher mit den Jungs besprechen und vielleicht morgen noch ein weiteres Mal zum Schloss fahren", erklärte Julia.

„Seid nur vorsichtig und macht nichts Unüberlegtes", ermahnte die Mutter.

Nach dem Abendessen schlenderten sie zurück zum Hotel. Sie schauten sich die Schaufenster an und alberten herum. Sie waren bester Laune, als sie im Hotel ankamen. Die Mutter verabschiedete sich von den Mädchen. Sie wollte unbedingt einen spannenden Film im Fernsehen sehen. Den Mädchen kam das gerade recht, hatten sie sich doch mit Tobias und Andreas verabredet. In ihrem Zimmer angekommen schaute Sophie auf ihr Handy. Tobias hatte ihr eine Sprachnachricht geschickt, dass sie gegen neun bei ihnen sein würden.

„Wir haben noch eine gute Stunde Zeit bis neun Uhr", meinte Julia und schlug vor, schwimmen zu gehen.

Eine Stunde später waren sie wieder auf ihrem Zimmer, als es an der Tür klopfte. Herein kamen Tobias und Andreas. Es dauerte eine ganze Weile, bis sie alle Informationen untereinander ausgetauscht hatten. Andreas berichtete zunächst ausführlich von ihrem Besuch bei den Ausgrabungen. Man habe viele alte Mauern gesehen und einzelne Stücke, die für spätere Ausstellungen vorgesehen waren. Danach waren sie auch im Museum gewesen. Das Pärchen hätte sich überall umgeschaut. An dem besagten Sockel mit der Wand hatten sie länger verweilt, aber nichts Auffälliges entdeckt oder es Andreas nicht merken lassen. Für den morgigen Tag würden sie ein wenig ausspannen, hatte das Pärchen gemeint und sich mit Andreas für den übernächsten Tag verabredet.

Dann begann Julia von ihrer Entdeckung zu berichten. Zunächst von dem Kopf hinter der Fensterscheibe, der eindeutig dem finsteren Typen gehörte und dem Wasserspeier, der nach unten sah. Sofort holte Sophie ihr Handy heraus und sie betrachteten die Fotos vergrößert. Es gab insgesamt vier Wasserspeier an den jeweiligen Ecken im zweiten Stock. Wenn man die Fotos nahe heran zoomte, konnte man ihre Fratzen erkennen. Sie blickten eindeutig nach unten.

„Du könntest schon recht haben mit deiner Vermutung", überlegte Tobias. „Aber, wenn es einer dieser Wasserspeier ist, wie kommen wir da oben hin? Vor allen Dingen, ohne Aufsehen zu erregen? Wir bräuchten eine lange Leiter, das würde sicher auffallen, wenn wir die an die Hauswand lehnen."

„Ich würde vorschlagen, wir sprechen morgen mit dem Verwalter. Vielleicht kann er uns helfen, wie wir möglichst ungesehen an die Wasserspeier kommen", meinte Julia.

Nachdem die Vier noch weitere Informationen ausgetauscht hatten, verabschiedeten sich Tobias und Andreas von den Mädchen. Tobias hatte für den morgigen Tag frei bekommen, da zurzeit wenig zu tun war und wollte die Mädchen begleiten. Sie verabredeten sich vor dem Eingang des Schlosses am nächsten Morgen.

Die Mädchen starteten zeitig nach einem guten Frühstück zunächst mit der U-Bahn. Die fuhr jedoch so langsam, dass sie den Bus nicht mehr erreichten. Mit einiger Verspätung kamen sie an der Bushaltestelle vor dem Schloss an und gingen schnellen Schrittes darauf zu.

„Da seid ihr ja endlich.", rügte Tobias.

„Wir haben den Bus verpasst", schnaufte Sophie.

„Lasst uns den Verwalter suchen", meinte Tobias.

Sie fanden ihn im Bereich der Kasse. Er sortierte die Broschüren über Museen und Veranstaltungen in und um Köln neu.

„Ah, da seid ihr ja wieder", er lächelte die Mädchen an und schaute dann fragend zu Tobias.

„Ein Freund", stellte Julia ihn vor.

Sophie berichtete dem Verwalter über ihre Vermutungen zu den Wasserspeiern und ihre Befürchtungen, diese für eine genauere Untersuchung zu erreichen.

Der Verwalter lachte laut auf: „Das ist kein Problem. Die Wasserspeier sind bequem von den einzelnen Zimmern aus zu erreichen. Man kann sie von hinten öffnen und wenn nötig reinigen."

Die Mädchen staunten nicht schlecht, als sie das hörten. Da die Räume außerhalb der zu besichtigenden lagen, gab der Verwalter ihnen einen Schlüssel mit, mit dem sie sich Zugang zum oberen Stockwerk verschaffen konnten. Zunächst schauten sie sich die Wasserspeier auf der Seite zum Hof an. An der jeweiligen Zimmerecke war eine Platte angebracht. Diese konnte man vorsichtig abnehmen und in das Innenleben des Wasserspeiers schauen. Außer Dreck und Nässe konnten sie nichts Auffälliges finden.

„Gehen wir auf die andere Seite des Schlosses", befand Tobias und sie gingen durch die vielen Räume im zweiten Stock.

„Was macht ihr denn hier?"

Die drei zuckten zusammen und drehten sich um. Da stand der finstere Typ und schaute sie verächtlich an. Ach herrje schoss es Julia durch den Kopf, mit ihm hatten sie überhaupt nicht gerechnet, aber sie schaltete schnell: „Wir suchen den Verwalter, weil wir mit ihm verabredet sind."

„Sein Büro ist nicht hier oben", erwiderte er barsch. „Wie kommt ihr überhaupt hier her?"

„Verlaufen", stammelte Sophie und fragte dann vorsichtig: „Können sie uns zu ihm bringen?"

Nicht gerade erfreut über die Unterbrechung begleitete er die Drei zum Verwalter. Der staunte nicht schlecht, als der Hausmeister mit den Kindern vor ihm stand. Mit leicht scharfem Ton rügte er die Drei, dass sie nicht richtig zugehört hätten, als er ihnen den Weg zu seinem Büro erklärt hatte und bedankte sich bei dem Typ, dass er sich die Mühe gemacht hatte, sie zu begleiten. Der verließ das Zimmer.

„Puh", er wischte sich den Schweiß von der Stirn. „Das ist noch mal gut gegangen."

„Was machen wir denn jetzt? In den Wasserspeiern zur Hofseite haben wir nichts gefunden", sagte Julia. „Ich habe Angst, dass er etwas ahnt. Was wir suchen, ist immerhin auch für ihn von Interesse."

Der Verwalter gab ihr Recht, da kam ihm eine Idee. Er nahm sein Handy und wählte. Auf der anderen Seite wurde abgenommen. Der Verwalter gab einem Herrn die Anweisung, die bestellten Blumen vom Großmarkt abzuholen und legte auf.

„Nun haben wir gleich Ruhe“, lächelte er den Dreien zu.

Nach einer kurzen Zeit konnten sie sehen, wie der Typ zu einem Wagen ging und davon fuhr. Jetzt konnten sie in Ruhe weiter suchen. Sie machten sich mit dem Verwalter gemeinsam auf zum ersten Wasserspeier, der sich auf der Gartenseite befand. Auch hier war eine Platte an der Wand befestigt. Die nahmen sie vorsichtig ab. Dreck fiel auf den Boden. Auf den ersten Blick glich der Wasserspeier seinen Vorgängern und doch war hier etwas anders. Neben seinem Mund war ein Hohlraum. Als Tobias dort hinein fasste, konnte er einen kleinen Steinquader bewegen.

„Ich kann das nicht glauben, was ich hier sehe“, murmelte Julia, als Tobias´ Hand mit einem Kästchen darin zurückkam.

„Der Schlüssel, der Schlüssel“, rief Sophie aufgeregt. Julia griff in ihre Handtasche und gab ihn Tobias. Der Schlüssel passte und er schloss auf. In dem Kästchen befand sich ein Zettel mit einer Art Lageplan. Sie lasen zunächst das Gedicht:

Wer bis hier gekommen ist,
der kann sich richtig freuen,
denn ohne dieses Rätsel hier
kann man den Schatz nicht steuern.
Drum nimm den Plan und schau hinaus,
hinaus ins weite Grün
und schau genau,
ob du erkennst,
was ich ´mit sagen will.

„Das ist aber schlecht zu erkennen“, beschwerte sich Sophie über den Lageplan.

„Ich befürchte auch, dass das Kästchen über die Jahrhunderte besser im Schrank, als draußen bei einem Wasserspeier gelegen hätte „, gab Julia zu bedenken.

„Wer auch immer das gemalt hat, Talent hatte er keines!“, stöhnte Tobias.

Auf der Zeichnung konnte man einen Weg erahnen, der zu einem Haus führte. Wobei es sich bei dem Haus auch um einen Tisch hätte handeln können, so genau war das nicht auszumachen. In einem Halbkreis waren hinter dem vermeintlichen Gebäude acht Punkte angebracht.

Julia nahm das Gedicht erneut in die Hand und las es laut vor. „Wenn ich es richtig verstehe, muss man mit dem Plan aus dem Fenster schauen“, Julia ging zum nächsten Fenster und blickte hinaus.

„Kannst du etwas erkennen?“, fragte Tobias.

„Ich sehe den Garten und wenn ich direkt nach unten schaue, die große Terrasse, davor ist der See“, erwiderte Julia.

Sophie hatte sich neben die Freundin gestellt und schaute mit ihr gemeinsam auf den Plan.

„Aber sicher, ist doch klar“, rief Sophie und erntete von Julia nur einen fragenden Blick. „Seht doch, es ist der Blick von hier oben aus den Zimmern auf die Terrasse und den See.“

Nun beugten sich auch die anderen darüber.

„Könnte stimmen“, meinte Tobias. „Aber was bedeuten die Kreise oder Flecken auf der Zeichnung?“

„Gehen wir mal davon aus, dass es Kreise sind und keine Schimmelflecken oder ähnliches. Was sehen wir im Umkreis der angedeuteten Kreise?“, fragte der Verwalter.

Alle schauten angestrengt in den Garten.

„Ich glaube, er meint die Statuen, die dort stehen“, sagte Julia.

„Die haben wir doch gestern schon alle untersucht und nichts entdeckt“, jammerte Sophie.

„Eins, zwei, drei, vier genau und auf der anderen Seite auch noch mal vier Stück, sehen aus wie im Halbkreis angeordnet", ergänzte Julia.

Julia nahm den Plan und drehte ihn um.

„Schaut!" rief sie. „Da geht das Gedicht ja noch weiter."

Hast du erkannt, was wichtig ist,
welch Schönheit vor dem Auge.
Ob Männlein oder Weiblein ist´s,
ob da der Kelch für tauge.
Nimm die bekannten Zahlen
und zähl von links nach rechts.
Versuch es nicht mit Qualen,
bei der, die sich nicht teilen lässt.
Fügst du zusammen was verbunden
so schau in meine Mitte
Nimm Kerzenlicht und Spaten mit
lass dich nicht lange bitten.

„Ich fasse es einfach nicht. Wieso muss man auch noch ein Rätsel kreieren, wenn man schon Schlüssel und Verstecke benutzt?", Sophie sah aus, als würde sie die Zettel gleich zerreißen.

„Nun nimm dich mal zusammen", versuchte die Freundin sie zu beruhigen. „Wir haben es bis hier her geschafft, jetzt schaffen wir es auch weiter."

„Sag mal, es gab doch auch noch ein Ursprungsgedicht", erinnerte Tobias die beiden Mädchen.

„Ja, aber das war das Gedicht von Goethe, der sich vermutlich von der Geschichte inspirieren ließ, aber einen Zusammenhang zwischen den Rätseln des Wilhelm zu Auersbach und Goethe scheint es nicht zu geben. Wenngleich man den Eindruck hat, dass Goethe vielleicht doch mehr wusste, als wir denken. Immerhin war er dem Geschehen wesentlich näher dran, als wir es heute sind. Trotzdem ist Goethe erst knapp 100 Jahre nach dem Erschaffen der Monstranz geboren worden, sein Gedicht kann höchstens eine schöne Geschichte um die Geschichte sein, wenn ihr versteht, was ich meine?", versuchte Julia zu erklären.

Sophie stöhnte auf und rollte die Augen: „Ich glaube nicht, was ich gerade hier lese. „Einbruch bei Kölner Ausgrabungen - Wertvolle Gegenstände wurden gestohlen", las Sophie in ihren News.

„Wie bitte?", Julia konnte es kaum fassen. Auch Tobias schüttelte den Kopf.

„Das gibt es doch nicht", suchte er nach Worten.

Sophie war bereits dabei, ihre Mutter anzurufen. Wenn überhaupt jemand etwas dazu sagen konnte, dann war sie es. Es dauerte eine ganze Weile, bis sie am Apparat war. Sie berichtete, dass am Morgen das Schloss zur Tür der Ausgrabungen aufgebrochen war. Zunächst konnte man keinen Verlust feststellen. Im Moment herrsche ein wenig durcheinander und so wäre die kaputte Vitrine, aus der drei Gegenstände gestohlen worden waren, erst etwas später entdeckt worden. Die Polizei und auch die Museumsleitung würden sich wundern, dass nur drei Schalen gestohlen worden sind. Das wären vermutlich noch nicht mal die Wertvollsten gewesen. Sophie berichtete den anderen was sich in der Zwischenzeit ereignet hatte. Julia und Tobias hatten bereits über ihre Handys versucht, das Nötigste zu recherchieren. Die Polizei hielt sich allerdings mit Informationen bedeckt aber auch in den Onlineportalen sprach man von nur wenigen fehlenden Gegenständen.

„Es ist mir völlig klar, warum nur so wenig gestohlen wurde. Die haben nur die in Frage kommenden Schalen gestohlen. Aber was wollen sie mit den Schalen? Alleine sind die zwar wertvoll aber ohne die Rätsel kommen sie vermutlich nicht weiter", sagte Julia.

„Meine Mutter hat noch gesagt, dass es besonders unangenehm sei, weil man von diesen Schalen noch keine Fotos gemacht hätte. Die Kamera wäre defekt, mit der man sonst die Aufnahmen machen würde und eine neue Kamera ist erst ab nächster Woche wieder verfügbar. Im Moment überlege man, ob man die Bevölkerung aufrufen soll. Vielleicht hat jemand zufällig Fotos von dieser Vitrine gemacht", erklärte Sophie.

„Was machen wir jetzt?", fragte Tobias die Mädchen

„Wir könnten doch mal zu deiner Mutter an die Baustelle fahren. Die Ausgrabungsstätte stand doch eh auf unserem Besichtigungsplan. Vielleicht erfahren wir etwas mehr, wenn wir vor Ort sind und deine Mutter freut sich bestimmt, wenn wir mal vorbei schauen", meinte Julia.

So fuhren die Drei mit dem Bus und der Bahn in die Innenstadt zurück. Schon von weitem konnten sie die Absperrung sehen, die die Polizei gezogen hatte. Hier würden sie vermutlich kaum durchgelassen werden. Sophie rief ihre Mutter an, die sie etwas später an der Absperrung abholte. Sie folgten ihr in den Untergrund, in weitem Bogen an den Ausgrabungen vorbei in Richtung des Büros der Mutter. Julia und Sophie versuchten mit Tobias einen Blick auf die Gegenstände zu erhaschen. In einer Ecke stand die Vitrine, bei der der oder die Räuber die Glasscheibe eingeschlagen hatten. Kriminalbeamte standen herum, nahmen Fingerabdrücke und machten Fotos. Es sah alles sehr unordentlich aus, das lag aber wohl an den vielen Gegenständen, die in der letzten Zeit gefunden worden waren und die man noch nicht hatte alle abtransportieren können. Im Büro der Mutter angekommen, machten sie es sich bequem und berichteten ihr, was sich in der Zwischenzeit ereignet hatte. Sie hatten die Schriftstücke dabei und zeigten ihr den Lageplan und die Gedichte.

„War wohl ein kleiner Komiker, der alte Wilhelm", meinte sie trocken als sie mit dem Lesen fertig war.

„Wir können uns im Moment noch nicht vorstellen, was er uns mit dem Lageplan und den Kreisen sagen will. Auch das dazugehörige Gedicht gibt uns ziemliche Rätsel auf", erklärte Julia. „Es könnte sich um das Schloss mit dem Teich und den Skulpturen im Halbkreis handeln. Es gibt wesentlich mehr Skulpturen im Garten, er hat vermutlich die Acht um den Teich markiert. Wir haben gestern schon jede Statue genau untersucht und leider nichts gefunden."

„Nimm die bekannten Zahlen, und zähl von links nach rechts. Versuch es nicht mit Qualen, bei der, die sich nicht teilen lässt", las die Mutter noch einmal laut.

„Welche Zahlen sind euch denn *bekannt*?", fragte sie.

Sophie antwortete ihrer Mutter: „Wir kennen das Geburtsdatum von Wilhelm, diese Zahlen 14.12.1608 wurden aber schon mal abgefragt."

„Moment mal!", rief Julia. „Wir kennen doch auch die Zahlen 4, 1, 1, 0, die wir im Kolumba-Museum angewandt haben. Wisst ihr, die, die auf dem Zunftzeichen waren?".

„Stimmt", sagte Tobias. „Wenn wir diese einfach durchzählen, dann kämen wir auf die vierte, fünfte, nein sechste Skulptur von links. Die Null brauchen wir nicht, die kann man nicht zählen und auch nicht teilen. So gibt es auch das Rätsel vor. Ist euch an dieser Skulptur etwas Besonderes aufgefallen?", fragte er die Mädchen.

„Nicht das ich wüsste, aber ich habe von allen Skulpturen Fotos gemacht", Sophie wühlte in ihrer Tasche nach dem Handy. „Hier müssten sie sein."

Während Sophie die Fotos durchblätterte schauten auch Tobias und Julia mit auf das Handy. Es dauerte eine Weile, bis sie die richtige Statue gefunden hatten. Es handelte sich um die Skulptur eines Knaben, der eine Hand auf dem Rücken, die andere vor seinen Körper hielt, als hätte er ein Tablett in der Hand.

„"Fügst du zusammen, was verbunden", was muss ich mir darunter vorstellen?", fragte die Mutter.

„Vielleicht müssen wir einen Gegenstand mit der Skulptur verbinden?", überlegte Sophie. „Wartet mal!", sie stöberte abermals in ihrer Handtasche. „In dem Gedicht von Goethe war doch auch so eine Stelle, wenn ich mich richtig erinnere." Sie zog den Internetausdruck hervor. „ Da, „…von dem Glanz der vollen Schale, die ein schöner Knabe trug…", was ist, wenn wir die Schale auf die Hand des Jungen stellen müssen? Ach du liebes bisschen, wir haben keine Schale und wenn wir Pech haben, hat das Pärchen und der Typ jetzt die Schale", Sophie wurde bleich.

„Das könnte stimmen", Julia überlegte angestrengt. „Vielleicht hat die Schale damals, als Goethe lebte, sogar noch auf der Hand des Knaben gelegen, das wäre doch möglich", sie schaute die Anderen an.

„Das wiederum kann ich mir nicht vorstellen. Was auch immer diese Schale bewirkt, man hätte sie versehentlich bewegen können, von einem Diebstahl mal ganz abgesehen. Außerdem hatte Wilhelm die Schale dem Rathaus übergeben, also kann sie nicht im Garten gestanden haben", erklärte Tobias.

„Fassen wir zusammen", das war Sophies Lieblingsjob. „Wir haben vermutlich ein weiteres Rätsel gelöst, aber keine Schale. Das Pärchen hat eine oder mehrere Schalen, aber kein Rätsel und hoffentlich auch keine Ahnung, was sie mit dieser Schale machen müssen."

„Du könntest schon recht haben", ergänzte Julia. Aber bedenke, der Typ hat uns gestern an den Skulpturen beobachtet, er könnte sich zumindest wundern, was wir bei den Statuen gemacht haben und wenn er dann eins und eins zusammen zählt oder das Gedicht von Goethe bemüht, dann sind sie mit uns fast wieder gleichauf."

„Was sollen wir jetzt machen?", jammerte Sophie.

„Zunächst einmal sollten wir ins Hotel fahren", meinte Tobias. „Und auch Andreas zu einem weiteren Treffen bitten. Vielleicht kann er uns sagen, welche Gegenstände sich das Pärchen gestern genau angeschaut hat."

„Das ist eine gute Idee", lobte Sophie und schaute ihre Mutter an.

Sie nickte den Mädchen zu und versprach hier im Museum die Augen und Ohren weiter auf zu halten.

Auf der Fahrt ins Hotel versuchten die Drei ihre Eindrücke zu verarbeiten. Sophie überlegte, ob das Pärchen die Schale in ihrem Hotelzimmer deponiert hatte. Sie wusste, wie man das Zimmer öffnen konnte, traute sich aber nicht, das Tobias vorzuschlagen. Zu sehr hatte er sie zurechtgewiesen und natürlich könnte es ihn seinen Job kosten. Das wollte Sophie selbstverständlich nicht. Auch Julia hing ihren Gedanken nach. Sie hatte eine ähnliche Vorstellung davon, wie man gegebenenfalls an die Schale kommen konnte. Immer vorausgesetzt, sie wurde im Hotelzimmer aufbewahrt. Viel schlimmer wäre es, wenn sie schon im Besitz des Typen wäre. Er hätte alle Möglichkeiten, die Schale auszuprobieren. Wären wir doch etwas vorsichtiger im Garten gewesen, dann hätten wir ihn vielleicht nicht auf unsere Spur gebracht. Julia ärgerte sich noch immer, als sie bereits im Hotel waren.

Andreas saß vor dem Hotel auf den Stufen und erwartete sie.

„Wir könnten uns in den schönen Garten setzen, da sind wir bestimmt auch ungestört und müssen uns nicht ins Zimmer quetschen", schlug Tobias vor.

Sie suchten sich ein schönes schattiges Plätzchen. Andreas war in der Zwischenzeit über alles unterrichtet worden. Er wiederum berichtete, was er mit dem Pärchen am Vortag unternommen hatte.

„Die Ausgrabungen hatten sie sehr interessiert und sie hatten sich lange an den Vitrinen aufgehalten. Im Nachhinein betrachtet eigentlich an nur einer Vitrine wirklich lange. In ihr standen mehrere Schalen aus Gold, vermutlich mit Edelsteinen. Diese waren noch sehr mit Dreck übersät, so dass man von den Steinen nicht viel sehen konnte. Ich hatte meine Kamera dabei und habe mehr oder weniger heimlich ein paar Fotos gemacht", schloss er seinen Bericht.

Die Drei horchten auf.

„Du hast Fotos von den Ausstellungsstücken gemacht und sagst das erst jetzt", Sophie rollte die Augen. „Zeig her!".

Andreas gab ihr die Kamera und gemeinsam sahen sie sich die Fotos an. Die Fotos zeigten sowohl die Grabungsstätte als auch einzelne Vitrinen.

„Schau Sophie!", meinte Julia. „Ist das nicht die Vitrine, die wir vorhin gesehen haben, aus der die Gegenstände gestohlen wurden?"

Sophie beugte sich darüber, „Du könntest recht haben. Lass uns diese Fotos mal etwas vergrößern." Sie zoomte das Bild etwas näher. Man konnte die Schalen nun recht gut erkennen. Andreas hatte wirklich ganze Arbeit geleistet, von jeder Seite waren die Schalen zu erkennen. Sie standen in Ständern, so dass man auch die Unterseite sehen konnte. „Hier!", Tobias übernahm die Kamera und versuchte einen Ausschnitt noch etwas mehr zu vergrößern. „Was ist denn das auf der Unterseite der Schale?"

Sie beugten sich gemeinsam über das Foto. Die Schale war auf der Unterseite auch dreckbehaftet, aber es schimmerte ein Zeichen durch den Dreck. Die Sonne hatte sich in dem Bild gespiegelt und die Gravur auf der Unterseite gut sichtbar gemacht.

„Das sieht aus, wie unser Zunftzeichen", jubelte Sophie.

Die Vier sahen sich an. Jeder wusste, was das bedeutete. Diese Schale war sicher nicht mehr im Museum, sondern bestimmt unter den gestohlenen Gegenständen. Sophie machte ein Foto mit dem Handy und schickte es ihrer Mutter mit der

Bitte zu prüfen, ob die Gegenstände aus der Vitrine fehlten. Die Mutter versprach sofort nachzuschauen.

„Wenn die Schale wirklich fehlt, ist das grauenvoll", meinte Sophie.

„Woher konnte das Pärchen wissen, dass diese Schale ausgerechnet bei den Ausgrabungen dabei ist?", überlegte Julia.

„Ich vermute, das war purer Zufall", mutmaßte Tobias. „Wir wissen ja auch, dass die Schale existiert und dass sie dem Rathaus übergeben wurde. Sie haben sicher die Ausstellungen im Rathaus schon besichtigt und keine Schale mit den Voraussetzungen gefunden. Dass sie vielleicht bei den Schalen ist, die jetzt ausgegraben wurden, war zwar eine reine Vermutung, hat sich durch einen glücklichen Zufall aber bestätigt."

Die Mutter hatte ihnen in der Zwischenzeit ein Foto und eine kurze Info zurückgeschickt und wie sie es schon vermutet hatten, handelte es sich um die Vitrine.

„Was machen wir jetzt?" fragte Andreas.

„Ich wüsste etwas", meinte Sophie und erzählte den Anderen von ihrem Plan.

Kapitel 7 - Das Geheimnis im Flur

Tobias hatte aus seinem Spind die Karte geholt, die ihnen Zugang zu allen Zimmern verschaffen konnte. Die Mädchen hatten sich in der Zwischenzeit eine Strategie überlegt. Sie wollten an die Zimmertür des Pärchens klopfen und schauen, ob sie auf ihrem Zimmer waren. Sollten sie aufmachen, hatten sie sich eine Ausrede zurechtgelegt. Während Tobias und Andreas am Ende des Ganges vor dem Eingang zum Treppenhaus warteten, hatten sie ihren Auftritt. Sie wankten gekonnt, schwatzen und kicherten laut und klopften an die Tür des Pärchens. Nichts passierte. Sie winkten gerade Andreas und Tobias herbei, da öffnete sich die Tür. Die Mädchen erschraken einen kurzen Augenblick und spielten sofort ihre Rolle weiter. Sie kicherten so laut, dass der Mann mit der Baskenmütze laut schnaubte, „die heutige Jugend, unmöglich wäre das“. Die Mädchen zogen lachend und schwatzend weiter zum Fahrstuhl und verschwanden darin.

„Mist!“, meinte Sophie, als die Fahrstuhltür sich geschlossen hatte. Die Jungs empfingen sie auf ihrem Stockwerk vor dem Fahrstuhl. Gemeinsam gingen sie in das Zimmer der Mädchen.

„Wir müssen einfach warten, bis die Beiden Essen gehen oder aus einem anderen Grund das Hotel verlassen“, meinte Tobias. „Ich werde mal runter an den Empfang gehen und dort Bescheid sagen, dass man mich informiert.“

„Das ist doch zu auffällig“, sagte Sophie. „Meinst du nicht, der Empfang wird sich wundern, warum du das wissen möchtest?“

„Das wäre nicht das erste Mal, dass man sich gegenseitig hilft“, zwinkerte Tobias ihr zu.

Sie brüteten über dem letzten Rätsel der Statuen im Garten. Wenn sie nur die Schale schon hätten, dann könnten sie ausprobieren, ob sie Recht hatten. Es wurde schon langsam Abend, als das Handy von Tobias vibrierte. Er grinste als man ihm mitteilte, dass die Luft rein war. Diesmal sollte Tobias zur Sicherheit klopfen. Es passierte nichts und so öffnete er den Raum und trat ein. Man hatte entschieden, dass Sophie mitging, da sie den Raum bereits einmal gesehen hatte. Andreas und Julia sollten draußen und unten in der Hotellobby aufpassen, dass die Luft rein blieb. Sophie hatte das Zimmer schon einmal betreten und konnte kaum glauben, wie es sich verändert hatte. Vor ein paar Tagen war in diesem Raum absolut nichts abgelegt worden, heute sah er sehr bewohnt aus. Im Gegenteil, es herrschte eine große Unordnung. Wo nur konnte die Schale versteckt sein?

„Wenn wir die Schale in diesem Chaos finden sollten, was machen wir dann? Wir können sie unmöglich mitnehmen", meinte Sophie.

„Ich überlege auch schon die ganze Zeit, wie wir das anstellen wollen" meinte Tobias. „Finden alleine langt nicht, aber wir können die Schale nicht an uns nehmen. Da muss uns schon was Besseres einfallen", gab Tobias zu.

„Erst müssen wir sie finden, vorher brauchen wir uns über das weitere Vorgehen kaum Gedanken zu machen", seufzte Sophie.

„Wo würdest du eine Schale verstecken?" überlegte Tobias laut.

„Ich glaube ich könnte mir vorstellen, wo?", Sophie legte sich auf den Boden und angelte nach dem Koffer. „Gib mir mal dein Handy und mach die Taschenlampe an."

Tobias reichte ihr das Handy und sie leuchtete unters Bett. Da war der Koffer. Sie zog ihn hoch und stellte ihn aufs Bett.

„Was ist da drin?", Tobias schaute sie verdutzt an.

„Keine Ahnung, beim letzten Mal ging er nicht auf", erwiderte Sophie.

Auch dieses Mal hatte sie kein Glück. Das Schloss des Koffers war abgeschlossen.

„Hast du eine Ahnung wie man so etwas aufbekommt?" fragte Sophie.

„Hast du noch nie einen alten Film gesehen?" fragte Tobias zurück. „Man nehme eine Haarnadel und stochere so lange im Schloss herum, bis es von alleine aufspringt!"

„Du willst mich nur ärgern", Sophie knuffte Tobias in die Rippen.

„Nein ehrlich, mit einer Haarnadel könnte man es zumindest versuchen. Bei alten Schlössern funktioniert das schon. Hast du eine?", sagte Tobias.

„Zufällig leider nein", erwiderte Sophie.

Das Handy von Tobias piepste. Er schaute drauf und stieß Sophie an.

„Wir müssen raus hier, unser Freund kommt zurück", flüsterte er.

Sophie versuchte, den Koffer einigermaßen an die gleiche Stelle unters Bett zu schieben, dann schlichen sie aus dem Zimmer heraus. Als sie die Tür zum Treppenhaus schlossen, hörten sie, wie sich die Fahrstuhltür öffnete. Sophie lehnte sich an das Geländer und meinte „Puh, das war knapp."

Er nahm ihre Hand und zog sie fort. Man konnte nicht wissen, ob der Typ das Zimmer noch mal verlassen und dann das Treppenhaus benutzen würde. Sie warteten gespannt. Es dauerte eine ganze Weile, dann kam eine Nachricht auf Tobias Handy. Die Luft war rein, der Typ hatte mit zwei Jacken unter dem Arm das Hotel wieder verlassen. Sie schlichen die Treppe hoch und klopften an die Tür. Nichts passierte. Tobias wollte das Kärtchen aus seiner Hemdtasche nehmen und griff ins Leere. Die Karte war nicht da. Er suchte in den Hosentaschen. Nichts.

„Bleib hier", sagte er zu Sophie. „Ich hole mir unten eine Karte. Ein Kumpel von mir hat heute Abend Dienst an der Rezeption, der gibt mir sicher seine."

Es dauerte eine ganze Weile, bis Tobias mit einer neuen Karte zurückkam.

„Los", sagte er.

Zunächst mussten sie die Karte suchen, die zum Glück etwas unters Bett gerutscht war. Tobias hob sie auf, dabei schaute er unter das Bett. Der Koffer lag nicht mehr dort. Beide suchten im Zimmer nach ihm, konnten ihn aber nicht finden. Tobias nahm sein Handy und schrieb Andreas an, ob der Typ einen Koffer dabei hatte. Andreas meldete sich sofort mit der Nachricht, dass der Typ keinen Koffer bei sich hatte. Wo also war der Koffer abgeblieben? Sophie und Tobias sahen sich erneut um. Vielleicht im Schrank? Sophie machte ihn auf, und tatsächlich, dort stand der Koffer. Vorsichtig nahm sie ihn heraus, legte ihn auf den Boden. Nun ließ er sich öffnen. Außer etwas Dreck war er vollkommen leer.

„Ich weiß was da drin war“, sagte Tobias. „Die Exponate vermutlich.“

„Ob der Typ die unter seiner Jacke hatte?“, überlegte Sophie. „Vielleicht treffen sie sich mit dem Kerl aus dem Schloss?“

„Ist schon möglich. Was machen wir jetzt?“, überlegte Tobias.

Das Handy vibrierte, Tobias schaute darauf und zeigte Sophie die Mitteilung: „Wir gehen hinter dem Typ her, ciao Andreas und Julia“.

„Nun können wir uns in Ruhe Zeit lassen und das Zimmer genau unter die Lupe nehmen.“ Aber so gründlich sie auch schauten, sie fanden nichts Verdächtiges.

Andreas und Julia schlenderten Hand in Hand, wie ein verliebtes Pärchen hinter dem Typ her. Von Zeit zu Zeit blieben sie stehen, um nicht zu nah an ihn heran zu kommen. Dann verschwand er in einem Lokal.

„Was machen wir jetzt“, fragte Andreas während Julia ihn weiter zog.

„Komm, wir gehen was Essen“, sagte sie und sie betraten das Lokal.

Drinnen war nicht viel los. Ein paar Tische waren besetzt. Das Pärchen saß im hinteren Bereich mit dem Typ aus dem Schloss zusammen. Sie unterhielten sich so angeregt und bemerkten nicht, was um sie herum passierte. Julia und Andreas suchten sich einen Tisch weiter vorne aus. Hier stand eine größere Pflanze, die sie gut verdeckte. Der Ober kam und sie bestellten etwas zu trinken und eine Kleinigkeit zu essen. Andreas saß mit dem Rücken zu den Dreien aber Julia konnte die Szene ganz gut beobachten, wenn sie sich etwas zur Seite beugte.

„Schreib mal Tobias, dass das Pärchen hier sitzt und sie in Ruhe das Zimmer durchsuchen können“, flüsterte sie ihm zu und hätte im nächsten Moment beinahe laut aufgeschrien, als der Typ mit der Baskenmütze unter seiner Jacke eine glänzende Schale hervor holte. Der Andere nahm die Schale vorsichtig und betrachtete sie von allen Seiten. Julia stieß Andreas unter dem Tisch an und bedeutete ihm, sich vorsichtig umzudrehen. Der Typ zog ein Bündel Geldscheine aus der Tasche und legte sie auf den Tisch. Die Dame begann zu zählen und nickte nach einer Weile. Das Ganze hatte wenige Minuten gedauert und keiner der umliegenden Gäste hatte etwas bemerkt. Nun prosteten sie sich zu und begannen sich angeregt zu unterhalten.

Als der Kellner das Essen für Julia und Andreas gebracht hatte fragte sie: „Was machen wir denn jetzt“?

„Zunächst essen wir mal gemütlich, denn auch unsere Freunde haben es augenscheinlich nicht eilig. Sie scheinen sich sehr sicher zu fühlen.“

Gerade brachte der Kellner die bestellten Speisen an deren Tisch. Andreas und Julia sprachen wenig. Julia versuchte immer wieder vorsichtig den Kopf zu heben um etwas zu beobachten. Sie, war sehr ungeduldig und schlang das Essen förmlich in sich hinein. Gerade überlegte sie, ob Tobias und Sophie wenigstens etwas gefunden hatten als der Typ am Nachbartisch den Kellner herbei winkte und nach der Rechnung verlangte. Andreas nahm sofort sein Handy und schrieb hastig hinein. Als er fertig war, sagte er zu Julia: „Ich habe Tobias informiert. Die sollen sich bereithalten. Wir zahlen jetzt am besten auch.“

Als sie die Rechnung beglichen hatten, traten sie vor die Tür. Das Pärchen saß noch immer mit dem Typ am Tisch und unterhielt sich.

Tobias und Sophie waren in der Zwischenzeit zum Restaurant gekommen und Andreas erzählte den Beiden, was sich ereignet hatte.

„Was wollen wir nun machen?“, Julia überlegte laut. „Gleich brechen die auf und dann ist der Typ mit unserer Schale über alle Berge. Er braucht dann nur eins und eins zusammen zu zählen und schon weiß er, wo man die Schale hinstellen muss.“

„Ich glaube nicht, dass er das bereits weiß, da sind wir ihnen hoffentlich noch einen Schritt voraus“, meinte Tobias. „Die Frage ist eher, wie sollen wir es anstellen, an die Schale zu kommen, denn ohne sie kommen auch wir nicht weiter?“

„Wir müssen ihn beschatten und dann vielleicht kurzfristig entscheiden oder zuschlagen“, meinte Sophie.

„Ich glaube, das ist eine Sache für Männer“, sagte Andreas und Julia schaute die Beiden an.

Während sie noch auf der anderen Straßenseite hinter einem großen Auto als Sichtschutz beratschlagten verabschiedete sich der Typ im Lokal, kam heraus und ging zu seinem Auto.

„So ein Mist“, ereiferte sich Sophie, doch Andreas zückte seinen Autoschlüssel.

„Mein Auto steht um die Ecke“, grinste er und lief mit schnellen Schritten voran, Tobias folgte ihm.

„Wir melden uns…“, dann war auch Tobias um die Ecke verschwunden.

Als sie davon gefahren waren, überlegte Sophie laut: „Ich weiß nicht, ich würde auch gerne mit fahren.“

„Wo war der Punkt, wo wir das Ganze aus der Hand gegeben haben?“, überlegte Julia.

„Warum hast du nichts gesagt, als Andreas meinte, das ist etwas für Männer?“, Sophie schaute Julia entrüstet an.

„Irgendwie habe ich den Eindruck, dass wir gerade ins Abseits gestellt werden", seufzte Julia. Langsam schlenderte sie mit Sophie zum Hotel zurück.

Andreas und Tobias folgten dem Wagen in einigem Abstand. Der Typ fuhr auf direktem Weg zum Schloss. Es war nicht schwer ihm zu folgen, der Berufsverkehr hatte längst nachgelassen. Dort angekommen parkte er das Fahrzeug auf seinem Platz und ging durch den Park zum Gebäude. Andreas atmete auf. Er scheint also nicht zu wissen, was man mit der Schale machen soll oder er will warten, bis es ganz dunkel geworden ist. Die Jungs überlegten, was sie nun machen sollten. Sie konnten schlecht die ganze Nacht im Auto sitzen und warten. Tobias schrieb gerade mit Julia und Andreas spielte auf seinem Handy als der Typ aus dem Gebäude wieder heraus kam, in sein Auto stieg und davon brauste. Tobias und Andreas schauten sich an. Das konnten sie nicht glauben. Dabei hatte er die Schale sicher nicht. Dafür war sie zu groß, sie passte nicht in die Jackettasche und eine Tüte oder ähnliches hatte er nicht dabei. Die Schale musste sich also im Schloss befinden. Aber wo dort. Der Typ bewohnte als Hausmeister eine kleine Wohnung in einem der angrenzenden Seitenflügel des Schlosses. Wo hatte er die Schale jetzt so schnell versteckt?

„Wir kommen weder in das Schloss, noch wissen wir, wo er die Schale abgestellt oder versteckt hat, was können wir hier noch tun?", überlegte Tobias laut, während er auf das Display seines Handys schaute.

„Wir könnten versuchen, den Verwalter anzurufen, vielleicht kann er uns die Tür öffnen. Damit wissen wir zwar immer noch nicht, wo der Kerl die Schale versteckt hat…", fügte Andreas kleinlaut dazu.

„Los, lass uns anrufen", drängte Tobias.

Eine halbe Stunde später fuhr der Verwalter auf den Parkplatz und stieg aus. Gemeinsam gingen sie zum Schloss. Der Verwalter kramte in seinen Taschen und zog einen großen

Schlüsselbund hervor. Zielsicher steckte er den richtigen Schlüssel ins Schloss und öffnete die Tür. Licht machte er keines, man konnte nicht wissen, wann der Kerl wieder zurück kam und so gingen sie im Schein der mitgebrachten Taschenlampen langsam weiter. Der Verwalter zeigte ihnen die Tür zur Wohnung. Sie befand sich im Erdgeschoss, im Seitenteil des Schlosses und war verschlossen.

„Ich kann mir nicht vorstellen, dass er überhaupt bis hierhin gegangen ist", stellte Andreas fest. „So schnell wie er wieder im Auto war. Überleg mal Tobias, er war doch fix wieder da, das hat höchstens drei Minuten gedauert oder, wenn man den Weg zum Schloss mal abzieht?"

„Also ihr meint, er hat die Schale irgendwo anders abgelegt? Macht vielleicht sogar Sinn. Wenn irgendjemand danach sucht, dann sicher in seiner Wohnung", meinte der Verwalter.

„Wo also würden sie etwas im Schloss verstecken, wenn sie nicht wollten, dass es schnell gefunden wird?", fragte Tobias.

Der Verwalter überlegte nicht lange. „Ich würde den Geheimgang dafür nutzen, vorausgesetzt, er kennt ihn auch", erklärte der Verwalter in aller Ruhe.

Tobias und Andreas schauten ihn mit großen Augen an. Es gab einen Geheimgang, das wurde ja immer spannender. Gemeinsam gingen sie durch einen Gang, an dessen Ende sich der Abgang zum Keller befand und gingen die Treppe hinunter. Sie befanden sich nun im Kellergewölbe. Es roch ein wenig modrig und war kalt. Sie folgten dem unterirdischen Gang ungefähr zur Hälfte, da blieb der Verwalter stehen. Er schaute sich um und überlegte. Für einen Moment sah es so aus, als hätte er vergessen, wo der Einlass zum Geheimgang sein könnte.

„Ist etwas?", fragte Tobias.

Verlegen schaute der Verwalter die Jungs an und meinte, er könnte sich nicht genau daran erinnern, wo die Tür war.

„Ihr müsst wissen", erklärte er betrübt, „der Gang wird nicht benutzt, für Führungen ist er nicht weiter wichtig. Daher habe ich ihn auch zum letzten Mal vor ein paar Jahren geöffnet, nur um zu schauen, dass sich nicht Schimmel oder sonst etwas an den Wänden festgesetzt hat."

„Wie wird die Tür denn geöffnet?", wollte Andreas wissen.

„Es ist ein Ziegel, der etwas locker sitzt, den drückt man ein und dann öffnet sich die Tür. Ich erinnere mich, dass die Tür nicht in unmittelbarer Nähe des Ziegels war und der Gang", er schaute nach links und rechts, „ist ja nicht gerade kurz."

„Allerdings", seufzte Andreas.

„Sollten wir nicht längst auch die Mädchen einweihen? Die sitzen bestimmt im Hotelzimmer und verfluchen uns, dass wir uns nicht melden.", gab Tobias zu bedenken.

„Das können wir zwar machen, aber wir wissen auch nicht, wann der Kerl wieder zurück ist und wie sollen die Beiden hierher kommen? Dann müsste ich sie holen und das kostet alles Zeit, die wir nicht haben.", gab Andreas zurück.

Der Verwalter tupfte sich den Schweiß von der Stirn. Hier unten war es stickig und er stand im Anzug da.

Tobias unterdrückte einen Fluch. Er hatte versucht den Mädchen über sein Handy eine Nachricht zu senden, aber der Empfang in den alten Gemäuern war miserabel.

„Ich würde vorschlagen, ihr sucht schon mal weiter nach dem Ziegel und der Tür, ich gehe mal nach oben und versuche Sophie zu erreichen."

„Warte", rief der Verwalter ihm nach. „Nimm den Schlüssel mit, solltest du das Haus verlassen."

Tobias schlich im Schein seiner Taschenlampe den Gang zurück und die Treppe nach oben. Vorsichtig bog er in den langen Gang, der ihn zum Ausgang brachte. Es war schon ziemlich unheimlich abends alleine in diesem Schloss. Den Gedanken verwarf er rasch wieder, immerhin waren unten Andreas und der Verwalter. Er überlegte, welche der Türen sie vorhin genommen hatten, als sie Richtung Keller gingen. Daran konnte er sich nicht mehr erinnern. Ziemlich weit vorne musste es gewesen sein. Da war sie, die Tür. Sie stand offen. Komisch, hatten wir sie vorhin nicht geschlossen, überlegte er, war sich aber nicht mehr sicher. Im Kassenvorraum angekommen machte er das Licht am Handy aus. Durch den Mond und die Straßenlaternen schien genug Licht durch die diversen Fenster. Gerade wollte er seine Nachricht an Sophie senden, da hörte er Schritte auf das Schloss zukommen. Er zuckte zusammen und überlegte, wo er sich so schnell verstecken sollte, denn der Kerl konnte jeden Moment die Tür erreicht haben. Er schlich sich hinter den Kassentresen und lauschte. Das war nicht der Kerl, darin war er sich sicher. Es waren mehr wie eine Person in Richtung Schloss unterwegs. Ob er das Pärchen dabei hatte? Wozu, überlegte Tobias, die hatte er ausbezahlt, die sollten bestimmt nicht bei der Hebung des Schatzes dabei sein. Aber wer sonst konnte sich dem Schloss um diese Zeit nähern? Ein Flüstern war zu hören, aber so undeutlich, dass er noch nicht mal zuordnen konnte, ob das männliche oder weibliche Stimmen waren. Er überlegte kurz und verließ seinen sicheren Posten hinter dem Tresen. Beinahe hätte er laut aufgeschrien, denn eine weitere Person schlich durch den Kassenraum und löste sich gerade aus dem Dunkel. Es war Andreas. Tobias deute ihm an, leise zu sein und flüsterte ihm zu, dass er Schritte gehört hätte. „Was machst du hier?“ raunte er Andreas an.

„Nachdem du nicht zurückgekommen bist, haben wir uns Sorgen gemacht. Der Verwalter meinte, ich solle mal nach dir sehen.“

„Habt ihr den Eingang bereits gefunden?“

Andreas schüttelte den Kopf, „Bisher leider nicht. Weißt du eigentlich wie lang der Gang ist?“

Draußen waren wieder Schritte zu hören, die auf das Fenster neben der Tür zugingen. Jemand schaute herein. Schemenhaft war eine schlanke Gestalt zu erkennen.

Andreas stupste Tobias an und sagte halblaut „Das sind die Mädchen."

Er öffnete vorsichtig die Tür und draußen standen Julia, Sophie und ihre Mutter.

Nachdem die Drei hereingetreten waren, schloss Tobias die Tür.

„Was macht ihr denn hier?", fragte er.

„Das Gleiche könnten wir euch fragen. Wie seid ihr hier hereingekommen?"

Andreas grinste und berichtete, was sich in der letzten Stunde ereignet hatte.

„Wir haben es im Hotel nicht mehr ausgehalten und Sophies Mutter gefragt, ob sie uns hierher fahren könnte", erwiderte Julia.

„Kommt!", Tobias zog Sophie mit sich. „Wir gehen in den Keller."

Dort hatte der Verwalter bereits die Hälfte des Ganges auf der linken Seite abgesucht, ohne Erfolg. Er stand, an einem Mauervorsprung gelehnt und wischte sich gerade wieder den Schweiß von der Stirn. Sophie stellte ihre Mutter vor und gemeinsam machten sie sich weiter auf die Suche nach dem losen Ziegel. Eine gute halbe Stunde später hatten sie den gesamten Gang abgesucht und nichts gefunden. Der Verwalter konnte sich die Tatsache nicht erklären und jammerte darüber, dass sein Gedächtnis so schlecht war.

„Sind sie sicher, dass wir im richtigen Gang sind?" fragte Sophie vorsichtig.

„Ja, ja!", murmelte der Verwalter. „Es muss hier in diesem Gang gewesen sein."

„Was macht sie so sicher?", wollte Julia wissen.

„Der Gang endet in einem großen Raum. Ihm sagt man nach, dass er in früheren Jahrhunderten als Verlies gedient hat. Der Legende nach soll hier der Sohn des Wilhelm zu Auersbach gefangen gehalten worden sein."

Gerade wollte Sophies Mutter zum Aufbruch mahnen, da klickte es weiter entfernt.

„Hier", jubelte Tobias. „Ich glaube, ich habe die Stelle gefunden."

Etwas weiter hinten sprang eine Tür auf. Tobias leuchtete in den Gang. Er war dunkel, roch ebenso modrig und dicke Spinnweben hingen von den Wänden.

„Da gehe ich nicht hinein", erklärte Sophie, die sich vor Spinnen fürchterlich ekelte.

„Was ist in dem Gang bzw. wohin führt er?", fragte Sophies Mutter.

„Soweit ich mich erinnern kann", der Verwalter versuchte ein Lächeln, „ist es ein Verbindungsgang zum Schlafzimmer des Fürsten. Also am Ende müsste sich eine Treppe befinden, die in die Räume des Schlafgemachs führt."

„Viel benutzt wurde er in den letzten Jahren nicht", Andreas deutete auf den Zustand und die Spinnweben. „Kann man hier überhaupt etwas ablegen? Gibt es Schränke oder ähnliches?"

„Nicht das ich wüsste", erklärte der Verwalter.

„Ob der Kerl überhaupt in der kurzen Zeit hier die Schale ablegen konnte?" überlegte Sophie. „Immerhin muss man schon sehr genau wissen, welchen Ziegel man drücken muss. Und wenn ich euch richtig verstehe, kam er sehr schnell wieder zum Auto zurück. Der Gang sieht nicht danach aus, als wäre er in letzter Zeit benutzt worden. Schade!", fügte sie mit einem Seufzer hinzu.

„Aber wo ist die Schale dann abgeblieben? überlegte Tobias und leuchtete in den Raum. Weiter hinten glitzerte etwas und Julia schrie auf.

„Schaut mal da hinten" und sie zeigte auf die Stelle, wo eben die Taschenlampe etwas Glitzerndes erfasst hatte.

„Ich leuchte und du versuchst es zu finden" sagte Tobias.

„Ich ganz gewiss nicht", ereiferte sich Julia. „Gib mir dein Handy und ich leuchte dir den Weg."

Tobias blieb nichts anderes übrig als in den Gang hinein zu gehen. Es ging besser als gedacht und je weiter er in den Gang kam, desto sauberer war er. Als hätte man absichtlich hier vorne die Spinnweben hängen lassen und im weiteren Verlauf hin und wieder sauber gemacht. Als er das Glitzernde in den Händen hielt war klar, dass der Typ vor kurzem selbst hier im Gang gewesen war. Es war die gesuchte Schale. Als er zurückkam, jubelten sie über den Fund. Julia und Sophie versuchten so gut es ging, Tobias von Staub und Spinnweben zu befreien, wobei sie sich gegenseitig versicherten, wie eklig sie es fanden. Gerade als sie die Tür geschlossen hatten und den Rückweg antreten wollten klickte es erneut.

Hinten an der Treppe stand der finstere Typ mit einer Pistole in der Hand, die er auf sie gerichtet hatte. Niemand hatte bemerkt, dass er zurückgekommen war. Sie erschraken so sehr, dass Tobias beinahe die Schale hätte fallen lassen. Der Verwalter versuchte auf den Kerl zuzugehen, aber er fuchtelte wie wild mit der Pistole, so dass er stehen blieb.

„Her mit der Schale", herrschte er den Verwalter an.

„Das ist ein Kunstgegenstand, der der Stadt gehört", versuchte der Verwalter Zeit zu schinden.

„Das interessiert mich überhaupt nicht", erwiderte der Kerl. „Los, her damit!"

Der Verwalter nahm Tobias die Schale ab und ging langsam auf den Kerl zu.

„Kommen sie mir nicht zu nahe", erklärte der finstere Typ, „legen sie die Schale hier auf die Treppenstufe."

Der Verwalter kam langsam näher, während der Kerl ein Stück weiter nach hinten ging, wo weitere Räume waren. Dabei ließ er den Verwalter und die restlichen Anwesenden nicht aus den Augen. Gerade hatte der Verwalter die Treppe erreicht, da strauchelte der Kerl und verlor das Gleichgewicht. Die Pistole fiel auf den Boden und dann ging alles ganz schnell. Tobias und Andreas liefen los und griffen fast gleichzeitig danach, während der Verwalter den Kerl überwältigte. Er nahm Tobias die Waffe ab und richtete sie auf den Kerl. Die Mädchen wies er an nach oben in sein Büro zu gehen und ein Stück Kordel zu holen. Tobias und Andreas fesselten den Kerl während der Verwalter die Waffe auf ihn gerichtet hielt.

„Gehen sie in mein Büro und informieren sie die Polizei, dass wir hier einen Einbrecher gestellt haben“, wies er Sophies Mutter an.

Die Polizei staunte nicht schlecht als der Verwalter mit seiner Geschichte geendet hatte. Er habe Herrn Matthias Schreiber, so hieß der Kerl, dabei erwischt, wie er sein Büro durchsucht hatte. Ganz sicher habe er nach Geld gesucht, denn dieses war in der Vergangenheit immer mal wieder entwendet worden. Es fehlten schon seit geraumer Zeit Einnahmen aus den Besichtigungen. Der Kerl stritt die Erzählung verständlicherweise ab, trotzdem nahm die Polizei ihn mit auf die Wache.

Kapitel 8 - Hilfe, ein Rätsel

Als der Wagen um die Ecke bog, atmeten alle auf. Lange würde die Polizei den Kerl nicht festhalten können, das war klar. Der Waffenbesitz würde sicher geklärt, mehr konnte man ihm nicht nachweisen. Aber die Zeit würde reichen, um mit der Schale das nächste Rätsel zu lösen. Sie holten die Schale aus dem großen Prunkzimmer, wo sie sie in der Eile auf dem Kamin neben anderen Ausstellungsstücken abgestellt hatten. Der Verwalter holte zwei große Taschenlampen aus der angrenzenden Werkstatt und gemeinsam gingen sie über den Kiesweg zur Statue des Knaben. Sophie legte die Schale vorsichtig in die Hand der Statue. Nichts passierte. Sie schaute Julia an.

„Dreh sie mal um 180°“, meinte diese und nahm ihr die Schale aus der Hand. Sie legte diese vorsichtig auf die Hand des Knaben, es regte sich wieder nichts.

„Das kann doch nicht wahr sein“, seufzte Sophies Mutter.

„Jetzt sind wir so weit gekommen…“, jammerte Sophie, wer auch sonst.

„Ich verstehe das nicht“, der Verwalter runzelte die Stirn. „Was haben wir übersehen?“

„Versuch doch mal den Arm des Knaben zu bewegen, wenn die Schale auf der Hand ruht“, schlug Tobias vor. Sophie legte die Schale wieder auf die Hand des Knaben und versuchte sie nach unten zu drücken. Nichts.

„Nochmal drehen“, schlug der Verwalter vor.

Sophie drehte die Schale und versuchte die Hand nach unten zu drücken. Es regte sich nichts.

„Moment!“, Andreas war um die Statue noch einmal herum gegangen. „Schaut euch die andere Hand auf dem Rücken an. Vielleicht gehört die Schale in diese Hand. Gib mal her, Sophie.“

Sophie gab Andreas die Schale, der sie in alle Richtungen drehte, bevor er sie einsetzte. Sie passte erstaunlich genau, trotzdem passierte nichts. Aber als Sophie den vorderen Arm nach unten drückte, war ein mechanisches Geräusch zu hören. Am Bauch des Knaben wurde eine kleine Öffnung freigelegt, in der sich ein Zettel und ein Schlüssel befanden. Alle jubelten, klatschten sich ab oder fielen sich in die Arme.

„Schnell!“, mahnten der Verwalter und auch Sophies Mutter. „Wir sollten so rasch wie möglich hier verschwinden und die Schale wieder an ihren Ort im Geheimgang ablegen.“ Damit waren alle einverstanden. Auf dem Rückweg überlegten sie gemeinsam, wie sie weiter vorgehen wollten. Der Kerl hatte die Schale bei ihnen gesehen. Ihn konnten sie nicht täuschen. Außerdem sollten sie die Schale besser der Polizei übergeben. Sie beschlossen, zunächst abzuwarten. Vielleicht brauchte man die Schale noch einmal. Zurückgeben konnte man sie immer noch, sobald alles überstanden war. Der Verwalter ging mit den Jungs gemeinsam noch einmal in den Keller zum Geheimgang, um die Schale wieder auf dem Boden zu deponieren. Julia, Sophie und ihre Mutter verzichteten auf einen weiteren Besuch an diesem Ort und warteten vor dem Schloss. Sophie und Julia nahmen Schlüssel und Zettel in ihre Verwahrung. Für den nächsten Morgen wollten sie sich nach dem Frühstück mit den Jungs in der Stadt im Eiscafé treffen. Sie fuhren mit dem Auto in die Stadt zurück. Unterwegs hielt Sophies Mutter am Bahnhof an. Sophie hatte seit Stunden nichts mehr gegessen und ihr knurrte auch der Magen. Nachdem sie sich mit Fastfood eingedeckt hatten, fuhren sie weiter zum Hotel. Auf ihrem Zimmer angekommen aßen sie erst mal genüsslich die mitgebrachten Snacks. Danach verabschiedete sich Sophies Mutter, sie wollte noch duschen und sich dann schlafen legen. Julia konnte es kaum erwarten, bis Sophie den Zettel auseinander faltete. Es war ganz eindeutig ein Bilderrätsel, wie man es aus Zeitungen kennt. Darauf zu erkennen war zunächst ein Wappen oder Schild, ein Balkon, eine Schloss, eine Frau von hinten fotografiert und zwei alte Damen. Dazwischen noch die Worte „im", „doppelt im" und „dem". Ein paar Buchstaben sollten gestrichen oder ergänzt werden. Zum Schluss stand dort: „Kannst du´s erahnen?"

Andreas und Tobias waren zeitig am Morgen auf der Polizeiwache gewesen und hatten die Fotos der fehlenden Schalen abgegeben. Andreas hatte die Fotos herausgesucht, auf der eher zufällig die Vitrine zu sehen war. Die Fotos, die die Schalen einzeln und in Großaufnahme zeigten, hatte er lieber weg gelassen, um keinen Verdacht aufkommen zu lassen. Die

Qualität seiner Aufnahmen war so gut, da konnte man leicht gute Vergrößerungen herstellen. Die Mädchen saßen schon vor der Eisdiele und warteten auf ihr bestelltes Eis. Nachdem auch die Jungs ihr Eis erhalten hatten, erzählten die Mädchen, was auf dem Zettel zu sehen war. Die umsichtige Julia hatte mit ihrem Handy ein Foto gemacht, Schlüssel und Originalbild in einen großen Umschlag gesteckt und an der Rezeption, mit der Bitte um Einschluss in den Safe des Hotels, abgegeben. Das Rätsel hatten die Mädchen bereits gelöst, konnten aber mit der Lösung nicht viel anfangen.

„Bild im Salon
doppelt im Schloss,
hinter dem Rahmen.
Kannst du´s erahnen?"

Während Sophie zunächst über das Rätsel maulte, ließen die anderen sich davon nicht die Laune verderben und löffelten genüsslich ihr Eis.

„Wenn ich es richtig sehe, müssen wir mal wieder ins Schloss", erklärte Tobias gerade als sein Handy vibrierte.

„Zu dumm. Mein Kollege ist erkrankt, ich muss zum Dienst. Haltet mich auf dem Laufenden", legte Geld für die Kellnerin auf den Tisch und verschwand.

„Also Schloss. Wir sollten uns vorher beim Verwalter ankündigen und mal die Lage peilen", erklärte Andreas während Sophie bereits zum Telefon griff und die Nummer wählte. Nach einer Weile legte sie mit besorgter Miene auf.

„Er kann uns heute leider nicht helfen, da er zu einem anderen Objekt fahren muss. Er wird seiner Kollegin Bescheid geben, dass wir vorbei schauen", erklärte Sophie.

Nachdem sie aufgegessen und bezahlt hatten, fuhren sie im Wagen von Andreas zum Schloss. Unterwegs überlegten sie, ob der finstere Kerl in der Zwischenzeit wieder auf freiem Fuß war. Das würde ihre Suche unweigerlich komplizierter machen. Auch bis zur Ankunft am Schloss war ihnen noch kein guter Plan B eingefallen. Wie versprochen, durften sie sich im Schloss umschauen. Die Kollegin sagte ihnen jede Hilfe zu, die sie bräuchten und verschwand wieder in ihrem Büro, nachdem sie ihnen erklärt hatte, welcher der vielen Räume als Salon bezeichnet würde. Dort angekommen schauten sie sich um. Es gab eine ganze Reihe von Gemälden, kleine und auch größere, aber eines fiel ganz besonders auf. Es war wesentlich größer als alle anderen und hing direkt über dem großen Kamin. Es zeigte eine Szene aus dem höfischen Leben im 17. oder 18. Jahrhundert. Man konnte im Hintergrund das Schloss erkennen. Davor schien ein Fest stattzufinden zu dem der gesamte Adel erschienen war, der im näheren und weiteren Umreis wohnte. Sie traten näher, um sich das Bild genauer anzuschauen. Während Julia noch von den Farben schwärmte, schauten sich Sophie und Andreas das Bild sehr genau an. Nirgends konnte man einen Hinweis entdecken. Der Rahmen war wunderschön und Sophie schaute sehr genau, ob sich nicht ein Knopf oder Mechanismus verbarg, der ein Teil des Bildes öffnete und vielleicht ein geheimes Depot dahinter frei gab. Das sah man in alten Filmen gerne. Sie konnten das Bild nicht berühren, denn es war mit einer Alarmanlage gekoppelt. Trotzdem waren sie sich sicher, dass es sich bei diesem Gemälde um das im Rätsel handeln musste.

„Ein wirklich schönes Gemälde“, ertönte von hinten die Stimme der Kollegin. Sie war auf der Suche nach ihnen gewesen. „Auch uns fasziniert dieses Bild immer wieder, da es einen guten Einblick in das Leben bei Hofe gibt. Und wusstet ihr, dass der Maler zusätzlich kleine Ausschnitte aus dem großen Bild gemalt hat, die oben in der Ahnengalerie hängen? Er hat von mehreren Personen, die man hier auf dem Gemälde sieht, eine Art Kopie angefertigt. Für die damaligen Verhältnisse schon eine große Leistung“, gab sie zu bedenken. „Ich soll euch übrigens ausrichten, dass euer Freund", sie deutete mit den Augen in Richtung der Wohnung des Kerls, „heute noch in Untersuchungshaft bleibt. Man ist sich nicht sicher, ob er nicht noch mehr Straftaten begangen hat. Der Verwalter, Herr Lindenfels, meint, ihr könntet in Ruhe weiter suchen und wenn ihr etwas braucht, ihr wisst ja, wo ihr mich findet", sagte sie und verschwand.

Die Drei sahen sich an, war das des Rätsels Lösung? Die vermeintlichen Kopien, die in der Ahnengalerie hingen? Wie war der Wortlaut des Rätsels noch einmal? „Bild im Salon, doppelt im Schloss".

„Klar!", rief Sophie. „Lasst uns zur Ahnengalerie gehen, wo immer die auch ist."

„Ich glaube nicht, dass die den Besuchern offen steht. Da müssen wir erst Frau, wie hieß sie doch gleich?"

„Maurer", warf Andreas ein.

„Genau, Frau Maurer, fragen", gab Julia zu bedenken.

Es dauerte eine Weile, bis sie Frau Maurer gefunden hatten. Sie gab ihnen einen Schlüssel mit und eine kurze Erklärung, wo sich die Ahnengalerie im Schloss befand. Als Sophie die Tür aufgeschlossen hatte, staunten sie nicht schlecht. Die Ahnengalerie umfasste so ziemlich die Hälfte des oberen hinteren Teils des Schlosses. Sie wurde in früheren Jahren als Ballsaal genutzt, heute fanden hier augenscheinlich Konzerte statt, denn ein Flügel in der Ecke und eine Bestuhlung zeugten davon. An den Wänden hingen kleine, mittlere und große Gemälde. Alles Ahnen des Schlosses, so vermuteten sie. Zum Glück hatte Julia vom Gemälde im Salon ein paar Fotos angefertigt, denn nun mussten sie schauen, welche Gemälde überhaupt in Frage kamen. Es dauerte seine Zeit, bis sie die richtigen gefunden hatten. Fünf Gemälde waren es, die wie eine saubere Kopie aus dem großen Bild im Salon erstellt worden waren. Wirklich eine große Leistung für damalige Verhältnisse.

„Das Rätsel lautet, „hinter dem Rahmen“, heißt das, wir sollen die Bilder abhängen und dahinter kommt ein Safe oder ähnliches zum Vorschein?“, überlegte Julia laut.

„Das kann ich mir eher nicht vorstellen“, meinte Andreas. Ein Geheimfach wäre bestimmt nicht über all die Jahrhunderte unentdeckt geblieben. Wilhelm zu Auersbach konnte nicht sicher sein, dass man die Gemälde nicht mal abnahm, sie restaurierte oder vielleicht durch andere ersetzte. Nein, es muss sich etwas anderes dahinter verbergen.

Vielleicht eine Botschaft oder ähnliches.“

„Zunächst müssen wir Frau Maurer fragen, ob wir die Bilder einfach abhängen können. Nicht, dass die mit einer Alarmanlage gesichert sind und wir uns die Polizei auf den Hals hetzen“, erklärte Sophie.

Frau Maurer hatte nichts dagegen. Die Alarmanlage, die die Bilder sicherte, schaltete sie aus. Sie bat lediglich darum, die Tür verschlossen zu halten und ihr umgehend Bescheid zu sagen, wenn sie mit ihrer Recherche fertig waren. Nachdem sie die Bilder der Reihe nach abgehängt und untersucht hatten, waren sie so schlau wie vorher. Wie Andreas schon vermutet hatte, gab es keinen eingelassenen Safe in der Wand. Sie drehten die Bilder herum. Auch auf der Rückseite der Leinwand waren keine Hinweise zu erkennen.

„Wir können die Gemälde unmöglich auseinander nehmen“, meinte Sophie und Julia gab ihr Recht. „Wilhelm muss den Hinweis anders gesichert haben. Aber wie?“

„Zunächst müssen wir schauen, welches Bild überhaupt in Frage kommt“, mutmaßte Julia.

Die Idee war gut und so stellten sie alle fünf Bilder nebeneinander und betrachteten sie eingehend. Auf allen Gemälden war eine einzelne Person zu sehen. Außer dem Konterfei sah man im Hintergrund immer das Schloss oder den Park. Darin unterschieden sie sich nicht.

„Und wenn wir die Bilder vorsichtig aus den Rahmen lösen?“, überlegte Sophie ungeduldig.

„Dann werden sie uns garantiert nicht weiter freie Hand hier im Schloss geben“, erwiderte Julia und verdrehte die Augen. „Es bleibt uns immer noch als letzte Möglichkeit, nach Absprache mit Herrn Lindenfels oder Frau Maurer. Es muss doch ein Bild geben, das sich von den anderen unterscheidet.“

„Vielleicht ist es nicht das Bild, sondern der Platz, an dem es hing. Ach!“, widersprach er sich. „Kann nicht sein, er konnte nicht sicherstellen, dass das Bild immer am gleichen Platz hängen würde.“

„Und, kommt ihr vorwärts?“, Frau Maurer steckte den Kopf durch die Tür, „Kann ich die Alarmanlage für den Raum wieder einschalten?“

Die Drei schüttelten den Kopf.

„Gibt es zu diesen fünf Gemälden eine Besonderheit“, fragte Andreas.

„Wenn man mal davon absieht, dass es besagte Kopien aus dem großen Bild im Salon sind, nur eine Kleinigkeit. Es gibt eine Verfügung von Wilhelm zu Auersbach, einer der Stammväter dieses Schlosses. Er hat bestimmt, dass das Bild mit dem größten Kopf immer an seinen Platz zurück gehängt werden muss. Es darf niemals an einem anderen Ort im Schloss aufgehängt werden. Wir haben uns immer gewundert, warum, scheint wohl für euch wichtig zu sein?“ Sie schaute in leuchtende Augen und verabschiedete sich wieder.

Sie hängten zunächst die anderen Bilder wieder zurück und begannen dann, das entsprechende Bild auf die Rückseite zu drehen. Vorsichtig fühlte Julia den Rahmen ab. Sie konnte nichts erkennen. Auch Sophie und Andreas schauten sich den Rahmen genau an, es gab keinen Hinweis.

„Es muss hier sein“, murmelte Julia vor sich hin und fühlte wieder langsam und vorsichtig den Rahmen ab. Halt! Hier war eine kleine Unebenheit. Warum hatte sie die vorher nicht gespürt? Noch einmal fasste sie darüber. Doch, man hatte das Gefühl, dass hier eine kleine Einkerbung war. „Schaut mal, hier könnte ein kleines Fach eingebaut sein."

Andreas versuchte das Holz zu bewegen und tatsächlich konnte er ein kleines Schlüsselloch frei legen. Sie staunten nicht schlecht und Julia stöhnte auf. „Der Schlüssel, der liegt im Safe des Hotels."

„Das macht doch nichts", erwiderte Sophie. „Ich habe solchen Hunger. Wir sollten etwas essen gehen und anschließend mit dem Schlüssel zurückkommen, was haltet ihr davon?"

Als sie am Nachmittag wieder im Schloss ankamen gingen sie zunächst bei Frau Maurer vorbei. Dort holten sie den Schlüssel für die Ahnengalerie und baten erneut um Abschaltung der Anlage.

„Ich wünsche euch viel Glück", rief sie ihnen hinterher.

In der Ahnengalerie angekommen, nahm Andreas das Bild von der Wand und drehte es vorsichtig um. Er schob den kleinen Holzkeil zur Seite und steckte den Schlüssel ins Schloss. Es knackte und ein kleines Kästchen öffnete sich.

„Phänomenal!", riefen Julia und Sophie gemeinsam während Andreas einen weiteren Schlüssel und ein Stück Papier herauszog.

„Also eines muss man Wilhelm lassen, Phantasie hatte er", bemerkte Andreas.

Sie hingen das Bild wieder zurück und gingen bei Frau Maurer vorbei. Dort gaben sie den Schlüssel zurück. Frau Maurer schaltete die Alarmanlage wieder ein.

„Kommt, wir gehen in den Park und suchen uns ein schattiges Plätzchen für die nächste Aufgabe", schlug Sophie vor.

Sie falteten den Zettel auseinander auf dem in krakeliger Handschrift stand:

„Apostelgeschichte"

„Was soll das schon wieder? Und was ist das überhaupt für ein komischer Zettel. Schaut mal, da sind lauter Löcher drin“, rief Julia.

„Wahrscheinlich hat der Zettel die Jahrhunderte nicht sonderlich gut überstanden“, meinte Sophie.

„Was soll der Hinweis auf die Apostelgeschichte bedeuten?“, überlegte Andreas.

„Die Frage ist eher, wo bekommen wir eine Ausgabe der Bibel her, die auch schon Wilhelm in seinen Händen gehalten haben könnte?

Fast gleichzeitig riefen sie: „Bibliothek“ und rannten zum Büro von Frau Maurer.

Sie wollte gerade Feierabend machen, als die Drei sie erreichten. Nein, eine Bibliothek hätte es in diesem alten Schloss nicht gegeben. Lediglich ein paar alte Bücher würden in einem nicht für die Öffentlichkeit zugänglichen Raum aufbewahrt.

„Ist da die Bibel dabei?“, fragte Andreas.

„Da kenne ich mich nicht aus, das solltet ihr morgen Herrn Lindenfels fragen“, erwiderte sie.

„Morgen könnte es schon zu spät sein.“, meinte Sophie unheilbeschwörend.

„Dann ruft ihn an, ihr habt doch seine Nummer. Vielleicht kann er heute noch vorbei kommen. Ich habe jetzt Feierabend und einen Termin.“, erklärte Frau Maurer freundlich aber bestimmt.

Eine Stunde später fuhr Herr Lindenfels auf dem Parkplatz vor. Tobias hatte in der Zwischenzeit Feierabend und war ein paar Minuten vorher angekommen. Sophie hatte die Zeit genutzt und mit ihrer Mutter telefoniert. Sie freute sich über die Fortschritte und wünschte weiterhin gutes Gelingen. Am Abend würden sie sich im Restaurant des Hotels treffen und gemeinsam zu Abend essen.

„Dann wollen wir mal", meinte der Verwalter und schloss die Tür auf. „Ich muss im Büro nur schnell die Schlüssel holen, bin sofort wieder da."

Gemeinsam gingen sie in Richtung des alten Turmes, jenem Teil des Schlosses, in dem die alten Möbel aufbewahrt wurden, die sie bereits durchsucht hatten. Als sie den kleinen Raum betraten, in dem die Bücher gelagert wurden, machte der Verwalter erst mal Licht. Sie hatten ihm bereits erklärt, dass sie auf der Suche nach einer Bibel oder einem bibelähnlichen Buch waren.

„Es ist nichts katalogisiert oder erfasst. Die Bücher sind nicht sonderlich wertvoll, die gibt es bereits in anderen Museen. Wir haben sie hier ausgelagert, damit sie nicht verschwinden oder beschädigt werden. Ihr könnt euch gerne umsehen und die Bücher anfassen. Dort auf dem Tisch liegen Handschuhe, denn, obwohl sie nicht sonderlich wertvoll sind, sind es antiquarische Bücher, die auch nicht kaputt gehen sollen", erklärte der Verwalter.

In den Regalen lagen schätzungsweise an die 500 Bücher und so machten sie sich auf die Suche nach Hinweisen. Nach einer halben Stunde hatten sie bereits zwei Drittel durchsucht und immer noch nichts gefunden. Sophie war wie immer genervt und lies das an Julia aus. Aus der hintersten Ecke rief der Verwalter. Er hatte ein Buch mit der Aufschrift „Bibel" gefunden.

„Hier!", sagte er. „Und ihr habt Glück, es könnte sich wirklich um die Ausgabe handeln, die Wilhelm zu Auersbach bereits besessen hat. Ansonsten ist sie sicher maximal aus dem 18. Jahrhundert."

Sie legten das Buch auf den Tisch und blätterten vorsichtig die erste Seite mit der Apostelgeschichte auf.

„Nichts", rief Sophie enttäuscht, als sie die Seite aufgeschlagen, betrachtet und durchgelesen hatten. „Keine Hinweise, keine Randbemerkungen", sie blätterte weiter, „nur die Apostelgeschichte."

„Das wäre auch zu einfach gewesen", erwiderte Julia. „Wilhelm hat uns bisher immer auf Trab gehalten. Eine einfache Buchseite beschriften, das ist nicht sein Stil."

„Was machen wir jetzt?", fragte Tobias.

„Ich schlage vor, wir machen für heute Schluss. Ich habe auch noch ein Privatleben und würde sagen, wir treffen uns morgen früh hier wieder", erklärte der Verwalter.

„Ich mache uns eine Kopie der ersten Seiten der Geschichte, vielleicht können wir das heute Abend noch gebrauchen", erklärte Julia.

Andreas fuhr zunächst Tobias nach Hause und dann die Mädchen ins Hotel.

„Morgen bin ich als Fremdenführer für unser Pärchen engagiert und den Termin möchte ich auf jeden Fall wahrnehmen. Wir treffen uns morgen Abend, schlage ich vor", sagte er zum Abschied.

Die Mädchen ließen sich an der Rezeption ihren Schlüssel und den Zettel aus dem Safe geben und gingen auf ihr Zimmer. Sie zogen sich um und gingen gegen sieben Uhr zum Restaurant. Auf dem Weg trafen sie Sophies Mutter, die gerade aus dem Büro zurückkam.

„Geht schon vor, ich bin in zehn Minuten bei euch", sagte sie zu den Mädchen.

Im Restaurant war um diese Uhrzeit noch nicht so viel los und so nahmen sie an einem Tisch gleich im vorderen Teil Platz.

„Ich bestelle mir heute mal eine Cola", meinte Sophie und auch Julia fand, es dürfte heute mal etwas anderes sein, als immer nur Wasser.

Während des Essens erzählte Sophies Mutter, dass die Polizei wegen des Einbruchs im Museum noch immer im Dunkeln tappte. Andreas hatte seine Fotos zur Verfügung gestellt, die morgen oder übermorgen in den einschlägigen Tageszeitungen abgedruckt werden sollten. Man erhoffe sich Hinweise aus der Bevölkerung. Unerklärlich war immer noch, warum die vergleichsweise wertlosen Schalen gestohlen wurden. Direkt neben der Vitrine gab es wesentlich wertvollere Exponate, die nicht angerührt worden waren.

„Kunstkenner können das nicht gewesen sein, meinen sie.“, schloss Sophies Mutter ihren Bericht.

„Wir wissen, wo eine der Schalen ist, können aber nicht verraten, wer sie genommen hat“, erklärte Julia. „Zumal wir das auch gar nicht wissen.“

„Ich bin der Meinung, wir sollten abwarten, bis wir unser Rätsel gelöst haben. Dann können, nein müssen wir eh mit der Polizei Kontakt aufnehmen. Was immer wir auch finden, es hat sicherlich einen Wert, den wir nicht behalten dürfen und auch nicht sollten. Denkt nur mal an das Vermächtnis von Wilhelm“, erinnerte Sophie.

Der Kellner kam und die Mutter bezahlte das Essen. Sie fuhren mit dem Fahrstuhl zu ihrem Stockwerk, wünschten sich eine gute Nacht und trennten sich dort. Als Sophie und Julia in ihr Zimmer traten erschraken sie. Während ihrer Abwesenheit hatte jemand augenscheinlich ihr Zimmer durchsucht. Obwohl es nicht sonderlich unordentlich war, war es klar zu erkennen. Hier hatte eine Person ganz gezielt nach etwas gesucht. Sophie wollte gerade losschreien, da hielt Julia ihr den Mund zu.

„Warte, leise! Lass uns erst mal überlegen, was wir machen“, meinte Julia und schloss die Tür von außen.

Sophie lief zum Zimmer ihrer Mutter und informierte diese. Sie begleitete Sophie zu ihrer Tür. Julia öffnete diese erneut und Sophies Mutter schaute hinein.

„Seid ihr euch sicher?“ fragte sie.

„Definitiv!“ erklärte Sophie, „Wir sind zwar nicht so ordentlich aber ich weiß zum Beispiel, dass ich meine Schuhe nebeneinander ans Bett gestellt habe. Schau, jetzt liegt der eine hier vorne, der andere steht noch auf seinem Platz."

„Und ich hatte meinen Rucksack auf das Fußende gestellt, das mache ich immer so.", erklärte Julia, „Jetzt aber liegt er in der Mitte vom Bett. Ganz klar, hier hat jemand etwas gesucht."

„Fehlt etwas?", wollte Sophies Mutter wissen.

Die Mädchen hatten noch keine Zeit gehabt, dies zu prüfen. Sie waren sich nicht sicher gewesen, ob sich der Täter vielleicht noch im angrenzenden Bad aufhielt, auch wollten sie keine Spuren verwischen.

„Was ist mit den Fundsachen aus dem Schloss? Sind die hier gewesen?", fragte Sophies Mutter.

„Mama!", vorwurfsvoll schaute die Tochter ihre Mutter an, „Wir sind doch nicht blöd. Alle Unterlagen bzw. Schlüssel haben wir in meiner Handtasche deponiert und die hatte ich beim Essen dabei."

„Ich habe keine Ahnung, wie wir weiter vorgehen sollen", gestand die Mutter. „Wenn wir die Polizei einschalten, seid ihr eure Detektivarbeit unter Umständen los. Sagen wir nichts, riskieren wir, dass man uns verfolgt, ausraubt, etc. und natürlich, dass wir im Nachhinein mit der Polizei Ärger bekommen."

„Ich möchte weiter ermitteln", erwiderte Sophie trotzig und auch Julia war nicht begeistert, jetzt mitten in diesem spannenden Fall aufhören zu müssen.

„Also gut.", Sophies Mutter ging in das Zimmer der Mädchen, die ihr folgten, öffnete das Bad, machte Licht, schaute sich um und setzte sich aufs Bett. „Mach mal den Schrank auf, Sophie und du Julia, schau mal unter das Bett."

Nachdem alles geprüft war, setzten sich auch die Mädchen auf die vorhandenen Stühle.

„Zunächst solltet ihr schauen, ob sonst etwas fehlt. Es ist ja immerhin möglich, dass es sich um einen normalen Hoteldieb handelt, der Geld, Schmuck oder ähnliches klauen wollte. Wichtig ist außerdem, dass ihr in Zukunft alle Wertsachen im Hotelsafe deponiert und wenn ihr im Zimmer seid, das Zimmer verschließt, damit niemand eindringen kann. Wir können natürlich auch die Zimmer tauschen, wenn euch das lieber ist. Mein Zimmer ist genau so groß wie das hier.", erklärte Sophies Mutter.

Die Mädchen entschlossen sich, erst einmal in ihrem Zimmer zu bleiben und versprachen, alle weiteren Anweisungen zu befolgen. Daraufhin verabschiedete sich die Mutter. Mit mulmigem Gefühl schauten sich die Mädchen vorsichtig um, den Riegel hatten sie vor die Tür geschoben. Nachdem sie alle Taschen und Schubladen geöffnet und nachgeschaut hatten stellten sie fest, dass nichts fehlte. Wie sie schon befürchtet hatten, konnte es sich bei dem Einbrecher nur um jemanden handeln, der es auf weitere Hinweise in Bezug auf Wilhelm zu Auersbach und auf seine Rätsel abgesehen hatte.

„Wir müssen sehr vorsichtig sein.", meinte Sophie. „Ich glaube, mit dem oder denen ist nicht zu spaßen."

Julia gab ihr Recht. Sie grübelte, wie der oder die Täter überhaupt in dieses Zimmer gelangen konnte. Einbruchspuren waren an der Tür nicht zu finden gewesen. Es konnte sich also nur um jemanden handeln, der Zugriff zu einem Zentralschlüssel hatte. Vor Schreck fuhr sie auf und hielt sich den Mund zu.

„Was ist?", erkundigte sich Sophie.

„Hast du schon mal überlegt, wie der oder die Täter hier eingedrungen sein könnten?"

„Ein Stemmeisen haben sie augenscheinlich nicht benutzt", grübelte Sophie und auch sie erschrak. „Wie gut kennen wir Tobias und Andreas eigentlich wirklich?"

„Ich kann es mir zwar auch nicht vorstellen, aber wie kommt man sonst an so eine Karte?"

Die Mädchen überlegten lange, ob sie die beiden Jungs einweihen wollten und kamen zu dem Schluss, ihnen vorläufig nichts davon zu erzählen. Nachdem sie ein bisschen im Internet recherchiert hatten und dabei feststellen mussten, dass man mit etwas Erfahrung solche Karten nachmachen konnte, hätte es vermutlich jeder sein können. Stattdessen beugten sie sich über die Textzeile der Apostelgeschichte und nahmen auch das Blatt zu Hilfe. Aus der Geschichte heraus konnte man absolut keinen Hinweis erkennen. Sie falteten den Zettel auseinander und betrachteten ihn erneut. Ziemlich in die Mitte war das Wort „Apostelgeschichte" geschrieben worden. Ansonsten hatte das Blatt diverse kleine Löcher, die kein System erkennen ließen.

„Lass uns runter in die Küche gehen und uns Butterbrotpapier holen", Julia zog Sophie hoch.

„Meinst du nicht, einer sollte auf die Sachen hier aufpassen?", erwiderte Sophie.

„Du hast Recht, ich gehe", entschied Julia.

Es dauerte nicht lange, da war Julia wieder da. Sie legten das Butterbrotpapier auf den Zettel und pausten vorsichtig die Rahmen ab. Anschließend legten sie das Papier auf die kopierte Seite. Von links nach rechts, bzw. von oben nach unten gelesen ergaben sich daraus folgende Wörter:

„Geheimgang, rechte, Seite, dritter, Stein"

„Ich fasse es nicht", selbst die sonst beherrschte Julia war angesäuert. „Was glaubt der eigentlich, was wir für eine Zeit haben. Wenn es so weiter geht, sind wir längst zu Hause und andere müssen sich um die Auflösung kümmern."

Sophies Mutter hatte heute angedeutet, dass ihr Job hier bald zu Ende wäre und sie sich auf jeden Fall beeilen sollten.

„Morgen also wieder Schloss. Ich hatte gehofft, dass ich etwas mehr von der Stadt und ihrer Umgebung hier sehen würde. Stattdessen kenne ich schon jeden Stein auf dem Weg zum Schloss", erklärte Julia.

„Die Jungs können wir nicht damit belästigen. Andreas trifft sich morgen zu einer weiteren Tour mit dem Pärchen, in der Hoffnung, noch etwas Interessantes zu erfahren. Tobias muss arbeiten, hat er vorhin noch geschrieben." Sophie zeigte Julia das Display mit Tobias´ Antwort.

Die Mädchen zogen ihre Schlafanzüge an und machten es sich vor dem Fernseher gemütlich. Kurz vor dem Schlafen gehen, holte sich Sophie noch eine Flasche Wasser an der Rezeption und dann legten sie sich ins Bett.

Kapitel 9 - Gefährliche Stunden

In der Nacht wurde Sophie von einem Geräusch wach. Sie wollte sich gerade umdrehen und weiterschlafen, da entdeckte sie einen Schatten der sich bewegte. Sie versuchte ihre Augen an die Dunkelheit zu gewöhnen und hätte fast losgeschrien. Eine Gestalt schlich durch ihr Zimmer, direkt an ihrem Bett vorbei. Es war nicht auszumachen, ob es sich dabei um einen Mann oder eine Frau handelte. Sie stand nun mit dem Rücken zu ihrem Bett und versuchte vorsichtig die Utensilien auf dem Tisch zu untersuchen. Sophie überlegte, was sie machen konnte. Zum einen hätte sie Husten oder sich sonst irgendwie schlaftrunken verhalten können, in der Hoffnung, dass die Person verschwinden würde. Andererseits würde sie zu gerne wissen, wer hier so dreist war und ihr Zimmer durchsuchte, während sie schliefen. Bevor sie sich für eine Variante entscheiden konnte, ging alles sehr schnell. Die Person drehte sich um, sie schauten sich verdutzt an, Sophie schrie auf, erkannte die Frau, die durch die angelehnte Tür nach draußen rannte und verschwand. Julia hatte sich in der Zwischenzeit aufgerappelt und das Licht angemacht. Schlaftrunken fragte sie Sophie, ob diese eine Spinne entdeckt hätte. Während Sophie noch berichtete, was vorgefallen war, beglückwünschten sie sich gegenseitig, dass alle Unterlagen und die Schlüssel sicher unter Sophies Kopfkissen lagen.

„Und du bist dir sicher, dass es die Frau von dem Pärchen war?“ fragte Julia nun schon zum dritten Mal.

„Ich bin mir absolut sicher“, antwortete Sophie.

„Wir müssen morgen dringend zur Polizei.“, erklärte Sophies Mutter den beiden Mädchen, die sie angerufen hatten. „Das ist einfach zu gefährlich geworden. Ich kann das auch gegenüber deiner Mutter nicht verantworten, Julia. Wie konnte die Frau überhaupt hier eindringen?“

Kleinlaut musste Sophie zugeben, dass sie am Abend vergessen hatte, den Riegel vor die Tür zu schieben.

„Schlaft schön!“ sagte Sophies Mutter sanft. „Wir treffen uns morgen früh um neun Uhr zum Frühstück im Speisesaal.“

Am nächsten Morgen wartete Sophies Mutter vergeblich auf die beiden Mädchen. Als sie an der Rezeption nach ihnen fragte, bekam sie einen Zettel ausgehändigt, auf dem stand:

„Sorry Mum, wir müssen das hier zu Ende bringen, bevor wir die Polizei einschalten. Wir melden uns später.
Kuss Sophie“

Während Sophies Mutter den Zettel las, waren die Mädchen bereits im Schloss angekommen. Der Verwalter war wieder nicht da, aber Frau Maurer öffnete ihnen gerne die Tür, damit sie zum Keller gelangen konnten. Sie gingen den langen Gang entlang und die Treppe zum Keller hinunter. Nach der Hälfte des Ganges kam die Stelle mit der Geheimtür. Sie hatten sich gemerkt, auf welche Stelle Tobias damals gedrückt hatte. Die Tür sprang auf und die Mädchen schlüpften hinein. Sophie ekelte sich zwar fürchterlich, doch wenn sie weiter dabei sein wollte, musste sie sich überwinden.

„Wir hätten eine Taschenlampe mitnehmen sollen“, stellte Julia fest. „Mein Akku ist schon ziemlich leer.“

Sophie schaute auf ihr Handy und stellte fest: „Empfang hat man hier auch keinen aber wenigstens ist mein Akku aufgeladen. Ich mache Licht."

Die Mädchen tasteten sich im Schein des Lichtes an der rechten Mauer entlang und suchten den dritten Stein. Es handelte sich bei den Steinen um große Quader, die die Größe von circa zwei Aktenordnern hatten. Der dritte Stein vom Anfang der Tür gezählt war unspektakulär und schien kein Geheimnis zu verbergen. So sehr die Mädchen auch leuchteten, schauten und fühlten, es gab keinen Hinweis darauf, ob es sich überhaupt um den richtigen Stein handelte.

„Könnte es nicht auch der dritte Stein von der anderen Seite sein?", überlegte Sophie. „Der Gang endet ja irgendwo bzw. er fängt irgendwo auf der anderen Seite an."

„Möglich ist das", gab Julia ihrer Freundin recht und so schlichen sie vorsichtig durch den Gang zum anderen Ende. Auch hier konnten sie an dem dritten Stein nichts Verdächtiges finden.

„Was heißt überhaupt „dritter Stein"?", überlegte Sophie. „Ist es der unterste dritte Stein oder der oberste? Oder eher der in der Mitte?"

„Ich glaube, wir müssen uns auch die anderen, vermeintlich dritten Steine genau anschauen", meinte Julia als sich plötzlich die Tür am Ende des Geheimganges öffnete. Die Mädchen erschraken so sehr, dass ihre Aufschreie erstickten. Der finstere Typ stand mit seiner Pistole vor ihnen und drängte sie in die Ecke. „Habe ich mir doch gedacht, dass ich euch hier finden werde, nachdem ich euch auf das Schloss zukommen sah. Wie praktisch, dass ihr hier unten seid, da hört euch definitiv keiner." Dann fügte er etwas milder hinzu: „Wenn ihr tut, was ich sage, dann passiert euch nichts."

„Wir werden ihnen ganz sicher nicht helfen", erklärte Julia.

„Abwarten", erklärte der Typ und warf Julia ein Seil zu. „Hier, fessele deine Freundin – aber richtig!"

„Das mache ich nicht“, erklärte Julia während Sophie leise aufschrie und auf die Pistole deutete.

Julia blieb nichts anderes übrig und so fesselte sie Sophie. Anschließend legte der Typ die Pistole zur Seite und fesselte sie auch. Mit den Worten „Schreien ist zwecklos“ nahm er die Pistole in die Hand und ging.

Unterdessen hatte Sophies Mutter mit Tobias Kontakt aufgenommen. Sie hatte ihn getroffen, als er ihr Frühstücksgeschirr abräumte. Auch er hatte keine Ahnung, wo die Mädchen hin wollten. Er gab ihr die Rufnummer von Andreas und dem Verwalter und versprach, nach Feierabend mit ihr Kontakt aufzunehmen. Nachdem sie sowohl mit Andreas als auch mit dem Verwalter gesprochen und auch von dort keine neuen Informationen erhalten hatte, rief sie die Polizei.

Die Mädchen hatten inzwischen versucht, sich von den Fesseln zu befreien, auch hatten sie gerufen aber niemand hörte sie. Sophie hatte sich auf den schmutzigen Boden gesetzt und zu weinen angefangen. Julia versuchte sie zu trösten aber auch ihr war mulmig zumute.

„Wie konnten wir nur so blöd sein und niemand etwas von unserem Ausflug erzählen?“, schluchzte Sophie.

„Unsere Hoffnung ist Frau Maurer, sie hat uns als letzte gesehen“, erklärte sie ihrer Freundin.

„Ich habe solche Angst“, Sophie zitterte am ganzen Körper und Julia hatte Mühe, sie zu beruhigen.

„Komm!“, versuchte sie Sophie abzulenken. „Lass uns überlegen, welcher Stein in Frage kommt.“

„Wie soll ich das wissen?“, schluchzte Sophie auf, „Außerdem sehe ich so gut wie nichts. Wenn wir die Handylampe nicht bald ausmachen, haben wir überhaupt kein Licht und keinen Akku mehr, wenn es darauf ankommt. Kommst du an mein Handy dran?“

Julia versuchte sich zu strecken, erwischte es mit dem Fuß und zog es zu sich heran. Sophie konnte es zwar aufheben aber auf dem Rücken nicht bedienen.

„Mach es komplett aus, wenn dir das gelingt, so schonen wir wenigstens den Akku“ meinte Julia und Sophie drückte die Seitentaste lang. Nun war es stockfinster in dem Gang.

Die Augen gewöhnten sich zwar an das Dunkel, es blieb aber stockfinster. Sie konnten nichts machen, außer sich gegenseitig aufzumuntern und zu beruhigen, dass sie sicher schon vermisst wurden. Sophies Mutter wollte mit ihnen frühstücken und hatte bestimmt schon den Brief erhalten. Sie hofften nur, dass der Typ nicht so schnell zurückkam aber da hatten sie sich getäuscht. Es dauerte gar nicht lange und sie hörten das bekannte knackende Geräusch. Die Tür öffnete sich und der Typ trat ein. In der Hand hatte er zwei Decken, Wasser und einen Beutel mit Brot. Außerdem hatte er Handschellen und lange Eisenketten dabei. Zunächst machte er Sophie los, legte ihr eine Handschelle an und verband das andere Ende mit der Eisenkette, die er an einen Kettenring, der in der Wand eingelassen war, festmachte. Julia wurde ebenso gefesselt. Nun hatten sie etwas Bewegungsfreiheit.

„Hier ist Wasser und Brot“, erklärte er den Mädchen.

„Was wollen sie eigentlich von uns?“, fragte Sophie trotzig.

„Das, was ihr bekommen habt, als ihr die Schale und den Knaben zusammen gebracht habt. Das Fach im Bauch war leer. Was war darin?“

„Nichts weiter“, ein leeres Blatt Papier mit dem Wort „Apostelgeschichte“ darauf“, erwiderte Julia wahrheitsgemäß. „Hier, ich habe es in meiner Hosentasche. Wenn sie uns freilassen, können sie es haben.“

Der Typ lachte laut auf. „Ich nehme es mir selbst, wenn du es mir nicht gibst, aber freilassen ist nicht.“

„Meine Mutter wird uns sicher schon suchen“, gab Sophie zu bedenken und ärgerte sich, dass sie dies erwähnt hatte.

„Dann sperre ich sie zu euch, ich habe nichts zu verlieren. Also her mit dem Papier. War sonst etwas dabei?"

Julie schüttelte den Kopf und gab ihm den Zettel.

„Was bedeutet das Wort „Apostelgeschichte?" wollte er von den Mädchen wissen.

„Das wissen wir leider auch noch nicht. Wir sind noch auf der Suche danach", versuchte Julia unschuldig zu erklären.

„Erzählt mir nichts, ihr wisst doch mehr", der Typ schrie fast, beherrschte sich dann aber doch.

„Sie können uns gerne durchsuchen, wir haben nichts weiter dabei", sagte Sophie.

„Bist du verrückt.", erklärte der Typ. „Ihr legt jetzt alles ab, was ihr in den Taschen habt, wird's bald!"

Sophie erschrak, denn Julia hatte den Schlüssel heute Morgen eingesteckt, jetzt waren sie ihn los.

Gehorsam legten die Mädchen alles auf den Tisch, was sie dabei hatten. Nur den Schlüssel sah Sophie nicht. Der Typ tastete erst Sophies dann Julias Taschen von außen ab, er konnte nichts mehr fühlen und verließ den Gang. Die Handys waren ihnen geblieben, aber mit denen hatten sie weiterhin keinen Empfang.

„Wo ist der Schlüssel?", flüsterte Sophie.

„In meinem Schuh." gab Julia leise zurück.

Mit Hilfe der Eisenketten konnten sie sich im hinteren Teil des Ganges ganz gut bewegen.

„Komm!", ermunterte Julia ihre Freundin, „Wir schauen uns um und nutzen die Zeit."

Sophie nahm ihr Handy und drückte den Startknopf. Sie überlegten noch einmal, was in der kurzen Anweisung stand: „Dritter Stein".

„Wenn du eine Spur legen wolltest, gleichzeitig aber auch vorsichtig sein musst, damit man diese nicht zu schnell findet, was würdest du tun?" überlegte Julia laut.

„Ich würde auf keinen Fall die rechte Seite mit dem rechten Stein verwenden“, überlegte Sophie. „Nein, ich würde die linke Seite nehmen und dort den dritten Stein benutzen.“

„Lass uns nachschauen“, Julia drehte sich um.

Sophie leuchtete die Reihe mit den dritten Steinen ab. Der mittlere Stein ragte tatsächlich ein wenig heraus. Julia fühlte vorsichtig die Kanten ab. An der Unterseite meinte sie ein kleines Loch gefühlt zu haben.

„Leuchte mal!“, befahl sie Sophie und bückte sich, „Ich glaube, da ist eine Öffnung für, ja, vielleicht für einen Schlüssel.“

„Sollten wir nicht etwas vorsichtiger sein?“ fragte Sophie. „Immerhin könnte der Typ zurückkommen.“

„Du hast Recht. Wir sollten nichts riskieren.“ und zog ihre Freundin wieder zu ihrem Platz. Sie tranken jeder ein Schluck Wasser und machten sich gierig über das trockene Brot her.

„Das ist vielleicht eine Geschichte“, der Polizist schüttelte den Kopf, nachdem die Mutter geendet hatte. „Ich glaube, die ahnen gar nicht, in was für einer Gefahr sie schweben.“

Sogleich erschrak er, als er in das Gesicht von Sophies Mutter schaute. „Wir haben alles im Griff“, versuchte er zu betonen. „Könnten die Mädchen heute Morgen zum Schloss gefahren sein?“

„Schon möglich“, überlegte die Mutter. „Da waren sie zumindest in den letzten Tagen immer. Die einzelnen Rätsel bezogen sich bisher fast ausschließlich auf das Schloss und seine Umgebung. Ja, ich bin fast sicher, dass sie dorthin wollten.“

„Ich würde vorschlagen, dann fahren wir hin, um das Gebiet zu erkunden und vielleicht finden wir auch jemanden, der die Mädchen heute Morgen gesehen hat.“

Sie stiegen gemeinsam in das Auto und fuhren zum Schloss. Dort angekommen versuchte Sophies Mutter erneut, die Handynummern von Sophie und Julia anzurufen. Bei beiden Nummern ging sofort die Mailbox an.

„Ich kann sie immer noch nicht erreichen.", erklärte sie gerade dem Polizisten. Der Kollege war zum Schloss geeilt und versuchte sich dort nach den Mädchen zu erkundigen. Die Kassiererin hatte die Mädchen nicht gesehen und konnte sich auch nicht erinnern.

„Gibt es hier denn noch mehr Angestellte.", fragte der Polizist die Kassiererin.

„Nur Frau Maurer ist da, der Verwalter arbeitet heute nicht hier. Ach und der Hausmeister, aber den habe ich schon seit Tagen nicht mehr gesehen."

„Rufen sie bitte Frau Maurer.", bat der Polizist die Kassiererin.

Sie konnte sich sofort an die Mädchen erinnern und erklärte den verdutzten Polizisten, dass sie die Beiden bereits recht früh hereingelassen und ihnen die Tür in Richtung Keller geöffnet hatte. Seit dieser Zeit hatte sie die Mädchen allerdings nicht mehr gesehen und sich bereits gewundert, denn normalerweise kämen sie immer noch mal vorbei und verabschiedeten sich. Also müssten sie noch im Schloss sein, vermutete sie. Gemeinsam überlegten sie, wo sich die Mädchen aufhalten konnten. Frau Maurer begleitete die Polizisten und die Mutter durch den langen Gang hinunter in den Keller. Die Kassiererin hatte man instruiert, auf die Mädchen zu achten, sollten sie in der Zwischenzeit zurückkommen. Auf der Treppe klingelte das Telefon der Mutter, die daraufhin umdrehte, um den Anrufer besser zu verstehen. Die Polizisten gingen vorne weg durch den Gang, bis sie in dem großen Raum am Ende des Ganges angekommen waren. Sie konnten nichts entdecken. Auch hinter dem Vorsprung in der Mitte des Ganges schauten sie. Keine Spur von den Mädchen.

„Sie wollten hier hinunter", erklärte Frau Maurer gerade den Polizisten.

„Was hofften sie denn hier zu finden?“ fragte der eine Polizist, während der andere noch mal den Gang entlangging. Frau Maurer wusste es nicht und so stiegen sie gemeinsam die Treppe wieder nach oben. In der Zwischenzeit hatte Sophies Mutter ihr Gespräch beendet und sah die Polizisten fragend an.

„Nichts gefunden“, erklärte der eine während der andere Polizist draußen noch mal an den Kellerfenstern vorbei gehen und hineinschauen wollte. „Was wollten die Mädchen denn nun konkret heute hier machen?“

„Die Mädchen hatten eine geheime Botschaft gefunden. Das nächste Rätsel sollte sie in den Geheimgang führen.“, erklärte die Mutter.

„Wo soll da ein Geheimgang sein?“, sowohl der Polizist als auch Frau Maurer schauten ungläubig.

„Wenn ich es ihnen doch sage, ich war selbst schon drin, mit dem Verwalter“, berichtete die Mutter.

Nachdem auch der zweite Polizist von seiner Runde zurückkam, stiegen sie alle wieder gemeinsam hinunter. Sophies Mutter musste ein wenig suchen, fand dann aber doch den Ziegel und drückte diesen fest. Die Tür schwang auf und der Polizist pfiff durch die Zähne. Frau Maurer schüttelte ungläubig den Kopf und stammelte etwas von so lange hier arbeiten, davon nichts gewusst. Die Polizisten leuchteten mit ihren Taschenlampen den Eingang ab und gingen dann vorsichtig hinein. Die Frauen sollten draußen bleiben. Nachdem sie bis zum Ende gelaufen waren, kamen sie zurück.

„Da ist niemand. Am Ende ist eine andere Tür, die haben wir geöffnet, sind ein paar Treppen nach oben und standen in einem prunkvollen Ankleidezimmer mit angrenzendem Schlafzimmer“, erklärte ein Polizist.

„Dann endet der Gang vermutlich im ehemaligen Schlafzimmer des Wilhelm zu Auersbach“, erklärte Frau Maurer.

„Ich mache mir solche Sorgen", Sophies Mutter fing an zu zittern.

„Nun beruhigen sie sich erst mal", sagte Frau Maurer. „Kommen sie mit mir, wir trinken oben in meinem Büro eine Tasse Kaffee. Wir können jetzt eh nicht helfen."

„Wie viel Uhr ist es?", fragte Sophie ihre Freundin.

„Es ist bestimmt schon Mittag", meinte diese.

„Ich muss mal aufs Klo", jammerte Sophie.

„Vielleicht ist das unsere Chance. Wenn der Typ kommt, muss er uns aufs Klo lassen. Vielleicht gelingt einem von uns beiden die Flucht."

„Ich habe solche Angst", wimmerte Sophie, so dass Julia sie in den Arm nahm.

„Ich auch", erklärte Julia. „Aber es nützt doch nichts, wir müssen nun schauen, wie wir hier wieder heraus kommen. Wenn wir Glück haben, wird sich Frau Maurer wundern, warum wir nicht wieder kommen. Und mit den Jungs sind wir heute Nachmittag verabredet. Man sucht bestimmt nach uns."

Während Julia noch versuchte, Sophie zu beruhigen klickte es und der Typ trat ein.

„Los, alles zusammenpacken und mitkommen!", befahl er und löste ihre Fesseln.

Die Mädchen rappelten sich hoch, nahmen ihre Taschen und folgten dem Typ durch die hintere Tür. Er ging mit ihnen die Treppe hoch durch die Tür des Ankleidezimmers in einen weiteren Gang, den sie bis zum Ende durchgehen mussten. Von dort zweigte erneut ein Gang ab. Vor einer Wohnungstür blieben sie stehen. Er schloss sie auf, die Mädchen traten ein und er verschloss die Tür mit dem Schlüssel und einem Riegel.

„So, jetzt könnt ihr beide das Bad benutzen. Aber macht mir keine Dummheiten! In einer Viertelstunde hole ich euch wieder."

Er schloss die Mädchen im Badezimmer ein und wartete.

„Wenn wir nur wüssten, was er von uns will", überlegte Julia während sie sich die Hände wusch. Die Nachricht hat er bestimmt auch gefunden, aber den Schlüssel hat er nicht, den habe ich."

„Ob wir uns irgendwie bemerkbar machen können", überlegte Sophie.

„Wenn wir schreien, hört er das sofort und dann geht es uns bestimmt schlecht", meinte Julia.

„Und wenn wir das Badezimmerfenster öffnen. Vielleicht können wir eine Botschaft hinunterlassen?"

Vorsichtig öffnete Sophie das Fenster und schaute hinaus auf den seitlichen Teil des Gartens.

„Gib mir mal meine Tasche"

„Was hast du vor?", fragte Julia.

„Ich habe mein Taschentuch eingesteckt, du weißt schon, das schöne, was ich von meiner Oma geschenkt bekommen habe. Mit meinem Lippenstift schreibe ich HILFE darauf und lasse es hinunterfallen. Vielleicht findet es jemand."

Die Polizisten hatten im Büro von Frau Maurer in der Zwischenzeit auch einen Kaffee getrunken und auf weitere Instruktionen von ihrem Chef gewartet. Da der aber in einer Besprechung saß, waren die Polizisten noch einmal durch den Garten gestreift. Sophies Mutter versuchte erneut, ihre Tochter und Julia auf dem Handy zu erreichen. Vergeblich. Bei Beiden sprang sofort die Mailbox an. Als die Polizisten von ihrem Spaziergang zurückkamen, hatten sie ein Tuch in der Hand, auf dem das Wort HILFE stand. Sophies Mutter identifizierte es sofort als das Taschentuch von Sophie. Nun war sie außer sich vor Sorge und machte sich große Vorwürfe. Die Polizisten erkundigten sich unterdessen, zu welchem Bereich die Fenster über dem Fundort des Taschentuches gehörten. Immerhin war es möglich, dass die Mädchen dort gefangen gehalten wurden. Ein Teil der Fenster gehörte zur Wohnung des Hausmeisters. Frau Maurer versuchte, ihn telefonisch zu erreichen aber er ging weder an sein Handy noch nahm er am Festnetztelefon ab.

„Ich habe ihn heute noch nicht gesehen“, erklärte Frau Maurer. „Eigentlich die letzten Tage nicht.“

„Wir werden mal versuchen, ihn zu finden, vielleicht kann er uns etwas über den Verbleib der Mädchen erzählen“, erklärte der Polizist. Die Wohnungstür hatten sie schnell gefunden. Es dauerte eine Weile, bis die Tür geöffnet wurde.

„Was gibt es?“, fragte der Typ.

„Wir suchen zwei Mädchen so ca. fünfzehn, sechzehn Jahre alt. Eine Blond, die andere hat mehr bräunliche Haare. Haben sie zufälligerweise heute bei ihrer Arbeit zwei Mädchen gesehen?

„Sind mir nicht aufgefallen.“, erklärte der Typ schroff.

„Machen sie Mittagspause?“, fragte der Polizist.

„Ähm, wieso?“

„Weil sie in ihrer Wohnung sind“, wunderte sich der Polizist.

„Ach so, ja, ich musste mal dringend… sie wissen schon.“

„Das ist eine gute Idee, dürfte ich auch mal ihre Toilette benutzen? Wo ist das hier?“, der Polizist sah sich suchend um.

„Na hören sie mal“, ereiferte sich der Typ. „Hier gibt es öffentliche Toiletten!“

„Aber es ist wirklich dringend“, der Polizist verzog das Gesicht.

„Also gut.“, der Typ öffnete die Tür und die beiden Polizisten traten ein.

„Da hinten, die zweite Tür rechts“, erklärte er dem Polizist, der daraufhin im Badezimmer verschwand.

Der andere Polizist betrat das Wohnzimmer und schaute sich um, „Was machen sie hier beruflich?“

„Ich bin Mädchen für alles. Setzen sie sich“, er deutete auf die Sofagruppe. „Alles was hier so anfällt. Die Gartenarbeiten, kleine Reparaturarbeiten. Wenn es zu viel ist, kommt eine

Gärtnerei und hilft und bei großen Reparaturen kommt eine Firma."

„Wie lange arbeiten sie hier schon?"

„Ich bin jetzt zwei Jahre hier", erklärte der Typ.

„Wohnen sie hier alleine?"

„Ja."

Man hörte das Wasser im Bad und gleich darauf kam der andere Polizist zurück. „Wir können gehen und vielen Dank noch einmal."

Während sie zum Büro zurückgingen, erzählte der Polizist seinem Kollegen, was er im Bad auffälliges entdeckt hatte. „Da lag auf dem Waschbecken eine Mädchenhaarspange."

„Und mir hat er erklärt, er wohnt hier alleine", berichtete der andere Polizist. „Ob die einem unserer Mädchen gehört?

Im Büro von Frau Maurer beratschlagten sie mit ihrem Chef, wie sie weiter vorgehen sollten. Es war in der Zwischenzeit eine Sonderkommission gebildet worden, die bereits ihre Arbeit aufgenommen hatte. Um die Erkundungen der beiden Polizisten nicht zu stören, hatte man sich darauf geeinigt, vorerst nur telefonisch Kontakt zu halten. Man ging davon aus, dass der Typ vermutlich alleine arbeitete und man ihn beobachten wollte. Vielleicht führte er sie zum Versteck der Mädchen. Für die Beobachtung war eine junge Kommissarin angekommen, die sich als Touristin tarnte. Sie hatte sich am Eingang eine Eintrittskarte gekauft und schlenderte durch die Räume. Mit Hilfe eines Ohrhörers und einem Mikrofon, das unauffällig an ihrer Kleidung angebracht war, hielt sie Verbindung zu den Polizisten. Sie schlenderte gerade in der Nähe der Wohnung des Hausmeisters herum, als dieser seine Wohnung verließ und durch den Gang entlang zum Ausstellungsraum ging. Er öffnete die Kette, die die Besucherräume von den nicht öffentlichen Zimmern trennte, und ging weiter Richtung Ausgang. Die Kommissarin folgte ihm langsam und unauffällig während sie ihre Kollegen informierte. Der Typ ging schnellen Schrittes zum Ausgang, stieg in sein Auto und fuhr davon.

„Was machen wir jetzt?“, die Kommissarin hatte ihren Chef angerufen und ihn informiert.

„Schauen sie sich um, so gut es geht.“, erklärte dieser.

„Das Schloss ist groß.“, gab die Kommissarin zu bedenken.

„Wenn ich ihnen Verstärkung schicken soll, sagen sie Bescheid“ kam es von der anderen Seite der Leitung. Das lehnte die Kommissarin ab.

So machten sie sich auf die Suche nach den Mädchen. Frau Maurer, Sophies Mutter und ein Polizist halfen dabei. Der andere saß im Auto und tat, als würde er eine wohlverdiente Pause machen. In Wirklichkeit bewachte er den Parkplatz und passte auf, dass die Mädchen nicht wegtransportiert wurden. Auch sollte er Bescheid geben, sobald der Typ zurückkam.

Sophies Mutter hatte den Keller übernommen. Gemeinsam mit Frau Maurer wollte sie noch einmal bis zu dem Ende des Ganges gehen und bei der Gelegenheit auch in den Geheimgang schauen. Sie hatte so ein Gefühl, als ob die Mädchen irgendwo im Keller gefangen gehalten wurden. Immerhin handelte es sich dort um ein absolut sicheres Versteck und auch Geräusche drangen sicher recht wenige nach außen. Im Schloss selbst gab es auch Verstecke aber Sophies Mutter war sich sicher, dass der Keller der optimale Ort dafür war. Sie waren gerade am Ende des Ganges angekommen und schauten in das ehemalige Verlies, als ein Knacken zu hören war. Sie konnten kaum glauben, was sich vor ihren Augen abspielte.

Sophie und Julia hatten es sich wieder auf dem Steinboden bequem gemacht. Nach ihrem Ausflug in die Wohnung des Typen und ihrem Hilferuf mit dem Fall des Taschentuchs aus dem Fenster hatte er sie in den Geheimgang zurück gebracht. Julia war in der Zwischenzeit aufgefallen, dass sie ihre Haarspange im Bad vergessen hatte. Vielleicht sucht jemand nach uns in der Wohnung des Typen, dann kann man einen weiteren Hinweis finden. Haarspangen trägt er bestimmt keine.

„Schade, dass unsere Ketten nicht lang genug sind, damit wir ein Stück aus der Tür in den Gang gehen können. Dann könnten wir mal rufen. Vielleicht hört uns jemand", überlegte Sophie.

„Wir sollten es auf jeden Fall probieren", meinte Julia.

Sie ging zur Tür, streckte sich und konnte den Knopf gerade so erreichen. Sie drückte darauf und nichts passierte. Erneut drückte sie den Knopf, die Tür schwang nicht auf.

„Der Typ muss irgendwas mit dem Mechanismus gemacht haben. Ich kann die Tür nicht öffnen", mutlos sank Julia neben Sophie auf die Steinfliesen.

„Komm, dann schauen wir nach dem Rätsel. Welcher Stein war es noch mal?", Sophie zog die Freundin auf die Füße und sie suchten den Stein. Nachdem sie ihn gefunden hatten, holte Julia den Schlüssel aus seinem Versteck und versuchte ihn in das Loch zu stecken. Er passte. Sie drehte den Schlüssel herum aber nichts passierte. Sie drehte ihn noch einmal zurück, um ihn erneut einzustecken und zu drehen. Wieder nichts.

„Vielleicht bewegen wir irgendeine Tür im Schloss damit", überlegte Sophie. „Das können wir erst überprüfen, wenn wir dieses doofe Gefängnis endlich wieder verlassen haben."

Julia nickte, während Sophie den Schlüssel zurückdrehte und abzog.

In der Zwischenzeit wartete die Kommissarin mit dem zweiten Polizisten auf die Rückkehr von Frau Maurer und Sophies Mutter. Nachdem eine ganze Weile vergangen war, wurde die Kommissarin langsam unruhig. Sie hatten das Schloss - so gut das mit zwei Personen geht - durchkämmt, aber nichts gefunden. Das hatte eine ganze Weile gedauert und die Frauen mussten längst zurück sein. Die Kommissarin versuchte, Sophies Mutter auf dem Handy zu erreichen. Sofort ging die Mailbox dran.

„Das gibt es doch nicht", die Kommissarin schüttelte den Kopf. „Wir haben extra vereinbart, die Handys auf laut zu stellen, damit wir immer Kontakt halten können. Ich verstehe das nicht."

Ihr Kollege schlug vor, hinunter in den Keller zu gehen. Vielleicht brauchten die Damen Hilfe. So gingen die Beiden die Treppe hinunter und den Gang entlang, bis sie am Ende in dem Verlies ankamen. Sie riefen nach den beiden Frauen, es kam keine Antwort.

„Vielleicht sollten wir noch mal den Geheimgang überprüfen.", schlug die Kommissarin vor. „Den wollte ich mir sowieso mal etwas genauer anschauen."

Es dauerte eine Weile, bis ihr Kollege den Schalter gefunden hatte, aber dann schwang die Tür auf. Drinnen war es stockdunkel, nur am Ende des Ganges schien eine kleine Lampe.

Kapitel 10 - Verwirrung

Zunächst mussten sich ihre Augen an die Dunkelheit gewöhnen. Sie machten ihre Taschenlampen an und folgten dem Gang. Als sie ungefähr die Hälfte erreicht hatten, sahen sie zwei Mädchen am Ende des Ganges verängstigt auf dem Boden sitzen. Sie eilten zu ihnen. Die Erleichterung war den Mädchen anzusehen, als sich herausstellte, dass es sich bei den herannahenden Personen um Polizisten handelte, die nach ihnen suchten. Sie lösten die Mädchen von ihren Fesseln und zogen sie hoch.

„Kommt!", sagte der Polizist. „Wir verschwinden erst mal. Wer weiß, wann der Typ zurückkommt."

Nachdem sie im Büro von Frau Maurer angekommen waren, versuchten sie zuerst die beiden Frauen zu erreichen. Die Handys funktionierten immer noch nicht. Die Kommissarin hatte in der Zwischenzeit mit ihrem Chef Kontakt aufgenommen und das weitere Vorgehen besprochen.

Es dauerte nicht lange und der Parkplatz füllte sich mit Zivilfahrzeugen der Polizei. Noch konnten sie unerkannt agieren, denn der Typ hatte sich nicht blicken lassen. Trotzdem war äußerste Vorsicht geboten, denn er war bewaffnet und es war nicht bekannt, ob er vielleicht Komplizen hatte. Eine Psychologin betreute die Mädchen, die nach dem Schock und der anschließend glücklichen Befreiung nun die Nachricht verkraften mussten, dass weder Sophies Mutter noch Frau Maurer im Moment auffindbar waren. Die Polizei wollte den Typen auf frischer Tat ertappen und bereitete gerade seinen Empfang vor. Zwei jugendlich aussehende Polizistinnen wurden im Geheimgang postiert und mit den Handschellen an die Wand gefesselt. Natürlich schlossen die Polizisten die Handschellen nicht wirklich ab, sie sollten sich im Fall eines Falles wehren können. Ihre Kollegen postierten sich auf beiden Seiten des Ganges und warteten. Die von außen verrammelte Tür hatten die Polizisten öffnen können. Es dauerte zwei Stunden, bis der Typ endlich wieder kam. Er fuhr mit seinem Auto auf den Parkplatz, stieg aus, nahm einige Tüten aus dem Kofferraum und ging zum Schloss. Schnell verschwand er in einem Seiteneingang und ging direkt zu seiner Wohnung. Dort angekommen packte er die Tüten aus, nahm zwei Flaschen Wasser und ein paar Kekse unter den Arm und zog die Tür hinter sich zu. Er ging geradewegs zur Treppe, die in den Keller führte, stieg hinunter, drückte den Schalter, ließ die Tür aufspringen und verschwand darin. Dann ging alles sehr schnell. Als er erkannte, dass es sich bei den Gefangenen nicht um die Mädchen handelte, hatten ihn die Polizisten auch schon überwältigt. Er schrie kurz auf, als man ihm die Arme nach hinten zog, um die Handschellen festzumachen. Wehren konnte er sich nicht mehr, aber er fluchte lauthals. Nachdem man die Mädchen davon unterrichtet hatte, dass der Typ festgenommen und abgeführt wurde, hatte man sie ins Hotel gebracht. Sophies Mutter und Frau Maurer waren immer noch nicht wieder aufgetaucht und so gab der Einsatzleiter den Befehl, dass Schloss auf den Kopf zu stellen. Man musste vermuten, dass den beiden Damen etwas zugestoßen war. Unterdessen wurde der Typ im Polizeipräsidium vernommen, der die Entführung der Mädchen sofort zugab, aber einen Zusammenhang mit dem Verschwinden der beiden Frauen dementierte.

Die Mädchen hatten zunächst geduscht und sich umgezogen. Sie saßen auf ihrem Bett als es an der Tür klopfte. Tobias und Andreas kamen herein. Sie staunten nicht schlecht, als die Mädchen von ihrem Abenteuer berichtet hatten. Sophie fing an zu weinen, als sie von ihrer Mutter sprach. Julia tröstete sie und Tobias nahm sie in den Arm. Sie schluchzte laut auf.

„Wie soll es denn jetzt weiter gehen?", Andreas schaute von einem zum anderen. „Was will die Polizei unternehmen? Habt ihr schon eine Rückmeldung?"

„Bisher hat sich noch niemand bei uns gemeldet", schluchzte Sophie.

„Und das Handy?" Tobias schaute Sophie an.

„Immer nur die Mailbox. Da ist was passiert, meine Mutter ist da sehr gewissenhaft und hat in ihrer Handtasche auch noch einen Extra-Akku. Ihr muss etwas Schlimmes zugestoßen sein", Sophie schluchzte so laut auf, dass Tobias sich sein Ohr rieb.

Es klopfte erneut und die Vier sahen sich an. Wer konnte das jetzt sein. Sophie machte die Tür auf. Auf dem Flur standen die Kommissarin und die Psychologin, die sie am Nachmittag kennengelernt hatten.

„Dürfen wir hereinkommen?", fragte die Psychologin.

Sophie konnte kaum sprechen und deutete nur auf das Bett. Nachdem sie sich einen Sitzplatz gesucht hatten, begann die Kommissarin zu erzählen:

„Wir haben das Schloss vom Keller bis zum Dachboden durchsucht. Wir haben keinen Anhaltspunkt gefunden, wo sich deine Mutter und Frau Maurer aufhalten könnten. Der Typ hat eure Entführung in allen Einzelheiten gestanden, bestreitet aber, dass er mit dem Verschwinden etwas zu tun hat. Im Moment glauben wir ihm das." Die Kommissarin sah Sophie an, „Wo könnte deine Mutter hingegangen sein?"

„Ich glaube nicht, dass sie das Gelände verlassen hat", Sophie Stimme klang jetzt etwas fester. „Sie hätte sich bestimmt bei mir gemeldet." Dann winkte sie ab. „Nein hätte sie nicht. Sie wusste ja nicht, dass ich in der Zwischenzeit befreit worden bin", mutlos ließ sie die Schulter sinken. Tobias legte den Arm erneut um sie.

„Unser letzter Anhaltspunkt ist die Durchsuchung, die sich deine Mutter und Frau Maurer im Keller vorgenommen hatten. Sie wollten noch einmal in euren Geheimgang schauen und bis zum Ende des Kellerganges gehen, in dem das Verlies ist."

„In unseren Geheimgang hat außer ihnen keiner geschaut", stellte Julia fest.

„Also sind sie vermutlich zunächst bis zum Verlies gegangen. Aber dort endet der Keller, es gibt von dort aus keine Tür. Sie müssen unweigerlich zurückgegangen sein, aber warum haben sie die Tür zum Geheimgang nicht geöffnet und hineingeschaut? Ob sie den Schalter nicht gefunden haben?", die Kommissarin sprach mehr mit sich selbst als mit den Anwesenden. Sie schaute ihre Kollegin an. „Sie waren doch vorhin mit mir noch einmal unten. Außer dem Verlies am Ende, dem Geheimgang in der Mitte und eine Vielzahl von Kellerräumen in die andere Richtung des Ganges gab es dort nichts. Wir haben alle Räume durchsucht. Sogar den Geheimgang haben wir mit Leuchten ausgestrahlt. Auch in dem Gang gibt es keine Abzweigungen."

„Und wenn sie noch dort unten sind?“ Sophies Stimme klang wieder weinerlich. „Es gibt dort unten keinen Handyempfang. Wir haben es aus dem Geheimgang auch mehrfach versucht. Absolut tot.“

„Es wäre die einzige logische Erklärung“, gab die Kommissarin zu. „Sie müssen noch da unten sein. Wir fahren jetzt noch einmal zum Schloss. Möchtet ihr mitkommen?“

Die Vier nickten und folgten der Kommissarin nach unten. Andreas fuhr mit seinem Auto hinter dem Auto der Polizei her. Im Auto berichtete er seinen Freunden, was er mit dem Pärchen heute Morgen unternommen hatte.

„Also wollten sie wirklich nur eine Stadtbesichtigung machen“, Tobias schüttelte den Kopf. „Ich habe immer noch so ein Gefühl, als würden die alle unter einer Decke stecken.“

Zunächst hatte die Kommissarin die Psychologin an einer U-Bahn-Station abgesetzt, da sie noch einen anderen Termin hatte. Dann waren sie weiter gefahren. Auf dem Parkplatz vor dem Schloss angekommen, wartete bereits der Verwalter, den die Kommissarin von unterwegs aus angerufen hatte. Er begrüßte die Gruppe und öffnete die Tür. Während sie gemeinsam die Treppe nach unten gingen, fragte er nach ihrem Weiterkommen in Sachen des Rätsels. Die Mädchen berichteten ihm, dass sie die Botschaft auf dem Zettel entziffert und bereits den richtigen Stein im Geheimgang gefunden hatten. Gerade als sie dem Verwalter erklärten, dass der Schlüssel aus dem Bild in das Loch im Stein passte, schrie Sophie auf.

„Mensch Julia, erinnere dich. Wir haben den Schlüssel umgedreht. Was ist, wenn wir einen Mechanismus ausgelöst haben, der eine Tür oder ähnliches freigibt?“

Julia schaute ihre Freundin an. „Stimmt, wir haben es dann noch einmal probiert, aber es passierte nichts. Der Geheimgang war allerdings auch zu dunkel, man konnte nicht wirklich erkennen, ob der Schlüssel dort etwas bewirkte.“

„Dann sollten wir vielleicht damit beginnen?“, der Verwalter schaute die Kommissarin an, diese nickte.

Die Tür zum Geheimgang stand offen. Die Kommissarin nahm den Stecker für die Beleuchtung und steckte diese in die nächste Steckdose. Sofort erhellte sich der Gang und er kam den Mädchen nun nicht mehr so gruselig vor. Sie postierten sich so, dass jeder einen gewissen Teil des Ganges gut überblicken konnte. Sophie steckte den Schlüssel in die kleine Öffnung und drehte ihn um. Nichts geschah. Sophie drehte ihn noch einmal zurück, um ihn dann erneut herumzudrehen.

„Moment mal!“, sagte der Verwalter, der von allen am nächsten zum Ausgang stand. „Ich glaube, ich höre ein Kratzen. Mach das noch mal.“

Sophie drehte den Schlüssel erneut.

„Ja! Es kommt aus dem Verlies.“ Er rannte zu dem Raum am Ende des Ganges und rief, sie sollte den Schlüssel wieder drehen.

„Kommt her!“, rief der Verwalter, „das glaubt ihr nicht.“

Als alle im Verlies angekommen waren, trauten sie ihren Augen nicht. Der Steintisch in der Mitte des Raumes hatte sich wie von Geisterhand zur Seite geschoben, gab eine Öffnung und eine Treppe nach unten frei.

„Und jetzt?“, der Verwalter sah von einem zum anderen.

„Wir müssen da runter“, erklärte die Kommissarin.

„Alle?“, der Verwalter sah sich um.

„Nein, alle besser nicht. Ich würde vorschlagen, der Verwalter und ich schauen erst mal nach, was uns unten erwartet, dann kommt ihr nach. Einer sollte auf jeden Fall den Stein sichern, damit wir nachher wieder nach oben steigen können“, meinte die Kommissarin.

Der Verwalter ging vorne weg, die Kommissarin stieg hinterher.

„Was ist, was können sie sehen?“, Julia war so aufgeregt, dass ihre Hände schwitzten.

Der Verwalter sagte mit lauter Stimme: Wir stehen in einem niedrigen Gang. Ich kann eine Biegung ausmachen zu der ich jetzt mal hingehe."

Es dauerte nicht lange, dann kam er zurück.

„Nach der Biegung geht der Gang noch ein Stück weiter. Es sieht alles sehr stabil aus. Es könnte sich um unterirdische alte Gemäuer handeln. Das Schloss wurde vielleicht auf diesen alten Steinen erbaut. Platz ist genug da. Nehmt eure Taschenlampen mit. Wer bleibt freiwillig oben?"

Die Mädchen schauten sich an. Die Jungs auch.

„Geh du mit!", sagte Sophie zu ihrer Freundin, ich bleibe hier. „Ich mag mich nicht ekeln."

Julia grinste und nahm ihre Taschenlampe in die Hand.

„Dann bleibe ich bei dir", sagte Tobias und setzte sich auf den Steinblock.

Die Anderen waren mittlerweile unten im Gang angekommen. Der Verwalter ging vorne weg, den Gang entlang. Er hatte Recht, die Mauern sahen aus, als würde es sich hier um alte Gemäuer, vielleicht von einer alten Kirche, handeln. Nachdem sie um die Biegung herumgekommen waren, konnten sie sehen, dass der Gang länger war, als sie gedacht hatten. Auch hatte man den Eindruck, dass weiter hinten, Gänge oder Räume vom Hauptgang abgingen.

„Sieht aus wie ein Labyrinth", erklärte der Verwalter. „Wer hätte gedacht, dass sich unter dem Schloss so etwas befinden würde?"

„Wärst du gerne mitgegangen?", Sophie schaute Tobias von der Seite an.

„Natürlich wäre das bestimmt spannend. Aber ich wollte dich hier oben auch nicht alleine sitzen lassen. Warum bist du nicht mit?"

„Ich ekle mich so vor Spinnen und ich sage dir, wenn sie irgendwo wohnen, dann dort unten", Sophie schüttelte sich. „Julia macht das nichts aus. Sie ist sehr robust. Ob meine Mum mit Frau Maurer zufällig gesehen hat, wie sich der Steinblock bewegt? Vielleicht sind sie auch die Treppen nach unten gegangen? Ihr Gesicht wurde blass. „Dann habe ich den Schlüssel im Geheimgang wieder zurückgedreht und vermutlich meine Mutter und Frau Maurer dort unten eingeschlossen."

„Möglich wäre das", Tobias schaute sie an.

Ein Stockwerk tiefer war die Gruppe in der Zwischenzeit bis zum Ende des Ganges vorgedrungen. Links und rechts gingen Gänge ab. Sie hatten sich entschieden, diese noch nicht zu untersuchen. Man kannte sich nicht aus und die Gefahr, sich hier unten zu verlaufen, war groß. Sie gingen zurück, um die zurückgebliebenen oben zu informieren. Hier brauchte man Verstärkung und vor allen Dingen Licht. Es dauerte eine ganze Stunde, bis zwei Kollegen der Kommissarin vor Ort waren. Mit deren Hilfe legte man eine Kabeltrommel aus und beleuchtete den Gang. Eine Gruppe bestehend aus der Kommissarin, Julia und Andreas ging in den ersten Gang, die zweite Gruppe bestehend aus dem Verwalter, Sophie und Tobias nahmen sich den zweiten Gang vor. Die Kollegen sicherten den Steinblock und warteten. Julia hatte Sophie überredet mitzukommen und nachdem diese sich davon überzeugt hatte, dass zumindest auf den ersten Blick wesentlich weniger Spinnen dort unten wohnten als befürchtet, stimmte sie zu. Tobias jubelte innerlich, war er zwar gerne bei Sophie geblieben, aber er war auch sehr neugierig und wollte sich dieses Abenteuer nicht entgehen lassen. Die erste Gruppe kam relativ schnell zum Ausgangspunkt zurück. Der Gang führte sie in einen Raum, der vollkommen leer war. Sie hatten sich umgeschaut, aber nichts Verdächtiges gefunden. Die zweite Gruppe mit Sophie hatte mehr Glück. Ihr Gang endete in einem Raum, der auch komplett leer war. An dessen Wand aber stand ein Gedicht. Es war nicht so einfach, zu lesen, die Schrift war alt.

„Nun bist du bis hierhergekommen.
Das Rätsel endet bald.
Fühlst du dich aber zu benommen.
Lässt dich das doch gar nicht kalt".

Sophie machte zur Sicherheit ein Foto, dann gingen sie zurück und trafen am Ausgangspunkt auf die erste Gruppe.

„Um das Rätsel kümmern wir uns später. Vermutlich sind Sophies Mutter und Frau Maurer hier unten irgendwo. Sie suchen wir zuerst", erinnerte die Kommissarin an das Wesentliche.

„Warum rufen wir nicht einfach mal", schlug Tobias vor.

„Eine gute Idee", meinte Sophie und sie rief laut nach ihrer Mutter. Nichts.

„Probiere es noch einmal", ermunterte sie die Kommissarin, doch es antwortete niemand.

„Sie müssen doch hier sein", jammerte Sophie.

„Das heißt gar nichts", beruhigte sie der Verwalter. Hier gehen so viele Gänge ab, wer weiß, wie weit die Beiden gegangen sind. Wir wollen es nicht hoffen, aber vielleicht hat sich eine der Beiden verletzt oder sie haben sich verlaufen. Suchen wir weiter."

Die zweite Gruppe verschwand im nächsten Gang. Sie waren noch nicht weit gegangen da zweigten zwei weitere Flure ab. Wie vorher abgesprochen, markierte Tobias die Wände der Abzweigungen mit Kreide, damit sie nicht versehentlich im Kreis laufen oder noch schlimmer, sich verlaufen würden. Sie folgten dem Gang weiter. Am Ende des Ganges sahen sie zwei weitere Abzweigungen. Tobias wollte gerade die Wände markieren, da stellte er fest, dass sie hier eben begonnen hatten. Dieser Gang führte also im Kreis herum. Sie nahmen nun die andere Abzweigung und liefen bereits eine ganze Weile, als der Gang in einem großen Raum endete.

Sie leuchteten ihn konsequent ab, konnten aber nichts Interessantes finden und machten sich auf den Rückweg. Während sie zurück gingen schlug Sophie vor, einen Lageplan aufzumalen, sollte man noch mal in die Räume oder Gänge zurück müssen. Die erste Gruppe war von ihrer Untersuchung noch nicht zurück und so machten sie sich daran, die Gänge und Räume aufzumalen.

Sophie schaute sich dann das Bild auf ihrem Handy genauer an, konnte aber mit diesem - so wenig aussagekräftigen - Gedicht wenig anfangen. Auch eine Viertelstunde später war von der ersten Gruppe noch kein Lebenszeichen zu sehen oder zu hören.

„Allmählich habe ich das Gefühl wir werden immer weniger“, stellte der Verwalter fest. „Welchen Gang haben die genommen?“

Sie schauten sich an. Keiner hatte darauf geachtet, weil sie zuerst aufgebrochen waren.

„Wir warten jetzt noch eine Viertelstunde, dann müssen wir handeln“, meinte der Verwalter.

Auch nach einer weiteren Viertelstunde kam die zweite Gruppe nicht zurück. Der Verwalter ging die Stufen nach oben und informierte die Kollegen der Kommissarin. Sophie und Tobias übernahmen die Wache am Steintisch und die Polizisten zogen mit dem Verwalter los. Sie hatten sich für den ersten Gang auf der rechten Seite entschieden. Die linken drei Gänge hatten sie bereits erkundet. Sie waren gerade ein paar Meter gelaufen, da glaubten sie Stimmen zu hören. Ganz leise aber eindeutig. Nach ein paar weiteren Metern kamen sie in einen kleinen runden Raum. Von dort gingen insgesamt fünf Gänge ab. Sie schauten sich an, während der Verwalter sich die Stirn abtupfte.

„Los!“, befahl der erste Polizist. „Lasst uns nachsehen, ob hier mit Kreide an die Wände gemalt wurde.“

Aber so sehr sie auch suchten, hier waren keine Zeichen hinterlassen worden.

„Dann ist es nicht der Gang, den die erste Gruppe betreten hat", stellte der zweite Polizist fest. „Ich rufe jetzt mal, vielleicht antwortet uns jemand."

Man musste sich schon sehr anstrengen und doch hatte man das Gefühl, als würde eine Stimme versuchen zu antworten.

„Wir sollten uns trennen", meinte der Verwalter.

Die Polizisten schüttelten den Kopf. „Auf gar keinen Fall.

Ich gehe jetzt zurück und hole Verstärkung. Ihr könnt beginnen, die Gänge abzusuchen", sagte er zu seinem Kollegen.

Die Gänge führten in immer tiefer gelegene Labyrinthe, die der Verwalter und der Polizist nicht einzeln durchsuchen konnten. Sie riefen so oft es ging nach den Vermissten, erhielten aber keine Antwort mehr. Gerade als sie den vierten Gang betreten wollten, kam der Polizist mit ein paar weiteren Kollegen zurück. Der Verwalter und der erste Polizist malten auf ein Blatt Papier die Gänge und zeichneten ein, wie weit sie jeweils gekommen waren. Dann zogen alle in Zweiergruppen wieder los.

„Mir ist nun klar, warum wir Sophies Mutter und Frau Maurer bisher nicht gefunden haben. Die haben sich sicher verlaufen. Das ist der absolute Wahnsinn hier unten. Wer hätte gedacht, dass sich hier ein solches Labyrinth befindet", meinte der Verwalter.

In Abständen riefen sie die Namen der Vermissten. Es war schon komisch, dass sie die anderen Kollegen nicht hörten. Die Mauern waren hier unten so dick, dass kein Schall zu den anderen Suchern drang. Der Verwalter und der Polizist waren bereits eine Weile weitergegangen und standen plötzlich in einem großen Raum. Es sah so aus, als ob es sich hier um einen Teil eines Kirchenschiffes handeln könnte. Gerade wollte der Polizist die Namen wieder rufen, da hörten sie ein Wimmern im hinteren Teil des Raumes. Sofort stürzten sie hin. Dort lag Frau Maurer auf dem Boden und Sophies Mutter saß neben ihr.

Die beiden Frauen konnten ihr Glück gar nicht fassen. Frau Maurer hatte sich verletzt, wie sie nun dem Verwalter und dem Polizisten berichtete. Sie hatten bei ihrer Suche nach den Mädchen den Raum mit dem offenen Steintisch gesehen, der sich vor ihren Augen schloss. Weil sie hofften, dass die Mädchen sich unten in dem Keller befinden könnten und weil der Tisch sich Sekunden später wieder aufschwang, stiegen sie schnell nach unten ohne darüber nachzudenken, wie sie wieder nach oben gelangen wollten. Es dauerte auch nicht lange, da schloss sich der Tisch und die beiden Frauen waren gefangen. In diesem dunklen Kellergewölbe sah ein Gang wie der andere aus und die Handytaschenlampe von Frau Maurer machte bald schlapp. Sie hatten sich längst in dem ersten Gang verlaufen als Frau Maurer über eine unebene Steinfliese stolperte und sich den Fuß so stark verletzte, dass dieser gebrochen schien. Sie konnte auf jeden Fall nicht mehr weiter gehen. Sophies Mutter hatte noch einmal versucht, bis zum Steintisch zu kommen, musste aber wieder umkehren, als sie erkannte, dass sie sich nur weiter verlaufen würde. Sie hatten natürlich gehofft, die Mädchen hier zu finden aber in den letzten Stunden schwand ihre Hoffnung, dass sie selbst überhaupt hier wieder gefunden würden. Bei dem Gedanken schluchzte Frau Maurer kurz auf. Der Polizist berichtete dann den beiden Frauen, dass die Mädchen in der Zwischenzeit im Geheimgang gefunden und der Entführer gestellt und in die Obhut der Staatsanwaltschaft übergeben wurde. Er verschwieg zunächst, dass man nun aber eine Suchtruppe vermisste. Dies konnte sich seit ihrer letzten Trennung ja geändert haben. Der Verwalter half Frau Maurer auf, die sich links und rechts auf die Herren stützte. So konnten sie vorsichtig den Raum verlassen und zurück in den runden Raum mit den Abzweigungen gelangen. Dort schrieben sie, wie verabredet, eine kurze Botschaft mit Kreide auf den Boden und schleppten Frau Maurer zurück zum Steintisch. Sophie fiel ihrer Mutter um den Hals, als sie diese erblickte und auch Tobias umarmte die beiden.

„Ich bin so froh, dass du diese Entführung heil überstanden hast“, seufzte Sophies Mutter und schaute sie an.

In Anbetracht der sich heute überschlagenden Ereignisse hatte Sophie das Gefühl, dass dies schon Jahre her war. Aber nun schluchzte sie auf. Sophies Mutter nahm sie in die Arme und wollte sie gerade wegen der Entführung trösten, da platzte Sophie mit den neuesten Neuigkeiten heraus. „Nun sind Julia, Andreas und die Kommissarin verschwunden.“

„Wie bitte?“, Sophies Mutter traute ihren Ohren kaum. „Was ist das wieder für eine Geschichte?“

„Ja, es stimmt“, berichtete nun Tobias´ Sophies Mutter. „Wir haben uns in zwei Gruppen aufgeteilt und nacheinander die linken Gänge durchstreift. Jede Gruppe hatte Kreide mitgenommen, um an Abzweigungen Markierungen vorzunehmen. Die ersten beiden Gänge haben wunderbar geklappt. Wir sind dann in den letzten Gang hinten links eingebogen und haben nicht darauf geachtet, welchen Gang die andere Gruppe nimmt. Es hat eine Weile gedauert, bis wir dort wieder herauskamen und seit der Zeit vermissen wir die Anderen.“

Frau Maurer hatte die ganze Zeit nur zugehört aber jetzt brach sie in Tränen aus. Ihr ganzer Körper schüttelte sich. Es war der Schock, der sich nun ausbreitete. Wenig später war der Krankenwagen da, der sie zur weiteren Untersuchung ins Krankenhaus brachte. Auch Sophies Mutter fuhr mit. Man hatte sie überredet, sich wenigstens durchchecken zu lassen. Sie wünschte dem Rest gutes Gelingen, dann fuhr der Krankenwagen los.

Nach ein paar weiteren Minuten hörten sie unten im Keller Stimmen. Der Verwalter stieg die Treppe wieder nach unten.

Vor ihm standen die Kommissarin, Julia und Andreas. Er schaute so verdutzt, dass er im ersten Moment gar nichts sagen konnte. Sophie sauste vorbei und umarmte ihre Freundin, Andreas klatschte Tobias ab.

Die Kommissarin berichtete, was geschehen war: „ Wir sind in den Gang gegenüber von euch gestartet."

„Also in den hinteren Rechten", erklärte der Verwalter.

„Genau", bestätigte die Kommissarin. „Wir laufen also eine ganze Weile den Gang entlang, da stehen wir in einem kleinen Raum. Von dort gehen mehrere Gänge ab. Der gegenüber brachte uns wieder in den Hauptgang. Der rechts von uns endete in einem ganz kleinen Raum, in dem noch keine drei Personen Platz haben. Der vierte Gang führte wieder in einen runden kleinen Raum an dem wir dann schon Zeichen gesehen haben. Wir haben uns für eine Abzweigung entschieden, die noch kein Zeichen an der Wand hatte. Es hat ewig gedauert, bis wir von dort zurückkamen. Als wir wieder in dem Raum standen, haben wir gelesen, dass Sophies Mutter und Frau Maurer gefunden wurden. Trotzdem hat es dann noch eine ganze Weile gedauert, bis wir den richtigen Ausgang wieder gefunden hatten. Ich muss ehrlich gestehen, ich bin fix und fertig und ich mag heute von Geheimgängen, Kellergewölben und sonstigen mystischen Begebenheiten nichts mehr hören. Wo sind Frau Maurer und Sophies Mutter?"

Der Verwalter erklärte der Kommissarin, dass sich die beiden Damen in der Zwischenzeit auf dem Weg ins Krankenhaus befinden würden.

„Also sind alle wohlbehalten wieder aufgefunden worden", stellte die Kommissarin fest. „Für heute sollten wir Schluss machen und nach Hause fahren. Ich würde vorschlagen, wir treffen uns morgen früh um zehn Uhr wieder hier und versuchen, den Fall zu protokollieren und vielleicht auch zu lösen."

Man verabschiedete sich und die Jungs fuhren die Mädchen in ihr Hotel zurück. Da es noch nicht so spät war, kamen die

Beiden noch mit auf das Zimmer der Mädchen. Sophie rief erst mal ihre Mutter an, die noch im Krankenhaus war aber bald entlassen werden würde. Sie wollte sich ein Taxi ins Hotel nehmen und bei den Mädchen später noch vorbeischauen.

Kapitel 11 - Das Labyrinth

Als sie aufgelegt hatte stellten sie gemeinsam fest, was sie für einen Hunger hatten. Sie überlegten nicht lange und bestellten bei einem Lieferservice Pizza und machten es sich auf dem Bett und den Stühlen bequem. Die Pizza wurde rasch geliefert, schmeckte sehr gut und als sie pappsatt und zufrieden da saßen, fiel Sophie das nächste Rätsel wieder ein. Auf dem Laptop machten sie das Foto größer und betrachteten sich die Worte:

Nun bist du bis hierhergekommen.
Das Rätsel endet bald.
Fühlst du dich aber zu benommen.
Lässt dich das doch gar nicht kalt.

„Was ergibt das für einen Sinn“, überlegte Tobias laut.

Sophie hatte sich auf ihr Bett gelegt und erklärte: „Ich habe mir schon seit ein paar Stunden diese Frage gestellt. Für mich klingen die Wörter so, als wären die genommen worden, damit die sich gut reimen. Es ergibt überhaupt keinen Sinn.“

„Und es gibt nur diesen Anhaltspunkt“, erklärte Julia. „Keine Dechiffriertafel, kein weiterer Schlüssel oder ähnliches. Für mich ist das sinnloses Geschwafel.“

Andreas gab ihr Recht. Auch er hatte gegrübelt und keinen Zusammenhang erkannt. Diese Worte wollten nichts aussagen, sie ergaben keinen Hinweis. Und schön gereimt waren sie auch nicht. Zumindest der letzte Satz las sich doch sehr holprig, so als ob noch jemand Worte übrig gehabt hatte, die er unterbringen musste.

„Wisst ihr was?“, Sophies Stimme klang schläfrig. „Ich kann absolut keinen klaren Gedanken mehr fassen. Ich fühle mich, wie durch den Kakao gezogen. Ich kann nicht mehr. Ich bin müde und würde vorschlagen, wir vertagen unser Gespräch auf morgen. Holt ihr Jungs uns ab?“

„Das kann ich machen“, erklärte Andreas und Tobias nickte. Er hatte seinen freien Tag.

Am nächsten Morgen, nach einem wunderbaren Frühstück im Hotel, fuhren die Vier gegen halb Zehn in Richtung Schloss. Die Rushhour ließ sie nur langsam vorwärts kommen und so unterhielten sie sich weiter über das Rätsel. Plötzlich schoss Julia ein Gedanke durch den Kopf: „Andreas, was hast du gestern noch mal gesagt?

Der musste erst noch mal überlegen, bevor ihm seine Worte wieder einfielen: „Es sieht so aus, als ob jemand Worte übrig gehabt hatte, die er unbedingt noch unterbringen musste. Das meinst du?“

Ich glaube, ich habe es“, Julia jubelte auf und erklärte ihren Mitfahrern, was ihr aufgefallen war. Dazu ließ sie sich Sophies Handy geben. „Schaut mal. Wenn ihr den Text mit dem Mauerwerk genau betrachtet, was seht ihr da?“

„Ja, Text auf einem Mauerwerk. Sehr witzig, Julia“, Sophie klang gelangweilt.

„Nun schaut doch mal genauer hin“, versuchte Julia ihre Freunde zu begeistern.

Tobias nahm das Handy und schaute ebenfalls darauf. „Ich weiß nicht, worauf du hinaus willst.“

„Für mich sieht es so aus, als würden die Worte nur den Rahmen bilden. Schaut doch mal genau. Wenn man um den Text einen Kasten ziehen würde, hätte man ein Rechteck, an dem ein Stück ohne Text ist. Schau hier“, sie deutete neben das Wort „bald“. „Ich finde, wir sollten diesen Stein oder Steine", sie zog das Handy wieder zu sich heran, um das Bild zu prüfen, „genauer unter die Lupe nehmen."

Während die anderen weiter grübelten, erreichten sie das Schloss. So ganz konnten sie sich der Meinung von Julia nicht anschließen. Die Kommissarin war bereits da und unterhielt sich mit dem Verwalter. Als die Vier dazu kamen, erzählte der Verwalter noch einmal, dass er bereits mit Frau Maurer telefoniert hatte. Es ginge ihr den Umständen entsprechend. Der Fuß war gebrochen und sie würde die nächsten Wochen nicht arbeiten können. Ansonsten hatte sie sich wieder beruhigen können und würde morgen entlassen werden. Mit der Kommissarin erledigten sie dann die Formalitäten. Sie mussten ihre Aussagen machen und die Protokolle unterschreiben. Julia saß auf heißen Kohlen. Sie wollte schnellstens runter in den Keller und ihre Vermutung überprüfen. Es dauerte endlos, bis alles aufgenommen, verlesen und unterschrieben war. Aber endlich war es geschafft. Der Verwalter und die Kommissarin begleiteten die Vier hinunter in den Keller. Sie wollten sich den Ort des Geschehens ansehen und natürlich mit dabei sein, wenn Julia Recht hatte und es hinter dem Stein oder den Steinen ein neues Geheimnis zu lüften galt. Obwohl sie gestern durch so viele Räume und Gänge gestiefelt waren, fanden sie den Raum mit dem Gedicht auf Anhieb wieder. Julia ging zur Wand und betrachtete sich die Steine genau. Ein Stein schaute ein wenig heraus und so zog sie fest daran. Es dauerte eine kleine Weile aber dann gab der Stein nach. Sie konnte ihn ganz bequem aus dem Mauerwerk herausziehen. Ihr Handy in der Hand leuchtete sie in das Loch. Sie hatte es schon vermutet oder eher gehofft. Darin lagen ein Schlüssel und ein Zettel. Die Anderen beglückwünschten Julia zu ihrer Kombinationsgabe und sie entfaltete den Zettel.

„Lieber Finder,

es tut mir leid, dass ich Euch so viel Kummer bereitet habe. Aber mein Vermächtnis soll in die richtigen Hände fallen. Obwohl ich

Euch nicht kenne, so denke ich, wer sich so viel Mühe mit meinen wirren Rätseln gibt…"

Aus dem Mund von Sophie hörte man ein Seufzen.

„…der hat es verdient, belohnt zu werden. Es gibt einen weiteren Stein in diesem Raum, der lose ist. Sucht ihn."

Alle Anwesenden begannen die Steine anzufassen und daran zu ziehen. Das sah so lustig aus, dass sie zunächst immer wieder lachen mussten. In einer Ecke wurde Sophie dann fündig. Sie zog ihn vorsichtig heraus und sagte: „Julia komm, du darfst selbst hinein fassen."

Julia grinste und leuchtete in den Spalt. Dort lagen ein kleines Säckchen und ein weiterer Zettel. Sie öffnete das Säckchen. Darin waren ein paar Münzen. Der Verwalter nahm sie in die Hand, betrachtete sie und erklärte, dass es sich vermutlich um Münzen aus der Zeit von Wilhelm handeln würde.

Julia öffnete den Zettel und las vor:

Die Münzen, lieber Finder, sind für Euch. Die sollt ihr als Lohn behalten. Gebt sie nicht aus der Hand, es sind meine Glücksmünzen die mich ein Leben lang begleitet haben.

Nun aber weiter zu meinem Schatz.

Als ich mich gefragt habe, wie ich Euch am besten zu ihm führen könnte, habe ich das Labyrinth entdeckt. Es ist für mich der ideale Ort für ein Versteck und schon zu meiner Zeit wusste kaum noch jemand, dass es dieses Labyrinth geben könnte. Ich wünsche Euch nun gutes Gelingen für die weitere Suche.

Euer stets ergebener

Wilhelm zu Auersbach

Julia drehte den Zettel um.

„Sieht nach einer Zeichnung des Labyrinths aus", erklärte Julia.

„Ja und?", Sophie schaute verächtlich darauf. „Gibt es einen Hinweis?"

„Also bisher sehe ich keinen", erklärte Julia.

„Lasst mich mal sehen", die Kommissarin nahm den Zettel und hielt ihre Handylampe darauf. „Könnte hinkommen, mit dem Lageplan. Aber mehr Hinweise sehe ich nicht."

„Ich schaue noch mal in die beiden Löcher", erklärte sich der Verwalter bereit. Er machte sein Handylicht an und leuchtete hinein. „Hier ist nichts."

„Wo könnte der nächste Hinweis versteckt sein?", Sophie nahm Julia das Blatt ab und drehte es nach allen Seiten. „Gib mir noch mal den Brief von Wilhelm."

„Das gibt es nicht. Bisher hat er uns immer einen Hinweis dagelassen. Ich verstehe das nicht", entgegnete Julia.

„Wir sollten vielleicht mal etwas Essen gehen", meldete sich Andreas zu Wort. „Wenn wir uns bei Tageslicht und in Ruhe darüber beugen, vielleicht fällt uns etwas auf.

Die Kommissarin und der Verwalter wollten sich verabschiedeten. Der Verwalter hatte einen weiteren Termin und die Kommissarin wollte zunächst zurück ins Büro. Sie ermahnte die Vier noch einmal, nichts Unüberlegtes zu tun und sie über jeden weiteren Schritt zu informieren. Gemeinsam gingen sie die Stufen aus dem Labyrinth nach oben. Herr Lindenfels ging in den Geheimgang und schloss den Steintisch. Er gab den Schlüssel an Sophie zurück.

Sie suchten sich ein kleines Lokal in der Nähe des Schlosses. Die Jungs bestellten die Getränke, die Mädchen legten den Plan und den Schlüssel auf den Tisch und verschwanden erst einmal zum Hände waschen. Sie hatten gerade ihre Essensbestellung aufgegeben, da schaute Sophie auf den Plan. Sie stieß einen leisen Schrei aus und jubelte: „Wir sind vielleicht doof, dass wir das nicht gesehen haben. Schaut euch den Plan noch einmal genau an. Dies sieht aus wie ein Schlüsselbart. Hier unten links. Damit ist sicher der Raum gemeint. Oder hatte er solche komischen Zacken an der Wand, Julia?“

„Nein, ich kann mich nur an eine glatte Wand erinnern.“

Abends im Hotel berichteten sie Sophies Mutter von ihrem erneuten Fund. Nachdem sie aufgegessen hatten, waren sie wieder zum Schloss gefahren. Nach der üblichen Zeremonie mit dem Schlüssel im Stein des Geheimgangs, der den Steintisch zur Seite schiebt, waren sie nach unten ins Labyrinth abgetaucht. Es dauerte eine ganze Weile, bis sie den richtigen Stein gefunden hatten. Tobias hatte ihn herausgezogen und dahinter ein Kästchen ohne Schloss gefunden. Darin befand sich ein weiteres Rätsel. Sie hatten es an sich genommen, da es auf den ersten Blick nicht zu lösen war. Außerdem wollten sie Sophies Mutter besuchen, die in der Zwischenzeit wieder im Hotel auf ihrem Zimmer war. Die Ärzte hatten sie entlassen, da es ihr gut ging. Sie sollte sich noch etwas schonen und ab morgen könnte sie wieder arbeiten, hatten sie gesagt. Julia hatte mit ihrer Mutter telefoniert und ihr von den Vorkommnissen erzählt, Tobias und Andreas waren nach Hause gefahren. Jeder versuchte für sich die vergangenen Tage und Stunden Revue passieren zu lassen, immer im Hinterkopf das neue Rätsel von Wilhelm. Zum Abendessen trafen sie sich alle wieder, diesmal, unten im Restaurant des Hotels. Sophie hatte das Kästchen in der Handtasche. Nach einem wunderbaren Abendessen holte sie es aus ihrer Tasche und stellte es auf den Tisch. Julia öffnete es und legte den Inhalt auf den Tisch: Zwei Münzen, die jeweils ein Loch hatten, ein Stück Seil, das schon bessere Zeiten gesehen hatte und ein flaches Stück Holz in der Größe zwei mal zwei Zentimeter. Kein Zettel, kein Hinweis, nichts weiter. Sie schauten betreten darauf und mussten sich eingestehen, dass den Nachmittag über, niemandem etwas

Brauchbares eingefallen war. Auch Julia, die sonst immer eine logische Erklärung für Wilhelms Rätsel hatte, musste passen.

„So kurz vor dem Ziel“, das war unverkennbar Sophies Stimme. „Haben wir vielleicht etwas übersehen?“

„Ich habe mit Herrn Lindenfels noch einmal telefoniert. Er ist sogar extra noch mal in den Keller gegangen und hat gründlich nachgeschaut. Da war nichts weiter“, schloss Tobias.

„Habt ihr eigentlich schon mal darüber nachgedacht, was mit den Münzen geschehen soll, die ihr heute gefunden habt?“, fragte Sophies Mutter.

„Also eigentlich gehören die dem Finder und das sind ja wir alle“, meinte Andreas. „Allerdings soll es sich um Glücksmünzen handeln, die dem Finder Glück bringen. Ich fände es schon schade, wenn diese in einem Museum ihr Dasein fristen müssten. Auf der anderen Seite sind sie sicher wertvoll. Man kann sie also schlecht im Geldbeutel herumtragen oder zu Hause in ein Kästchen legen.“

„Ich habe mich mal ein bisschen schlau gemacht“, erklärte Tobias. Rein rechtlich gehören uns weder die Münzen, noch der Schatz, den wir hoffentlich irgendwann finden werden. Das hat was mit den staatlichen Regalien, was für ein komisches Wort, zu tun. Diese regeln, in fast ganz Deutschland eine Fundsache zum Beispiel bei Ausgrabungen oder ähnlichem so, dass sie in das Eigentum des Bundeslandes übergehen, das heißt aber auch, da kann man nichts machen. Rechtlich gesehen gehören uns diese Münzen also nicht. Im Gegenteil, wir müssen das vermutlich schleunigst melden.“

„Aber wenn wir das tun, sind wir die Schatzsuche los“, kam Sophie auf den Punkt.

„Früher war das anders geregelt“, fuhr Tobias fort. Die sogenannte „Hadrianische Teilung“ sah vor, dass dem Finder ein Miteigentumsanteil zustand. Der Schatz an sich gehörte demjenigen, auf dessen Grundstück man ihn fand. Das Landesdenkmalschutzgesetz schließt das, wie gesagt, heute aus. Wie heißt es heute so schön: der Entdecker oder der Verfügungsberechtigte des Grundstücks muss eine Fundanzeige erstatten."

„Schade", meinte Sophie. „Ich hätte gerne eine Münze als Andenken behalten."

„Ich schlage vor", das war Sophies Mutter, „dass wir den morgigen Tag noch abwarten. Es kommt sicher auf einen Tag mehr oder weniger nicht an. Dann habt ihr mehr Zeit, das Rätsel zu lösen, in der Hoffnung, dass dies das letzte Rätsel ist.

„Und?", drängte Tobias. „Habt ihr eine Ahnung, wie wir das nächste Rätsel lösen?"

„Also mir fällt nichts ein", erwiderte Sophie.

„Dann würde ich sagen, wir bezahlen jetzt und verabschieden uns. Morgen ist auch noch ein Tag", Sophies Mutter winkte den Kellner heran.

In ihren Zimmern angekommen, verstaute Sophie - wie gehabt - alle Rätselutensilien in einem Beutel und legte ihn unter ihr Kopfkissen. Danach huschte jede ins Bad. Julia hatte bereits den Fernseher angemacht und schaute einen Film, als Sophie aus dem Bad herauskam. Da sie der Film nicht sonderlich interessierte, holte sie das Kästchen wieder heraus und legte die Utensilien vor sich aufs Bett. Warum nur hatte Wilhelm keine Bedienungsanleitung dazu gelegt. Sie schob das Seil durch die Löcher der Münzen. Jetzt sah es aus, wie eine Kette mit Anhängern. Sie legte sich die Kette um den Hals und hielt sie hinten am Hals fest. Im Spiegel betrachtete sie ihr Werk und musste lächeln. So hatte sich Wilhelm des Rätsels Lösung sicher nicht vorgestellt. Sie horchte auf. Auf dem Bett lag Julia und war eingeschlafen. Anstrengend war es gewesen, die letzten Tage und sie gönnte der Freundin die Auszeit. Leise legte sie die Kette und den Rest in die Tasche zurück, stopfte einen großen Zipfel unter ihr Kopfkissen, löschte das

Licht und war auch innerhalb von ein paar Sekunden eingeschlafen.

Am nächsten Morgen war Julia früh wach. Sie konnte sich gar nicht mehr erinnern, wie der Film ausgegangen war. Sie hatte bereits geduscht und sich angezogen, da wachte Sophie auf.

„Hast du noch irgendetwas herausgefunden bezüglich des Kästchens?“ fragte Julia.

Sophie kramte die Tasche unter ihrem Kopfkissen hervor, holte ihr Werk heraus und hängte sich die Kette um. Sie lachten darüber.

„Mehr ist mir dazu nicht eingefallen“, witzelte sie.

Während sich Sophie unter die Dusche stellte, breitete Julia das Seil, die Münzen, das Holz aus und überlegte. Sie nahm einen Zettel und schrieb die Wörter auf: Kasten, Seil/Schnur, Münze(n), Holz. Nein, sie konnte keinen logischen Zusammenhang erkennen. Das Gedicht von Goethe. Julia nahm es in die Hand und las es. Mit viel Phantasie hatten sie sich bis zur letzten Strophe vorgearbeitet. Der Knabe war die Statue gewesen. Der Kreis vielleicht der Einlass ins Labyrinth oder das Labyrinth selbst. „Nicht zurück an diesen Ort“ murmelte sie vor sich hin. Also nicht mehr ins Labyrinth zurück? Aber wohin dann? Hatte es Wilhelm nicht mehr geschafft, das nächste oder gar letzte Rätsel zu erschaffen? War er vorher verstorben?

„Nicht zurück an diesen Ort“, murmelte sie erneut.

„Was meinst du?“, Sophie kam mit nassen Haaren und halb angezogen aus dem Badezimmer.

„Ach, ich überlege gerade, ob das Gedicht von Goethe uns weiterbringen könnte, habe aber keine weiterführenden Anhaltspunkte gefunden. Was wäre, wenn Wilhelm es nicht mehr geschafft hat, sein Rätsel zu vervollständigen und vorher gestorben ist?“

Sophie wurde bleich. „Stimmt, darüber habe ich noch gar nicht nachgedacht. Wäre immerhin möglich."

Nachdem Sophie ihre Haare getrocknet und sich komplett angezogen hatte, stopfte sie alle Unterlagen in ihre Handtasche und sie gingen hinunter zum Frühstück. Ihre Mutter saß bereits im Frühstücksraum. Ihr gegenüber saß ein etwas grimmig aussehender Mann mittleren Alters. Er stellte sich als Herr Winter vor und war von der Denkmalbehörde. Sophie wäre beinahe der Teller mit Ei und Wurst aus der Hand gerutscht und auf den Boden gefallen. Sophies Mutter hatte ihm bereits erklärt, dass man die Münzen erst gestern gefunden und natürlich heute eine Fundanzeige gemacht hätte. Sophie wollte gerade etwas erwidern, da spürte sie einen Fußtritt unterm Tisch. Herr Winter erklärte, dass er von der Kommissarin unterrichtet worden war und die Münzen gerne selbst in Augenschein nehmen wollte. Da sie vermutlich wertvoll waren, wollte er sie selbstverständlich gleich mitnehmen. Sophie öffnete ihre Handtasche und holte vorsichtig den Beutel mit den Münzen heraus. Herr Winter nahm eine frische Serviette vom Nachbartisch auf der Sophie die Münzen ausbreitete. Mit einer Lupe schaute sich Herr Winter die Münzen genau an. Sie waren gut erhalten, stellte er fest.

„Kein Wunder", murmelte Sophie. „Sie waren ja auch gut verpackt."

„Wo genau habt ihr sie gefunden?", fragte Herr Winter.

„Wir haben mit dem Verwalter gemeinsam einen Geheimgang im Schloss zu Auersbach besichtigt. In einem Mauerspalt lag ein Säckchen. Meine Tochter hat es an sich genommen und wir haben festgestellt, dass es sich um alte Münzen handelt. Wie diese dahin gekommen sind, können wir uns auch nicht erklären", schloss Sophies Mutter.

„Aha. Mir wurde der Fall etwas anders geschildert. Es soll wohl Hinweise gegeben haben."

„Richtig, den Hinweis, dass dort ein Säckchen liegen soll", erklärte Sophies Mutter.

„Die Münzen muss ich mitnehmen", erklärte Herr Winter. „Solltet ihr noch weitere Sachen zufällig finden, ihr wisst, dass ihr das umgehend melden müsst", sein Blick ging von Sophies Mutter zu den Mädchen. „Ich gehe davon aus, dass wir euch die Münzen nach eingehender Betrachtung zurückgeben können. Sie sind alt, aber es gibt genügend solcher Münzen. Wie gesagt, genaueres kann ich erst in ein paar Tagen sagen."

Herr Winter verabschiedete sich und die Drei atmeten auf.

„Mom, du warst absolute Spitze", jubelte Sophie.

„Na ja, ich wollte euch doch nicht den Spaß verderben, aber ich kann nicht verstehen, warum die Kommissarin die Denkmalbehörde so schnell informiert hat. Es ist nicht ihre Aufgabe. Entweder hätte Herr Lindenfels in seiner Eigenschaft als Verwalter, diese Meldung machen müssen oder eben wir. So, nun werde ich mich mal von euch verabschieden. Ich fahre zur Baustelle und schaue mal, was meine Kollegen in der Zwischenzeit gefunden haben. Spätestens übermorgen fahren wir nach Hause. Also beeilt euch", fügte sie schmunzelnd hinzu.

Nachdem die Mädchen ihr Frühstück beendet hatten, fuhren sie mit dem Fahrstuhl nach oben auf ihr Zimmer. Das Zimmermädchen war gerade dabei, das Zimmer gegenüber zu reinigen.

„Wir können in zehn Minuten los", erklärte Sophie. „Lass mich schnell noch mal ins Bad, bin gleich fertig."

„Wo wollen wir denn hin?", Julia wunderte sich.

„Jetzt wo du es sagst", Sophie drehte sich zu ihrer Freundin um.

„Ich schaue mir noch mal alle Hinweise und Utensilien an. Du kannst also in Ruhe ins Bad gehen."

Julia breitete erneut die Sachen auf dem Bett aus. Sie spielte mit der Schnur und schob die beiden Münzen rauf und runter. Dabei las sie erneut das Gedicht. Auch sämtliche Hinweise ging sie durch und suchte nach versteckten Informationen. Nach einer Weile kam Sophie aus dem Bad und betrachtete das Werk von Julia.

„Ach, du hast die Münzen an die offenen Enden geschoben. Ist auch eine Möglichkeit eine Kette zu tragen und sicherlich sehr modern", Sophie nahm die Kette und hängte sich diese um. Sie alberten eine ganze Weile, dann legte Sophie die Kette wieder ab. Julia ging ins Bad. Irgendwo brummte ein Handy. Sophie sah darauf und erschrak als sie den Text las: „Es gibt keinen Herrn Winter", konnte sie dort lesen. Sofort rief sie ihre Mutter an. Diese hatte in der Zwischenzeit Kontakt mit der Kommissarin aufgenommen. Dabei musste sie feststellen, dass weder sie, noch der Verwalter, die Denkmalbehörde informiert hatte. Zu guter Letzt hatte sie dann mit der Denkmalbehörde telefoniert. Ein Herr Winter war dort vollkommen unbekannt.

Als Julia aus dem Bad zurückkam, merkte sie gleich, dass etwas nicht stimmte. Ihre Freundin starrte immer noch auf das Handy.

„Was ist mit dir?"

Sophie reichte es ihr.

Julia las den Text und wurde bleich.

„Und jetzt?"

Julia zuckte mit den Schultern. „Ich weiß es nicht."

„Wer?", stammelte Sophie.

„Genau, wer konnte überhaupt von unserem Fund wissen?", überlegte Julia.

„Die Jungs, der Verwalter und die Kommissarin, sie waren alle dabei. Ich kann mir absolut nicht vorstellen, dass wir da eine undichte Stelle haben", begann Sophie. „Wir müssen uns unbedingt treffen und beratschlagen. Auch den Verwalter müssen wir fragen, ob ihm etwas aufgefallen ist oder ob er die Geschichte irgendjemand erzählt hat. Anders kommen wir nicht weiter."

„Das heißt also, wir fahren auch heute zum Schloss. Dabei wollte ich mir heute mal was anderes anschauen“, gähnte Julia.

Eine Stunde später trafen sie sich mit Tobias und Andreas auf dem Parkplatz des Schlosses. Gemeinsam gingen sie darauf zu. Herr Lindenfels wartete bereits auf sie. Auch er hatte seinen Termin heute Vormittag verschoben, denn dies war im Moment mal wichtiger. Sie hatten sich im Büro verteilt und überlegten. Frau Maurer hatten sie via Skype dazu geschaltet, denn auch sie wollten die Vier befragen. Doch sie hatten es sich bereits gedacht. Keiner der Anwesenden, inklusive Frau Maurer, hatte etwas über das Geheimnis erzählt.

„Wer auch immer dieser Herr Winter war, woher wusste er, dass wir zu diesem Zeitpunkt die Münzen hatten? Und warum ausgerechnet die Münzen. Sie sind doch nur ein Geschenk für den Finder, nicht aber der eigentliche Schatz“, erklärte Tobias.

„Was ist, wenn er das überhaupt nicht weiß?“, überlegte Frau Maurer.

„Ja genau“, stimmte Julia zu. Der finstere Typ sitzt im Gefängnis. Vielleicht ist unser Pärchen wieder in Aktion getreten. Sie werden bestimmt wissen, dass der Typ in Untersuchungshaft sitzt.

„Aber der Typ mit der Baskenmütze war das auf keinen Fall, den kennen wir doch“, gab Sophie zu bedenken.

„Und wenn sie jemand anderen beauftragt haben, eben weil wir die Beiden schon kennen?“, Julia dachte angestrengt nach.

„Gut, nehmen wir mal an, das Pärchen wurde wieder auf die Spur oder auf uns angesetzt. Es erklärt aber immer noch nicht, woher sie jetzt gerade wussten, dass wir etwas gefunden haben?“, Andreas blickte von einem zum anderen.

„Ich glaube, ich weiß, woher sie es wissen könnten“, das war die Stimme des Verwalters. Alle blickten ihn an.

„Im Schloss sind überall Kameras installiert, zum einen wegen der Sicherheit der Besucher, aber natürlich auch zur Überwachung der Räume. An diese Daten der Kameras könnte man theoretisch heran kommen. Ich bin kein Profi, aber ich denke, möglich ist das. Wenn sie also die Sicherheitssysteme überlistet haben, dann mussten sie nur warten, bis wir irgendetwas gefunden haben und dann zuschlagen. Quasi gemütlich vor dem Computer."

Sophie pfiff durch die Zähne. „Genau so muss es gewesen sein."

„Habt ihr eigentlich etwas herausgefunden, ich meine jetzt in Bezug auf das Kästchen und den Inhalt?" fragte der Verwalter.

„Nein, bisher nichts", erklärte Sophie und Julia schüttelte den Kopf.

„Lasst mich noch mal sehen."

Sophie nahm ihre Handtasche und zog das Kästchen heraus. Sie legte das Seil, an dem die Münzen hingen, das Holzklötzchen und das Kästchen auf den Schreibtisch.

„Ich kann nicht nachvollziehen, dass sich Wilhelm so viel Mühe mit den Rätseln gibt und uns hier total im Regen stehen lässt."

„Ist dieser Raum eigentlich auch von Kameras überwacht", wollte Sophie wissen.

„Nein, hier gibt es nichts Wertvolles und überwachen muss man hier auch nichts", erklärte der Verwalter.

„Das ist gut, nicht, dass uns wieder jemand beobachtet", Julia zog ihre Stirn kraus.

Der Verwalter spielte mit der Schnur und den Münzen. Auch er machte sie von der Schnur ab und fädelte sie wieder auf. Er nahm eine Lupe aus der Schublade und schaute sich die Münzen genau an, konnte aber nichts entdecken. Er legte die Lupe auf den Tisch. Sophie nahm die Lupe in die Hand und schaute zum Spaß durch.

„Puh, da wird einem ja schlecht."

„Man darf nicht damit in die Ferne schauen", erklärte der Verwalter. „Sieh, das ist etwas für nah" und er nahm das Kästchen in die Hand. „Hier kannst du jede einzelne Maserung erkennen."

„Hat die Polizei eigentlich gesagt, wie sie gegen den angeblichen Herrn Winter vorgehen will?", fragte Tobias.

„Also die Kommissarin hat sich noch nicht weiter geäußert. Sie meinte, sie wird euch demnächst vorladen, damit ihr euch Fotos von einschlägigen Betrügern anschauen könnt. Vielleicht ist derjenige dabei. Mehr kann man im Moment nicht tun. Dass die Münzen verschwunden sind, ist zwar traurig, aber kein so herber Verlust." Alle schauten ihn an. „Meinte sie", ergänzte der Verwalter.

„Also ich finde es schon schade, dass wir unsere Glücksmünzen nicht behalten konnten", Sophie seufzte.

„Ich wäre dafür, dem Typen eine Falle zu stellen", das war die Stimme von Julia.

„Und wie stellst du dir das vor?", Andreas schaute sie an.

„Wir könnten doch wieder einen Schatz entdecken", sie machte mit den Fingern bei dem Wort Schatz die Bewegung für Apostrophe und fuhr fort: „den möglichst gut vor den Kameras postieren und hier im Schloss - gut sichtbar - wegschließen. Danach müssten wir uns nur noch auf die Lauer legen..."

„Das ist es", unterbrach sie der Verwalter. Ich werde gleich mit der Kommissarin Kontakt aufnehmen und nahm den Hörer vom Telefon hoch.

Die Kommissarin stimmte der Idee widerwillig zu und so überlegten sie etwas später gemeinsam, wie sie die Falle aufbauen wollten. Schätze gab es im Schloss genug und so war recht schnell klar, dass man eine gut aussehende Kiste vom Dachboden mit Gegenständen aus dem alten Turm füllen könnte. Sie überlegten gerade, ob es besser wäre, diese im

Dunkeln zu verstecken und sie dann im Hellen zu finden oder ob es reichen würde, mit dieser Truhe nach einem fingierten Fund durch die Räume und Gänge zu marschieren und sie vor einer Kamera auszupacken. Sophie spielte immer noch mit der Lupe und hatte sich das Kästchen wieder genommen. Sie schüttete den Inhalt erneut auf den Tisch und schaute sich durch die Lupe erst die äußeren Seiten des Kästchens und dann die inneren Seiten an. Plötzlich schrie sie auf: „Schaut euch das an, hier sind Linien eingeritzt. Guckt doch mal genau", sie gab es an Julia weiter.

„Stimmt!", Julia zeigte auf die Linien. „Geben sie mir mal ein Blatt Papier und einen Stift", sagte sie zu dem Verwalter. Der reichte ihr das Gewünschte. Julia malte die Linien auf das Papier.

„Was soll denn das sein?", Andreas und Tobias beugten sich darüber. „Sieht fast so aus, wie das Haus vom Nikolaus", kennt ihr das?"

Herr Lindenfels schaute ebenfalls darauf. „Sieht aus, wie ein Turm." Er schaute auf: „Unser Turm? Könnte schon möglich sein."

„Ach du liebes bisschen", Sophie konnte sich noch genau an ihre Suche im Turm erinnern. „Da herrschen chaotische Zustände. Und nach was sollen wir überhaupt suchen?"

„Vielleicht ist damit auch der verwunschene Turm gemeint", sie schauten den Verwalter verdutzt an.

„Welcher verwunschene Turm, wo gibt es denn hier so was?", fragte Tobias.

„Na ja, Turm kann man den auch nicht nennen. Aber so ähnlich sieht er aus. Ihr müsst wissen, dass auf dem Schlossgelände damals hinter dem Teich eine kleine Nachbildung des großen Turmes stand. Wir vermuten, dass dieser Turm für die Kinder, so wie eine Art Puppenstube erbaut wurde. Er ist noch gut erhalten, aber sehr eingewachsen. Ist er euch bisher nicht aufgefallen?“, fragte der Verwalter. Die Vier schüttelten den Kopf.

„Können wir uns auf dem Gelände umschauen oder ist das auch voller Kameras?“, fragte Tobias.

„Wo der Turm steht, sind keine angebracht, aber ihr solltet einen Umweg gehen und euch so aus dem Reich der Kameras entfernen, ohne dass man bemerkt, wohin ihr geht“, erklärte Herr Lindenfels.

Er stand auf und ging ans Fenster. „Nein, von hier aus kann man das nicht sehen. Ich male es euch auf.“

Mit dem Plan machten sich die Vier auf den Weg. Sie kamen am alten Friedhof vorbei. Der Weg wurde immer unwegsamer, Bäume und Sträucher wurden hier schon lange nicht mehr geschnitten. Man musste schon aufpassen wohin man trat und plötzlich standen sie vor dem kleinen Turm. Er war wirklich nicht höher als gute zwei Meter. Er hatte einen kleinen Anbau und alles in allem sah er aus, wie der echte Turm mit Anbau des Schlosses in Miniaturausfertigung. Die Tür war abgeschlossen und so versuchten sie diese mit dem Schlüssel zu öffnen, den ihnen der Verwalter mitgegeben hatte. Es dauerte eine Weile, aber dann konnten Tobias und Andreas sie aufdrücken. Obwohl dieser Teil sicher nicht zu den Schlossbesichtigungen gehörte, war es hier sauber und ordentlich. Sie betraten einen circa 10 Quadratmeter großen Raum, der allerdings so niedrig war, dass die Jungs sich ein klein wenig bücken mussten. Hier war alles sehr liebevoll dekoriert und gepflegt. Gerade so, als ob die Puppenmama gleich zurückkommen würde. Da stand ein Puppenbett in einer Ecke. Daneben ein kleines Sofa. In der anderen Ecke konnte man sich an einen Tisch setzen an dem vier Stühle standen. Es gab sogar einen Schrank, den Sophie öffnete. Darin war Geschirr, so dass man sofort eine Teeparty hätte veranstalten können. An den Wänden hingen Bilder. Richtige Gemälde, wie sie auch im Schloss hingen, mit Öl gemalt. Sie staunten nicht schlecht.

„Das ist ein Traum für jede kleine Prinzessin“, meinte Sophie, als sie die Sprache wieder gefunden hatte.

„Boah“, meinten auch die Jungs und Julia war total entzückt. „Das ist das Schönste, was ich je gesehen habe.

Nachdem sie eine Weile dieses schöne Zimmer auf sich hatten wirken lassen, meinte Tobias: „So, was suchen wir nun?“

„Spielverderber“, jammerte Sophie. „Ich war gerade so schön am Träumen.“

„Wir haben immer noch das Kästchen, das Holzstück, die Schnur und zwei Münzen. Daran hat sich nichts geändert“, erklärte Julia und legte es auf den Tisch. Was könnte man hier damit anfangen?“

Sie schauten sich in dem Raum gründlich um, öffneten alle Schubladen und Schränke.

Julia half nicht mit, sie betrachtete die schönen Gemälde. Ein Bild hatte es ihr besonders angetan. Es war vermutlich im Garten entstanden, Julia glaubte, diese Säule und die überdimensionale Vase darauf, bereits im Garten in der Nähe des alten Friedhofs gesehen zu haben. Das war vermutlich die Familie, die damals hier wohnte. Die armen Kinder. Hatten bestimmt stundenlang für dieses Gemälde ruhig stehen müssen. Was war das heute so einfach. Man holte sein Handy heraus und zack war das Foto erledigt. In einer unglaublich guten Qualität, vorausgesetzt, man verwackelte es nicht. Und selbst dafür gab es noch Möglichkeiten. Sie schaute so versonnen darauf, dass sie erschrak, als Sophie zu ihr trat.

„Nichts, hast du gehört? Es gibt nichts hier, was uns weiterbringen könnte.“

„Vielleicht meinte Wilhelm doch den echten Turm mit seiner Zeichnung in dem Kästchen“, gab Andreas zu bedenken.

„Könnte schon sein, aber was hat es dann mit der Schnur und den Münzen auf sich. Von dem Stück Holz ganz zu schweigen. Ich werde einfach nicht schlau aus seinen Andeutungen“, Tobias schaute sich erneut im Zimmer um.

„Wenn du in Wilhelms Lage gewesen wärest und gehen wir mal davon aus, dass wir hier richtig sind, wie hättet ihr einen Hinweis verpackt?“, Julia hatte sich vom Anblick des Bildes lösen können. „Immerhin musste er damit rechnen, dass das Haus nicht mehr gepflegt wird, die Sachen ausgeräumt sind. Vielleicht gab es eine Generation ohne Kinder. Denken wir nach, wie würdet ihr einen Hinweis verstecken, wenn ihr wüsstet, es bleiben höchstens die Möbel hier.“ Sie schaute erneut auf das Bild und schrie auf.

„Schaut euch doch das Bild mal ganz genau an“, Julia musste ihre Stimme dämpfen, sie war so aufgeregt.

„Das tue ich schon die ganze Zeit, wir stehen nämlich schon seit gefühlten fünf Minuten davor“, gab Sophie zu bedenken.

„Seht ihr denn nicht, was das eine Kind anhat?“, Julia konnte nicht glauben, dass ihr das nicht sofort aufgefallen war. „Das Mädchen mit dem Kleid an der Hand ihrer Mutter hat einen Gürtel um sich herum, der aussieht, wie ein geflochtenes Stück Seil. Und darunter hängen oder schweben zwei Münzen, die so aussehen, wie unsere Münzen.“ Sie ging zum Tisch und holte die Münzen zum Vergleich.

„Ja und jetzt?“, Sophie konnte zwar nachvollziehen, was Julia damit sagen wollte, aber wo war das Rätsel oder andersherum gefragt, wie ging es weiter? Laut sagte sie: Nun haben wir also Seil und Münzen gefunden. Was ist mit dem Holz?

„Hol es mal her!“, sagte Julia zu Andreas, der am nächsten stand.

Andreas gab ihr das Holz. Sie hielt es vor das Bild ungefähr da, wo der Vater sich abstützte.

„Passt!“, sie nickte zufrieden.

„Was passt?“, Sophie klang mal wieder genervt.

„Schau, wenn du das Stück Holz vor diese Säule hältst, dann sieht es aus, als hätte ich eine Schablone in der Hand. Ich glaube, das Stück Holz soll uns auf die Säule hinweisen. Vielleicht ist dort der nächste Hinweis versteckt.“

„Und hoffentlich auch der letzte", Sophies Stimme klang immer noch unzufrieden.

Julia machte zum Abschluss noch ein Foto von dem Bild. Sie verließen den kleinen Turm und Tobias sperrte die Tür ab. Auf dem Weg zum Schloss kamen sie am alten Friedhof vorbei. Ein wenig abgesetzt stand dort vor einer Baumgruppe diese Säule, die sie eben auf dem Bild gesehen hatten. Sogar die große Vase stand noch da.

„Schaut!", Julia blieb stehen. „Das ist ganz bestimmt die Säule, vor der das Bild im kleinen Turm entstanden ist."

Die Anderen blieben stehen und schauten sich um. Julia hatte Recht, es war durchaus möglich, dass das Bild hier gemalt wurde.

„Los!", Tobias ging auf den Steinblock zu. „Wir schauen, ob wir hier irgendetwas entdecken können."

Die Jungs wanderten um den Steinblock herum. Das war gar nicht so einfach, denn er war vom Gestrüpp ziemlich eingewachsen. Der Block war knapp zwei Meter hoch. Man konnte nichts Auffälliges entdecken. Keine Einkerbung, keine Inschrift, kein Platz, wo man die Münzen oder den Holzkeil hätte einschieben können. Die Jungs betrachteten die Vase. Sie war reich verziert, aber auch sie zeigte von außen keine Möglichkeiten. Tobias deutete Andreas an, dass er ihm eine Räuberleiter machen sollte. Er wollte von oben in die Vase hineinschauen. Andreas faltete seine Hände und Tobias stieg darauf. Es war genügend Platz auf dem Steinblock, so dass er sich darauf knien konnte. Er nahm sein Handylicht zu Hilfe und leuchtete in die Vase. Sie war voller Laub und augenscheinlich auch bewohnt. Zumindest konnte man ein dickes Spinnennetz erkennen. Am Innenrand der Vase aber konnte er Zahlen erkennen.

„Schreib mal einer mit, was ich diktiere!", befahl er. „Vier, Fünf, Acht und Drei. Ich mache zur Sicherheit noch ein Foto." Danach half ihm Andreas wieder hinunter. Die Mädchen hatten in der Zwischenzeit das Gestrüpp am Steinblock mit den Füßen etwas zur Seite geschoben und einen Spruch rund um den Steinblock entdeckt.

„Wo ich einst saß und Freude hatte
dort kehre nun zurück.
Verborgene Zahlen auf der Platte
sie bringen dir viel Glück.“

„Prima, einfach nur prima“, Sophie gähnte. „Was soll das nun wieder heißen?“

„Ich glaube, das müssen wir Herrn Lindenfels fragen“, antwortete Tobias.

Sie erreichten das Büro von Herrn Lindenfels, als er gerade den Telefonhörer auflegte.

Kapitel 12 - Die Falle

„Ihr kommt genau richtig“, erklärte er den Kindern. „Ich habe eben mit der Kommissarin telefoniert. Wir haben besprochen, wie wir nun am besten vorgehen, um dem vermeintlichen Münzendieb eine Falle zu stellen. Es wäre am praktischsten, wenn wir unten im Keller den „Schatz“ finden würden. Unser Problem ist nur, dass wir im Verließ keinen Schatz haben. Sobald wir ihn aber dorthin bringen, könnte es dem Beobachter auffallen. Es geht vermutlich nur, wenn sich jeder so viele Gegenstände unter die Jacke oder das T-Shirt steckt und diese unauffällig mit hinunter nimmt.“

„Können sie die Kamera denn nicht kurzfristig ausschalten?“, erkundigte sich Andreas.

„Ja natürlich“, Herr Lindenfels schlug sich an den Kopf. „Du hast Recht, ich kann die Kameras einzeln über den Computer steuern. Dann sollte es überhaupt kein Problem sein, eine Kiste mit ein paar Gegenständen unten zu deponieren, die ihr später aus dem Verließ holen werdet. Der weitere Plan sieht vor, dass ihr die Truhe im Keller gut sichtbar stehen lasst und geht. Die Polizei wird sich postieren und zu gegebener Zeit zuschlagen."

„Wir haben noch eine Frage an sie", sagte Julia. Wir haben im kleinen Turm ein weiteres Rätsel lösen können." Sie zeigten ihm das Foto vom Bild der Familie und berichteten von dem Steinblock im Park. „Was genau könnte damit gemeint sein: „wo ich einst saß und Freude hatte…"?"

„Ich bin mir nicht sicher", begann der Verwalter. Aber er hatte einen Hochsitz hier im Wald. Dort saß er besonders gerne und beobachtete das Wild. Natürlich konnte auch sein Schreibtisch damit gemeint sein. An ihm verbrachte er viel Zeit."

„Wo finden wir den Schreibtisch und den Hochsitz?", fragte Julia.

„Zu dem Hochsitz muss ich euch führen, den findet ihr alleine sicher nicht. Ich habe aber heute keine Zeit, das müssen wir auf morgen verschieben.

„Und der Schreibtisch?" Sophie schaute ihn an.

„Der Schreibtisch steht oben im richtigen Turm. Ihr wisst schon, der Teil des Gebäudes, in dem die alten Sachen aufbewahrt werden."

„Wo stand der Schreibtisch zu Lebzeiten von Wilhelm?", Tobias wollte auf Nummer sicher gehen.

„Da muss ich leider passen", erklärte der Verwalter. Ich weiß nicht, ob Frau Maurer darüber Auskunft geben kann."

„Bevor wir überhaupt weitersuchen, sollten wir die Aktion „Falle" beginnen", meinte Sophie. „Da augenscheinlich jemand die Kameras anzapft, können wir uns kaum frei im Schloss bewegen. Ab wann wird die Polizei soweit sein, um mit der Überwachung zu beginnen?"

„Die Kommissarin meinte, ich soll sofort Bescheid geben, sobald wir unseren Teil dazu beigetragen haben. Sie schickt dann eine Zivilstreife vorbei, die sich auf die Lauer legen wird."

„Dann schalten sie mal die Kameras aus, die den Weg zum Keller und die Räume unten überwachen", erklärte Andreas. „Je schneller der Münzendieb dingfest gemacht wird, desto schneller können wir mit dem Rätsel weitermachen."

Herr Lindenfels schaltete die Kameras aus. Er ging in einen angrenzenden Raum und holte eine kleine Truhe. „Wir haben Glück, im Moment liegen hier im Nebenraum ein paar Gegenstände, die ich sichten, katalogisieren und vor allen Dingen mal vom Staub befreien wollte. Sie lagen lange Zeit in einem Raum im Turm. Diese Gegenstände werde ich nun in die Truhe legen und nach unten bringen. Sobald ich wieder da bin, könnt ihr loslegen."

Es dauerte eine Weile, bis der Verwalter zurück war. Sophie hatte in der Zwischenzeit mit ihrer Mutter telefoniert und ihr vom weiteren Plan erzählt. Julia, Tobias und Andreas zeichneten in der Zwischenzeit einen groben Lageplan, nach dem sie später den „Schatz" finden wollten. Es sollte so echt wie möglich aussehen. Als der Verwalter wieder zurück war, schaltete er zunächst alle Kameras wieder ein. Anschließend zeigte er den Kindern, wo er die Truhe so ungefähr versteckt hatte. Sie verabschiedeten sich von ihm und wollten zunächst etwas Essen gehen, denn mittlerweile war es Mittag geworden. Als sie nach einer guten Stunde zurückkamen, gingen sie wie besprochen vor. Zunächst meldeten sie sich bei Herrn Lindenfels, organisierten sich eine große Taschenlampe und stiefelten damit in den Keller. Sie machten überall Licht, damit ihr Vorhaben gut beobachtet werden konnte. Herr Lindenfels informierte in der Zwischenzeit die Kommissarin, die die Zivilstreife losschickte. Nachdem sie im Geheimgang den Schlüssel gedreht und sich der Steintisch bewegt hatte, stiegen sie in das

Labyrinth. Hier waren keine Kameras und so konnten sie sich ungehindert bewegen. Die Truhe hatten sie schnell gefunden, warteten aber noch eine Viertelstunde, bis sie gemeinsam mit der Truhe die Treppe am Steintisch nach oben kamen. Dort stellten sie diese ab und taten, als wäre sie sehr schwer. Nachdem sie sich etwas ausgeruht hatten, ging Andreas in den Geheimgang, um den Schlüssel abzuziehen. Der Steintisch schloss sich daraufhin. Nun öffneten sie die Truhe vorsichtig. Wie abgesprochen hielten sie ein paar Exponate hoch und schauten diese an. Sie drehten sie vorsichtig hin und her, immer darauf bedacht, dass die Kamera diese Bewegungen gut einfangen würde. Nun ging Tobias verabredungsgemäß in das Büro von Herrn Lindenfels und holte ihn. Auch er nahm einige der Gegenstände hoch und schaute sie genau an, so als würde er sie heute zum ersten Mal betrachten. Sie sprachen, diskutierten und gestikulierten eine Weile, dann entschlossen sie sich, die Truhe in die Ecke, gut sichtbar für die Kamera, zu stellen und dann zu gehen. Damit war ihr Auftritt erledigt und sie verabschiedeten sich vom Verwalter.

Beim Hinausgehen sahen sie drei Männer, die sich eine Eintrittskarte für das Museum kauften. Vielleicht waren das die Beamten.

„Was machen wir jetzt?“, fragte Julia. „Wir können erst wieder weitersuchen, wenn der Münzendieb überführt worden ist. Alles andere wäre viel zu gefährlich und wir müssten befürchten, dass wir ihn mit unserer Suche auf die richtige Spur bringen. Herr Lindenfels hat versprochen, uns sofort zu informieren, sobald er etwas weiß und das kann dauern.“

„Ich könnte euch Köln zeigen“, erklärte Andreas. Diesen Vorschlag nahmen die Mädchen sehr gerne an, hatten sie bisher doch viel zu wenig von Köln gesehen. Beim Abendessen schwärmten sie Sophies Mutter von ihrer Sightseeing-Tour vor. Zunächst waren sie auf die Aussichtsplattform des KölnTriangle Panorama gefahren. Von dort hatte man einen atemberaubenden Blick über die Stadt. Später schlenderten sie durch die Kölner Altstadt, um zum Abschluss des Tages ins Schokoladenmuseum zu gehen. Von Herrn Lindenfels hatten sie leider nichts mehr gehört und so hatte Andreas die Mädchen ins Hotel gefahren. Sophie hatte sich mal wieder über ihre Schulbücher gebeugt und Julia war mit Andreas ins hoteleigene Schwimmbad gegangen. Tobias hatte eine Verabredung und war direkt vom Schokoladenmuseum aus weiter gefahren. Am Abend trafen sie sich alle im Lokal des Hotels. Sophies Mutter hatte auch die Jungs dazu eingeladen, um die Lagebesprechung gemütlicher als im Hotelzimmer zu gestalten. Dabei erklärte sie, dass am nächsten Tag ihr letzter Arbeitstag hier in Köln sein werde. Sie plane spätestens übermorgen nach Hause zu fahren. Den Mädchen fuhr der Schreck in die Glieder und sie versuchten, Sophies Mutter davon zu überzeugen, dass man unmöglich jetzt nach Hause fahren konnte. Sie waren gerade beim Nachtisch, als eine SMS von Herrn Lindenfels auf Julias Handy kam.

„Komplize gefasst, alles gut gelaufen, wir sprechen morgen, Gruß Lindenfels".

Das war eine gute Nachricht, denn so konnten sie sich morgen um die weitere Suche kümmern. Nachdem sie sich verabschiedet hatten, fuhren die Mädchen mit dem Fahrstuhl nach oben und betraten ihr Zimmer. Andreas würde sie morgen abholen und mit ihnen gemeinsam zum Schloss fahren.

„Ich bin todmüde", erklärte Julia ihrer Freundin, die schon im Lokal kräftig gegähnt hatte.

„Ich könnte im Stehen schlafen", erklärte Sophie zog es dann aber doch eher vor, sich noch ins Bett zu legen.

Am nächsten Morgen wachten die Mädchen zeitig auf. Sie waren sehr früh eingeschlafen und folglich hatten sie früh ausgeschlafen. Nachdem sie beide geduscht und angezogen waren, gingen sie zum Frühstücksraum hinunter. Sie frühstückten in aller Ruhe. Es gab ein wunderbares Buffet, an dem sich Julia nun schon zum dritten Mal eine kleine Schüssel mit Obst holte.

„Du möchtest den Tag heute auf der Toilette verbringen“, stichelte Sophie, die morgens absolut kein Obst mochte.

„Es schmeckt einfach zu gut und ein bisschen Obst täte dir auch gut“, gab Julia zurück. Nicht, dass Sophie es wegen ihrer Figur nötig gehabt hätte. Nach dem Frühstück gingen sie zurück auf ihr Zimmer. Sophie schaute erneut in die so sträflich vernachlässigten Schulbücher, Julia zappte durchs Morgenprogramm im Fernsehen. Da klopfte es an die Tür. Julia stand auf und öffnete. Draußen stand Andreas.

„Komm rein!“, sagte Julia.

„Habt ihr etwas von Tobias gehört?“, Andreas schaute die Mädchen an.

„Wieso? Wolltest du ihn nicht abholen und wolltet ihr nicht gemeinsam hierher kommen?“, gab Sophie zu bedenken.

„Ich war bei ihm zu Hause, habe geklingelt und geklingelt. Er hat die Tür nicht aufgemacht. Dann habe ich es über sein Handy versucht. Keine Reaktion. Das ist doch komisch oder? Jetzt überlege ich, ob ich etwas falsch verstanden habe. Ich sollte ihn doch abholen?“

Julia überlegte kurz und meinte dann: „Also ich habe gestern nicht so darauf geachtet…“ und Sophie fiel ihr ins Wort: „Ich bin mir ziemlich sicher, dass wir uns hier treffen wollten. Wir warten einfach noch ein bisschen.“

Als auch nach einer weiteren halben Stunde Tobias nicht auftauchte, machten sich die Drei Sorgen.

„Ob er vielleicht am Schloss auf uns wartet?“, gab Andreas zu bedenken.

„Ich rufe Herrn Lindenfels an“, Sophies Handy wählte bereits.

„Lindenfels“, meldete es sich am anderen Ende. „Ach du bist es, Sophie. Tobias und ich wir warten bereits seit einer guten halben Stunde auf euch. Wo bleibt ihr denn?“

Als Sophie aufgelegt hatte, sagte sie: „So viel zum Thema „zuhören und verabreden"."

Als sie später im Büro bei Herrn Lindenfels saßen fielen sie erst mal über Tobias her. Der Akku seines Handys war leer und er hatte kein Ladekabel mitgenommen. Außerdem war er sich sicher gewesen, dass man sich hier verabredet hatte. Es ließ sich nicht mehr klären und so hörten sie dem Verwalter zu, der ihnen die Ereignisse des vergangenen Abends erzählte. Nachdem die Kinder die Truhe im Keller drapiert hatten, hatte sich die Polizei mit drei Zivilbeamten im Schloss aufgehalten. Sie schlenderten durch die Ausstellung und hatten sich dann am Ende des Geheimganges, am Fuße der Treppe und im Eingangsbereich postiert. Es dauerte eine ganze Weile, bis ein vermeintlich Verdächtiger auftauchte, der – wie sich später herausstellte – nichts mit der Sache zu tun hatte. Als es langsam Abend wurde und es immer weniger Besucher im Schloss gab, erschienen zwei Männer, die sich Eintrittskarten kauften und in die Ausstellungsräume traten. Der Polizist, der hinter ihnen herging, stellte schnell fest, dass die beiden Männer kein Interesse an der Ausstellung hatten. Sie sahen sich immer wieder suchend um und waren plötzlich verschwunden. Wie vermutet waren sie zielstrebig zum Kellerabgang und unten bis zum hinteren Raum gegangen, in dem die Truhe stand. Als sie mit dem Inhalt der Truhe den Kellergang wieder nach vorne kamen, schnappte die Falle zu. Die Polizisten konnten die beiden Männer verhaften", Herr Lindenfels machte eine Pause.

„Wer waren die beiden Männer", Sophie hielt es vor lauter Ungeduld kaum aus.

Herr Lindenfels grinste und fuhr fort: Wie sich herausstellte, waren es nicht zwei Männer sondern ein Mann und eine Frau."

„Das Pärchen", Julia pfiff durch die Zähne.

„Genauso ist es."

„Und dann?“, Tobias schaute Herrn Lindenfels an.

„Mehr weiß ich auch nicht. Sie wurden abgeführt und ich nehme mal an, dass die Polizei sie dann verhört hat.“

„Glauben sie, wir bekommen unsere Glücksmünzen zurück?“ fragte Sophie.

„Das müsst ihr mit der Kommissarin besprechen. Aber ich kann es mir gut vorstellen“, erklärte Herr Lindenfels.

„Wieso ist uns nicht aufgefallen, dass Herr Winter und der Typ mit der Baskenmütze ein und die gleiche Person sind?“, überlegte Tobias.

„Vielleicht hat sich auch die Frau als Herr Winter verkleidet und einfach tiefer gesprochen. Ich verstehe trotzdem nicht, warum wir das nicht bemerkt haben“, Sophie seufzte.

„Nun, da das Pärchen überführt worden ist, könnten wir uns wieder unserem nächsten Rätsel widmen“, meinte Andreas.

„Wir haben das Gedicht, das in den Stein im Garten eingemeißelt ist: „Wo ich einst saß und Freude hatte, dort kehre nun zurück. Verborgene Zahlen auf der Platte, sie bringen dir viel Glück.“ Dazu die Zahlen Vier, Fünf, Acht und Drei. Auch das Seil, die Münzen und der Holzkeil sind theoretisch noch Hinweisgeber. Hätten sie Zeit, Herr Lindenfels, uns den Hochsitz von Wilhelm zu zeigen?“ Die Kinder schauten ihn bittend an.

„Na gut, kommt mit.“

Sie gingen eine Weile durch den Park auf ein großes Waldstück zu. Der Wald war eingezäunt und Herr Lindenfels öffnete das Tor mit einem Schlüssel. Sie traten hinein und der Verwalter verschloss das Tor hinter ihnen. Sie gingen ungefähr fünf Minuten an schönen alten Bäumen entlang, bis sie auf eine Lichtung kamen. Herr Lindenfels zeigte auf eine Baumgruppe.

„Seht ihr, dort ist der Hochsitz“.

„Kann man ohne Gefahr hinaufsteigen?“, fragte Tobias.

„Doch, das kann man“, erklärte Herr Lindenfels. Dieser Hochsitz wurde in allen Jahrhunderten verwendet und gepflegt. Alte Holzbretter wurden durch neue ersetzt. Unsere Gärtner schauen auch hier gelegentlich vorbei, ob noch alles in Ordnung ist.“

Die Kinder schauten sich an. „Wenn die alten Holzbretter im Laufe der letzten Jahrhunderte ersetzt worden sind, wird kaum noch etwas vom Originalhochsitz Wilhelms von Auerbach übrig geblieben sein“, vermutete Sophie.

„Da hast du leider Recht“, der Verwalter zuckte mit den Schultern.

„Wir schauen uns trotzdem kurz um“, meinte Julia und so begannen sie, den Hochsitz und das unmittelbare Umfeld genauer zu betrachten. Aber so genau sie auch schauten, sie konnten nichts finden, was sie in ihrem Rätsel weitergebracht hätte.

„Was gibt es sonst noch hier in diesem Wald und warum ist er verschlossen?“, wollte Andreas wissen.

„Er ist deswegen verschlossen, weil es Wilhelm zu Auersbach so verfügt hat. Nach seinem Tod sollte dieses Waldstück eingezäunt und verschlossen werden. Einen Grund dafür gab er nicht an“, erzählte der Verwalter.

„Oh je“, Sophies Stimme klang wie immer genervt. „Bisher hat Wilhelm nichts ohne Grund gemacht und immer steckte ein Rätsel dahinter. Wenn es sich nun auf den Brettern befunden hat, die mit der Zeit verrottet sind?“

„Meinst du nicht, Wilhelm wäre so schlau gewesen, das zu berücksichtigen? Immerhin musste er davon ausgehen, dass es lange dauern könnte, bis jemand das Rätsel löst“, gab Julia zu bedenken.

„Ich finde auch, dass Wilhelm dies sicher bedacht hat, als er sich seine Rätsel ausdachte“, erklärte der Verwalter und das ließ die Vier wieder aufatmen. „Er hat in seinem Testament bestimmt, dass die Umzäunung des Waldstückes zu jeder Zeit erneuert werden muss und dass dafür immer Geld zurückgelegt werden muss. Er hat nichts dem Zufall überlassen, schon gar nicht der Witterung. Es muss etwas anderes sein, womit wir zunächst weitermachen müssen. Vielleicht ist der alte Schreibtisch der bessere Anlaufpunkt."

„Lasst uns zurückgehen und sofort nachsehen", erklärte Sophie. „Ihr wisst, meine Mutter muss morgen zurück und wir haben keine Zeit mehr. Wir müssen das Rätsel lösen."

Sie staunten nicht schlecht, als sie vor dem Schreibtisch im alten Turm standen. Er war der Traum eines jeden, der sich für alte Möbel interessierte. Groß, mit Intarsien versehen, Schubladen und Öffnungen wohin man schaute.

„Warum steht dieses Schmuckstück nicht in den Ausstellungsräumen", fragte Andreas den Verwalter.

„Er stand schon immer hier im Turm und Wilhelm zu Auersbach genoss die Aussicht von dem Erkerfenster da vorne. Der Schreibtisch stand damals wohl etwas näher am Fenster wegen des Lichts. Für die Ausstellungsräume war es einfach zu schwer, ihn nach unten zu tragen, zumal es thematisch auch nicht gepasst hätte. Die Räume dienten anderen Zwecken und geschrieben hat Wilhelm immer hier oben. Seine Nachfahren hatten kleinere Sekretäre, die unten in den Räumen verblieben und auch schön anzuschauen sind. Wie gesagt, es hat sich bisher nie jemand die Mühe gemacht, diesen schweren, wuchtigen Schreibtisch woandershin zu bringen."

Vorsichtig zogen sie Schublade für Schublade heraus und wieder zurück. Tobias krabbelte unter den Schreibtisch, um von unten zu schauen, ob sich dort die Lösung für das Rätsel befinden würde. Aber so genau sie auch schauten und drückten, sie konnten kein Geheimfach oder sonst einen Hinweis entdecken. Sophie zog gerade die gefühlte zwanzigste Schublade auf und schaute hinein. Wie alle anderen Schubladen war auch diese leer.

„Ich kann mir einfach nicht vorstellen, nach was wir hier suchen müssen?“ erklärte sie gerade den Anderen, als sie einen Pfiff durch die Zähne stieß. „Schaut mal, auf dieser Schublade ist oben auf dem Holzrand eine Zahl eingeritzt. Hier schaut mal, bei mir ist es eine Fünf. „

„Fünf, das war doch eine Zahl aus unserem Rätsel“, erklärte Andreas, der die Zahlen aufgeschrieben hatte. „Los, lasst uns alle Schubladen kontrollieren, ob sich noch mehr Zahlen darauf befinden.“

Erneut zogen sie alle Schubladen auf und konnten nach einer Weile die Zahlen Vier und Acht finden. Nachdem auch die letzte Schublade geöffnet und wieder geschlossen worden war, hatten sie die Drei immer noch nicht gefunden.

„Und jetzt?“, Julia betrachtete die drei Schubladen, die sie offen gelassen hatten, damit sie sie wieder finden würden.

„Ich habe mal einen Film gesehen, bei dem die Schubladen auch so gekennzeichnet waren“, erklärte Andreas. Man musste diese exakt in die Position der Zahl bringen, dann öffnete sich ein Geheimfach.“

„Klingt logisch“, erklärte Tobias, „aber wir haben die vierte Zahl noch nicht.“

„Lasst uns zumindest die drei Schubladen in diese Position bringen, vielleicht passiert etwas“, Julia war Feuer und Flamme und schob die erste Schublade in ihre Position, Tobias die zweite und Sophie die dritte. Man konnte jedes Mal ein leises Klicken im Schreibtisch vernehmen, immer wenn eine Schublade auf ihrer Position einrastete, mehr passierte nicht.

„Warum gibt es keine Schublade mit einer Drei?“, Sophies Stimme klang wie immer - genervt.

„Vielleicht ist der vierte Teil nicht in einer Schublade, sondern woanders versteckt. Aber wo?“, Julia bückte sich erneut und schaute sich den Schreibtisch genau an. Vielleicht muss man drei Mal irgendetwas drücken. Ich glaube, wenn Wilhelm uns sehen könnte, er würde sich gerade totlachen.“

Während die Vier weiter suchten, klingelte das Mobiltelefon des Verwalters. Er entschuldigte sich und ging langsam in Richtung Tür, während er dem Anrufer zuhörte.

Die Kinder drückten und schoben die anderen Schubladen, nichts passierte. Tobias legte sich unter den Schreibtisch und schaute von unten, ob sich bei diesen Aktionen etwas veränderte.

„Warum finden wir die Drei nicht?", Julia konnte sich das nicht erklären.

Herr Lindenfels kam wieder zurück und sagte: „Die Kommissarin bittet euch heute Nachmittag bei ihr vorbei zu schauen."

„Was möchte sie denn?", fragte Julia neugierig.

„Das weiß ich leider nicht", erklärte Herr Lindenfels. „Wie weit seid ihr mit eurem Rätsel?"

„Wir können die Drei nicht finden", Tobias zuckte mit den Schultern und musste schmunzeln. Er hatte noch nie nach einer Drei gesucht.

„Bisher war jede gesuchte Zahl oben auf dem Holzrand", dachte Andreas laut nach. Was, wenn die letzte unten am Holzrand wäre?"

„Stimmt!", meinte auch Julia. „Das macht das Rätsel sicherer."

Tobias legte sich erneut unter den Schreibtisch und die drei Anderen zogen nach und nach die Schubladen heraus. Plötzlich rief er „Stopp" und zeigte auf Julias Schublade. Sie schoben die anderen Schubladen wieder zurück und Julia öffnete ihre Schublade genau so weit, dass die Drei an der Kante stand. Es machte Klick und auf der Schreibtischplatte öffnete sich eine kleine, eingelassene Schatulle. In ihr lag ein zusammengerollter Zettel, den Sophie entnahm. Sie schauten sich an und jubelten.

„Was für ein Schreibtisch", murmelte Julia, der alte Möbel besonders gut gefielen.

Gemeinsam verließen sie den Turm und kehrten in das Büro des Verwalters zurück. Dort auf dem Schreibtisch breiteten sie den Zettel aus.

„Was soll denn das sein?“ sagten Sophie und Tobias gleichzeitig.

Auf den ersten Blick sah es aus, wie eine alte Lochkarte. Wenn man genauer hinschaute, konnte man die Zeichen als Bäume ausmachen. Sie waren sich einig, dass auf der Zeichnung der eingezäunte Wald mit dem Freisitz und einem kleinen Teich abgebildet war.

„Und das dazwischen, das könnten die Wege sein“, meinte der Verwalter.

Sie nickten.

„Allerdings vor circa 350 Jahren“, er tupfte sich den Schweiß von der Stirn. „Es könnte sich einiges verändert haben.“

Sie schauten ihn erschrocken an.

„Ist doch logisch, kein Baum lebt ewig. Ja, es gibt ein paar Arten, zum Beispiel, der Olivenbaum. Da gibt es welche, die sind über 2000 Jahre alt. Aber ein normaler Laubbaum, wie er in unseren Breitengraden vorkommt, der schafft kaum ein so hohes Alter. Selbst wenn er gesund bleibt, was man auch bedenken muss.“

„Sie meinen also, dass die Bäume, die im Moment in dem Waldstück stehen, nicht zu Lebzeiten von Wilhelm dort gestanden haben?“, fragte Julia vorsichtig.

„Wir müssen es auf jeden Fall für viele der Bäume befürchten. Natürlich ist der Wald immer gut gepflegt worden und man hat sicher behutsam nachgepflanzt, wenn es nötig war. Aber ganz so sieht er heute sicher nicht mehr aus“, der Verwalter zuckte mit den Achseln.

„Wir wissen allerdings auch überhaupt nicht, was uns Wilhelm mit dieser Karte sagen möchte“, meinte Andreas. „Zumindest ist außer Bäumen, dem See und dem Hochsitz nichts weiter eingezeichnet. Kein Kreuz, kein Hinweis", er nahm die Karte und drehte sie herum. „Nichts."

„Sollten wir nicht vielleicht mal zur Kommissarin fahren, sie wollte uns doch heute sprechen. Dabei können wir weiter überlegen, was uns Wilhelm mit dieser Karte sagen möchte", gab Sophie zu bedenken.

„Aber wir sollten die Karte auf keinen Fall mit uns führen", schlug Tobias vor und schaute Herrn Lindenfels an.

„Kein Problem, wir können sie hier einschließen", er zeigte auf den kleinen Tresor in der Ecke.

Die Kinder machten noch ein Foto von der Karte und verabschiedeten sich erst einmal. Auf dem Weg in die Stadt hingen alle ihren Gedanken nach. Die Karte vor ihrem geistigen Auge und den vielen Ereignissen im Kopf, ließ sie ziemlich still in die Stadt fahren. Als sie auf den Parkplatz des Präsidiums fuhren, seufzte Sophie: „Ich habe absolut überhaupt keinen Schimmer, was Wilhelm uns sagen will."

„Da geht es dir wie mir", erklärte Tobias und Julia nickte.

„Was ist mit dir?", sie schauten Andreas an.

„Sorry, war mit meinen Gedanken gerade woanders. Nein, ich kann mir auch keinen Reim machen", erklärte er dann.

Sie mussten eine Weile auf die Kommissarin warten, die von einem Außeneinsatz zurückkam. Nachdem sie die Kinder begrüßt hatte, kam sie gleich zur Sache.

„Wie ihr sicher wisst, konnten wir das Pärchen verhaften. Sie waren zwar nicht die eigentlichen Drahtzieher, da sind wir noch dabei. Auf jeden Fall haben sie in der Zwischenzeit gestanden und auch weitere Sachen zugegeben. Wir haben einen richtigen Glücksgriff getan. Nur die Hintermänner haben wir noch nicht gefunden. Es ist also weiter Vorsicht geboten. Das wollte ich euch auf jeden Fall selbst sagen.

„Wer von den Beiden war denn nun dieser ominöse Herr Winter?", fragte Julia neugierig.

„Tut mir leid, Julia", meinte die Kommissarin, „dazu darf ich dir leider nichts sagen. Wir sind noch am Ermitteln, das müsst ihr verstehen."

„Könnt ihr mir sagen, wo die Schale geblieben ist", fragte sie weiter.

„Wir haben sie damals in den Geheimgang zurückgelegt", erklärte Sophie.

„Wir haben sie weder dort, noch bei den drei Verdächtigen gefunden. Dafür aber die Münzen", sie öffnete ihre Schreibtischschublade. „Wir haben sie untersuchen lassen und brauchen sie nun nicht mehr. Ihr könnt sie also wieder haben. Bitte unterschreibt mir dafür diese Quittung. Zum Abschluss würde mich schon sehr interessieren, ob ihr mit euren Rätseln weiter gekommen seid."

„Im Moment haben wir einen Lageplan in einem alten Schreibtisch von Wilhelm zu Auersbach gefunden. Allerdings gibt er uns – wie fast immer - ein großes Rätsel auf. Wir wissen noch nicht, was er uns diesmal sagen möchte", erzählte Julia.

„Und morgen müssen wir leider zurück, meine Mutter ist mit ihrer Arbeit hier fertig", Sophies Stimme zitterte.

„Vielleicht kann der Verwalter dann die weitere Suche übernehmen", überlegte die Kommissarin laut, schüttelte aber sofort den Kopf, als sie in die Gesichter der Vier blickte.

„Nein, wir wollen diese Rätsel selbst lösen", ereiferte sich Julia. „Ohne uns wüsste man vermutlich immer noch nicht, dass es etwas zu lösen gäbe. Wir bleiben dran und wenn wir in den nächsten Ferien wieder kommen müssen." Die Anderen nickten zur Bekräftigung.

„Nun gut", meinte die Kommissarin. „Haltet mich auf jeden Fall auf dem Laufenden. Vielleicht ist es auch für unsere Ermittlungen wichtig." Sie gab ihnen ihre Karte und sie verabschiedeten sich.

„Was machen wir jetzt“, fragte Andreas, nachdem sie das Gebäude verlassen hatten.

Sophie und Julia schüttelten den Kopf, Tobias zuckte mit der Schulter.

„Das Wetter ist so herrlich. Ich kenne einen schönen Platz, dort können wir uns etwas zu Essen mitnehmen, den Sonnenschein und die Aussicht auf den Rhein genießen. Was haltet ihr davon?“

„Das ist eine gute Idee und zum Nachtisch nehmen wir uns die Karte von Wilhelm vor“, lachte Sophie.

Nachdem sie mit dem Picknick fertig waren, dösten sie erst mal eine Weile vor sich hin. Keiner hatte Lust, die Sprache auf die Karte zu bringen. Irgendwie spürten alle, dass nun ziemlich das Ende des Rätsels kommen würde. Wie würde ihre so kurze, neue Freundschaft weiter gehen? Sie verstanden sich super, waren aber viel zu weit voneinander entfernt, um sich in Zukunft häufig sehen zu können. Eine Idee zu dieser Karte hatten sie auch noch nicht.

Sophie seufzte gerade als Julia begann: „Fassen wir mal zusammen. Wir haben eine Karte, auf der vermutlich unser Wilhelm Bäume, einen See und einen Hochsitz eingezeichnet hat. Mehr nicht. Wilhelm hat bisher nichts dem Zufall überlassen und er musste damit rechnen, dass weder der Hochsitz noch die Bäume einer eventuell Jahrhunderte dauernden Entdeckung standhalten konnten. Ich kann mir nicht vorstellen, dass er uns zeigen wollte, dass wir mit dem Spaten losziehen sollen, um mal kurz den Wald umzugraben. Zumal eine Holzkiste in diesen vielen Jahrhunderten vermutlich längst verrottet wäre. Nein, Wilhelm hat alles immer gut voraus berechnet. Ich meine, die Karte soll uns sicher woanders hin leiten.“

„Du könntest schon Recht haben“, meinte Andreas und schaute sie an. Das Mädchen gefiel ihm. Eigentlich schon länger, aber eben war es ihm bewusst geworden, als er ihr zuhörte. Blitzgescheit war sie und sie sah umwerfend aus. Das ihm das nicht schon früher aufgefallen war.

„Hey, was starrst du mich so an?“, Julia knuffte ihn in die Seite und Andreas erschrak.

„Nichts, `tschuldigung.“

Sophie, die die Szene beobachtet hatte, schmunzelte, als sie sagte: „Wenn wir mal davon ausgehen, dass Julia Recht hat, was macht es dann aber für einen Sinn, einen Lageplan von einem Wald zu zeichnen, wenn man dort nichts versteckt?“

„Genau, das macht überhaupt keinen Sinn“, gab Tobias zu bedenken.

„Was macht es aber für einen Sinn einen Lageplan zu zeichnen in dem kein Hinweis eingezeichnet ist, das ist doch genauso bekloppt!“, ereiferte sich Julia.

„Vielleicht konnte er nicht mehr eintragen, wo er gegraben hat“, gab Andreas zu bedenken und sie dachten eine Weile darüber nach.

„Nein!“, widerlegte Julia, „Das kann nicht sein. Er hat den Lageplan versteckt, er musste doch wissen, dass noch nichts eingezeichnet war.“

„Und wenn er jemanden damit beauftragt hat?“, Sophie trank aus ihrer Flasche. „Mensch ist das jetzt heiß hier. Ich muss in den Schatten. Wollen wir wieder zum Schloss fahren? Wir müssen uns eh beeilen. Morgen fahren wir heim und vor Ort können wir sicher besser recherchieren.“

„Ich glaube nicht, dass er jemanden damit beauftragt hat. Das Risiko ist viel zu groß, dass dieser „Jemand“ dann selbst nach dem Schatz gesucht hätte. Nein, er hat das, was er gemacht hat, sicher bewusst so gemacht, wie wir es hier vorgefunden haben“, sprach Tobias sehr überzeugend.

„Ich bin deiner Meinung, nur bringt uns das absolut nicht weiter“, Andreas zog Julia hoch und sie räumten ihre Sachen zusammen.

Es dauerte eine ganze Weile, bis sie das Schloss erreicht hatten. Sie unterhielten sich mal ausnahmsweise nicht über die Rätsel und stellten dabei fest, dass sie bisher kaum etwas voneinander wussten. Trotzdem hatten alle Vier den Eindruck, als würden sie sich ewig kennen. Es war schon komisch, wie eine so gemeinsame Sache einen so zusammenschweißen konnte. Von Tobias erfuhren sie, dass sein größter Berufswunsch schon immer Polizist war. Sein Opa war bei der Kriminalpolizei gewesen und hatte diesen Berufswunsch schon immer unterstützt. Seine Eltern allerdings waren davon gar nicht so begeistert. Die unruhigen Zeiten, in denen vor allen Dingen Polizisten oft ihren Kopf hinhalten mussten, um andere zu beschützen, machte ihnen Angst. Bisher hatten sie aber kaum ein Gegenargument gefunden, um Tobias von seinem Wunsch abhalten zu können. Andreas war während seiner Schulzeit einmal hängen geblieben, deshalb schon achtzehn und trotzdem in der gleichen Klasse wie sein Freund. Er interessierte sich für schnelle Autos und würde dieses Interesse gerne zu seinem Beruf machen. Am liebsten natürlich als Formel1-Fahrer. Die Mädchen grinsten. Vielleicht würde er Maschinenbau studieren. Oder erst mal ein Auslandsjahr. Er wusste noch nicht so genau, was er nach dem Abitur machen wollte. Auch die Mädchen erzählten von ihrer schon so lange währenden Freundschaft, die auf das Kindergartenalter zurückging. Von den Problemen, die Sophie in diesem Schuljahr hatte, von ihren gemeinsamen Unternehmungen mit der Clique, ihren Unternehmungen in der Faschingszeit. Aber auch von dem vollgestopften Terminkalender, lange bevor die fünfte Jahreszeit, wie die Faschingszeit auch genannt wird, beginnt. Sie waren gerade bei den Urlauben angekommen, die Sophie und Julia gemeinsam hatten verbringen dürfen, als sie am Schloss ankamen.

„Habt ihr euch eigentlich auch schon Gedanken darüber gemacht, wo die Schale abgeblieben ist?“, griff Julia den Faden der Rätsel wieder auf.

„Ist schon komisch. Herr Lindenfels hat sie doch damals in den Geheimgang zurückgebracht oder? Ja klar“, Sophie schlug sich vor den Kopf, „ihr wart doch dabei.“

„Richtig, wir haben sie ungefähr in der Mitte des Ganges auf den Boden gelegt“, erinnerte sich Tobias.

„Wir sollten den Verwalter mal fragen, ob er eine Erklärung dafür hat“, gab Andreas zu bedenken.

Es dauerte eine Weile bis der Verwalter von seiner Mittagspause zurück war, die er in der Zwischenzeit gemacht hatte. Nun saßen sie gemütlich in seinem Arbeitszimmer bei Tee und Kaffee und ein paar Keksen. Der Verwalter freute sich, dass die Münzen wieder im Besitz der Kinder waren und konnte sich auch keinen Reim darauf machen, wo die Schale abgeblieben war. Diesen Geheimgang, oder besser gesagt seinen Mechanismus, würden nur wenige hier kennen, gab er zu bedenken.

„Wer ist denn für die Reinigung und Pflege dieser Räume beziehungsweise des Kellers verantwortlich“, fragte Sophie und alle schauten sie an. „Wieso schaut ihr mich so an?“

„Warum fragst du das?“, Julia suchte nach einer Erklärung.

„Na denkt doch mal nach“, gab Sophie zurück. „Wir waren doch in dem Gang, aber schmutzig, staubig und von Spinnenweben verhangen war er nur ganz am Anfang, so als ob der Eingang abschrecken sollte. Irgendjemand macht dort sauber und derjenige könnte auch die Schale weggeräumt haben“, sie machte dabei eine kreisende nach innen geneigte Handbewegung die eine Unterschlagung anzeigen sollte.“

„Also ich dachte, der finstere Typ, also der quasi Hausmeister, der macht hier sauber“, überlegte Tobias.

„Nein!“, erklärte Herr Lindenfels. Der finstere Typ, also Herr Schreiber, der ist nicht für die Reinigung der Räume oder des Kellers zuständig. Dafür haben wir eine Reinigungsfirma, die jeden Abend nach Einlassschluss die Räume sauber macht, die Böden pflegt und was sonst noch so anfällt. Dazu gehören natürlich auch die Kellerräume, wobei die nicht jeden Abend sauber gemacht werden. Da ist der Turnus etwas weiter gefasst."

„Und trotzdem muss dort jemand geputzt haben, denn der Gang war recht sauber", erklärte Julia.

„Dieser Herr Schreiber kannte den Geheimgang doch auch", gab Andreas zu bedenken. „Vielleicht hat er sauber gemacht, denn eure Entführung war keine Kurzschlusshandlung. Die hatte er und seine Komplizen sicher geplant."

„Ich kann mir nicht vorstellen, dass der sich vorher hinstellt und den Gang wienert", Tobias lachte laut auf. „Also ich täte das nicht."

„Worauf wollt ihr eigentlich hinaus?", fragte der Verwalter.

„Na ja", gab Julia zu bedenken, „es ist doch immerhin möglich, dass eine Reinigungskraft diese Schale entdeckt und mitgenommen hat. Keine Ahnung, zu welchen Zwecken. Womöglich liegt gar kein Diebstahl vor."

„Das ist, glaube ich, unser geringstes Problem im Moment. Vielleicht habt ihr es schon vergessen, aber wir wollten doch noch mal über den Lageplan nachdenken", kam Sophie auf das eigentliche Thema zurück.

Herr Lindenfels ging zum Tresor und nahm den Lageplan heraus. Er breitete ihn auf seinem Schreibtisch aus und obwohl sie sich die Köpfe zerbrachen, kamen sie zu keinem weiteren Ergebnis. Ein Lageplan, der keinen Hinweis enthielt, was machte der für einen Sinn?

„Kommt, denkt nach", mahnte Sophie. „Ihr wisst, meine Mutter muss morgen zurück und dann müssen wir auch fahren. Wir haben nicht mehr viel Zeit."

„Es nützt nichts Sophie, wenn du uns immer wieder daran erinnerst", gab Tobias etwas schnippisch zurück.

„Ach macht doch euren Kram alleine", war ihre Antwort und sie schaute Tobias dabei mit funkelnden Augen an. „Ich habe die Schnauze langsam voll von diesen Rätseln. Warum konnte er sein Vermögen nicht ordnungsgemäß spenden, so wie jeder vernünftige Bürger es machen kann. Dann hätten wir dieses Problem hier nicht."

„Ohne dich zu maßregeln, könnte ich dir einige gute Gründe nennen, warum er das besser nicht gemacht hat", erklärte der Verwalter mit ruhiger Stimme. „Tobias hat recht, es nützt nichts, wenn wir uns selbst unter Druck setzen. Aber auch Sophies Meinung ist wichtig, denn ab morgen sind die beiden Initiatorinnen nicht mehr da und ab dann müssten wir überlegen, wie wir überhaupt weiter vorgehen wollen. Wir sind nur in diese Geschichte mit verwickelt worden und haben eigentlich kein Recht, alleine weiter vorzugehen. Auf der anderen Seite sind wir es Wilhelm zu Auersbach quasi schuldig, seine Rätsel bis zum Ende zu lösen."

„Ich weiß doch auch nicht, was richtig ist", Sophie hatte sich wieder beruhigt aber ihre Stimme zitterte noch ein klein wenig.

„Herr Lindenfels, erzählen sie uns doch einfach mal, was sie über dieses Waldstück wissen. Was ist das besondere an ihm? Warum ist es überhaupt eingezäunt? Wurde es auch noch zu anderen Zwecken, außer der Jagd, verwendet?", Julia schaute ihn erwartungsvoll an.

„Also", begann der Verwalter, „warum dieses Waldstück so eingezäunt ist, habe ich mich - und da dürft ihr jetzt nicht lachen - auch immer gefragt. Ich habe dafür keine Erklärung. Vielleicht hat man es eingezäunt, um die Tiere, die man dann jagen wollte, auch da zu haben, wenn ihr versteht, was ich meine. Sie hatten ja keine große Möglichkeit zu flüchten. Vermehrt haben sie sich auch und der Lebensraum hat sicher für alle gereicht. Also um die Tiere musste man sich keine Sorgen machen, ein Förster hat sie betreut und das Waldstück ist auch recht groß, das war wahrscheinlich nie ein Problem. Besonders ist an diesem Stück nichts, also zumindest nichts, von dem ich wüsste. Es ist überliefert, dass Wilhelm viel Zeit in diesem Wald verbracht hat. Er hat diesen Hochsitz nicht nur zur Jagd genutzt. Er hat dort auch gesessen und die Tiere beobachtet. Und ihr dürft nicht vergessen, er hatte einen schönen Blick von dort aus auf den See und seine Fontäne."

„Der See hat eine Fontäne?", warf Julia ein.

„Ja, er wurde künstlich angelegt und hat eine wunderschöne Fontäne. Die konnte man sicher vom Hochsitz aus sehen. Wir gehen davon aus, dass die Bäume zur Zeit Wilhelms nicht so hoch waren und er zusätzlich einen guten Blick auf den See hatte. Aber, wie gesagt, das ist nur eine Vermutung. Vorhanden sind seine Aufzeichnungen zu Beobachtungen, die er auf dem Hochsitz gemacht hat."

„Es gibt Aufzeichnungen darüber?", Tobias horchte auf.

„Die gibt es und jetzt, wo ich es erzähle überlege ich auch gerade, ob vielleicht dort ein Hinweis zu finden ist."

„Was gibt es noch in dem Wald?", drängte Andreas.

„Wir sind vor ein paar Jahren mal mit dem Förster sehr genau durch den Wald gegangen, um zu schauen, ob es etwas gibt, was man publikumswirksam anbieten kann, also sprich, ob man den Wald für die Bevölkerung zur Besichtigung, Erholung oder ähnliches freigeben könnte. Außer dem See mit einer zugegebenen wunderschönen Fontäne und dem Hochsitz gibt es nichts und deshalb hatten wir uns entschlossen, den Wald weiter unter Verschluss zu halten. Was wäre die Kehrseite gewesen, wenn jeden Tag vielleicht ganze Horden durch den Wald gestreift wären? Man hätte dort ständig Müll wegräumen müssen, man hätte die Waldwege sichern müssen und vieles mehr. Das hätte den Rahmen gesprengt. Ich sehe doch, was hier nach einem Tag für Müll herumliegt und wie viel Geld wir in die Reinigung und Pflege der Außenanlage stecken müssen. Das hätte sich nicht gelohnt."

„Wo sind denn die Aufzeichnungen von Wilhelm?", fragte Sophie, wie immer ungeduldig.

„Sie liegen auch dort, wo wir uns vor ein paar Tagen die Bibel angeschaut haben", erklärte der Verwalter, stand auf und holte den Schlüssel für den Turm aus dem Schlüsselschrank.

Die Aufzeichnungen von Wilhelm zu Auersbach waren umfangreich, das merkten die Kinder erst, als Herr Lindenfels nicht aufhörte, Kisten heranzubringen. Darin waren außer seinen Aufzeichnungen auch Teile seiner Sammlung, die er akribisch geführt hatte. Zu seinen Beobachtungen zählten nicht nur die Tiere, sondern auch die Pflanzen. Es dauerte eine Weile, bis sie die Blätter, die er beschrieben hatte, vorsichtig herausgefischt hatten. Ehrfürchtig schauten sie auf diese, kaum lesbare, Schrift.

„Na toll", es war natürlich Sophies Stimme, die man in dem Raum hörte, „ich kann das überhaupt nicht lesen. Wie sollen wir da einen Hinweis finden?"

„Sophie!", schallte es aus den Mündern ihrer Freunde.

„Ist ja schon gut. Warum ist das überhaupt so eng geschrieben und so klein?"

„Weißt du Sophie", Herr Lindenfels sprach wieder ganz ruhig, „früher hatte man nicht so viel Papier, wie man es heute hat. Man konnte nicht gerade mal in ein Geschäft gehen und Papier kaufen. Bis ins 19. Jahrhundert wurde Papier aus Zellstofffasern hergestellt. Dazu sammelte man abgenutzte Leinentextilien, die sogenannte Lumpensammler in die Papiermühlen brachten. Dort wurden sie unter anderem geschnitten, gewaschen und zerfasert. Der Papiermacher schöpfte mit dem Schöpfsieb eine gewisse Menge aus dem Brei heraus, ließ das Wasser ablaufen und so entstand Seite für Seite. Diese wurden in dafür vorgesehenen Räumen oder auf dem Dachboden getrocknet. Das arme Volk hatte kaum Zugang zu Papier. Was hätten sie auch schreiben wollen, das konnten sie meistens nämlich nicht. Papier hatten die Kirchen, Reiche und es gab schon Zeitungen."

„Wir haben mal auf einem Mittelalterfest Papier geschöpft, weißt du noch Sophie?", erinnerte sich Julia.

„Ja, stimmt, aber das sah anders aus, als hier."

„Papier ist Witterungseinflüssen unterworfen. Hast du schon mal ein Blatt Papier in der Sonne liegen lassen. Schau dir das mal nach ein paar Tagen an. Das verändert sich. Bedenke bitte, wie alt die Aufzeichnungen von unserem Wilhelm sind. Da kann man froh sein, dass man überhaupt noch etwas lesen kann", erklärte Herr Lindenfels ruhig weiter. „Ich habe während meines Studiums auch zwei Semester Philologie studiert und kann ein bisschen mit alten Schriften umgehen. Wir schauen mal, wie weit wir kommen."

Sie kamen nicht weit. Dies lag nicht an den zwei Semestern von Herrn Lindenfels, der machte seine Sache recht gut. Es lag an Wilhelm selbst. Nicht mit einer Silbe oder einem Bogen und schon gar nicht mit einem Pinselstrich bezog sich Wilhelm hier auf seine Rätsel. Sie hatten einige Zeit damit verbracht und noch längst nicht alles gesichtet, da vibrierte Sophies Handy.

Sophie las laut vor: „Wir fahren morgen doch nicht heim, es haben sich neue Erkenntnisse ergeben. Vermutlich wird es noch ein paar Tage dauern. Ich hoffe, das ist auch in deinem Sinn☺. Kuss Mama"

„Das ist die beste Nachricht des Tages", rief Julia und umarmte die Freundin.

„Na dann müssen wir uns überhaupt nicht hetzten", freute sich auch der Verwalter und nahm das nächste eng beschriebene Blatt Papier aus dem Karton.

Es war schon später Nachmittag, als sie endlich alle Blätter durchgeschaut hatten. Leider mit keinem brauchbaren Ergebnis. Hier hatte sich Wilhelm nicht darüber ausgelassen, was er mit seinem nächsten Rätsel gemeint hatte.

„Wäre auch zu schön gewesen", seufzte Julia. „Ich bin hundemüde. Ich könnte mir vorstellen, dass wir für heute Schluss machen, den Lieferservice etwas auf unser Zimmer bringen lassen und vorher oder nachher ein kuscheliges Bad, das wäre ein absoluter Traum."

„Und wir?", Tobias und Andreas schauten verdutzt. „Wir kommen in deinem Traum wohl nicht vor oder?"

„Ich finde, ihr beiden", und sie ging langsam auf Andreas zu, „ihr seht auch furchtbar müde aus." Sie zwinkerte ihm zu und kniff ihm fest in die Wange, so dass Andreas aufschrie.

„Au! Du kannst ganz schön gemein sein. Komm Tobias, wir machen nachher einen Männerabend."

Nachdem Andreas die Mädchen am Hotel abgesetzt hatte, nicht ohne ihnen süffisant einen schönen Abend zu wünschen, fuhren er und Tobias weiter zu ihm. Sie wollten es sich bei ihm gemütlich machen, auch den Lieferservice bemühen und sich einen Film nach dem anderen anschauen. Die Mädchen ließen sich ihren Schlüssel geben und fuhren mit dem Fahrstuhl nach oben. Sophie schloss die Tür auf und sie traten ein. Sie hatte die Tür noch nicht richtig geschlossen, da war Julia rückwärts in ihr Bett gefallen. Sie streifte die Schuhe ab, räkelte und streckte sich.

„Was für ein schöner Tag heute und dass wir noch länger bleiben dürfen, finde ich einfach toll."

„Freust du dich nur, weil wir damit noch Zeit für das Rätsel haben oder hat deine Freude auch noch einen anderen Grund?", Sophie hatte sich ebenfalls die Schuhe ausgezogen und legte sich neben die Freundin.

„Wie meinst du das?"

„Ich finde, du und Andreas, ihr wärt ein schönes Paar", Sophie kicherte.

„Ach hör auf. Ich finde ihn sehr nett und ja, er gefällt mir auch ein kleines bisschen", Julia zeigte mit Daumen und Zeigefinger, wie viel für sie ein kleines bisschen bedeutete. „Aber was soll ich mit einem Freund, den ich nur mal am Wochenende oder im Urlaub besuchen kann? Ich mag jetzt nicht darüber nachdenken. Was wollen wir essen?"

„Wenn das deine einzige Sorge ist", Sophie schaute sie an.

„Nicht meine Einzige. Ein paar Gedanken mache ich mir auch zu dem Lageplan. Ich finde immer noch keinen Reim. Gib mir doch mal dein Handy oder noch besser, schick mir das Bild rüber. Vielleicht, wenn ich in der heißen Badewanne liege und der Dampf so aus der Wanne in meinen Kopf steigt…", Julia lachte. „Chinesisch oder Italienisch?"

„Hä"

„Was du essen möchtest", Julia rollte die Augen gen Himmel. „Ich muss doch wissen, welche Speisekarte ich öffnen soll."

Die Mädchen entschieden sich für Italienisch und Julia ließ sich ein Bad ein. Nach einer Weile griff sie zu ihrem Handy und öffnete das Bild mit dem Lageplan. Sie betrachtete es lange und überlegte, was Wilhelm ihnen mit diesem Plan sagen wollte. Sie schloss die Augen und träumte vor sich hin. Sie sah einen jungen Mann, der auf seinem Hochsitz saß und verträumt zu einem Seerosenteich schaute. In der Abendsonne im Spätsommer sahen die Blätter der Bäume einfach toll aus. Er beobachtete in dieser Stille die Tiere. Vögel zogen ihre Kreise, manchmal hüpfte ein Hase am Waldrand entlang, schaute kurz hoch und hoppelte schnell weiter. Sie öffnete die Augen und schaute wieder auf ihr Handy. Vielleicht hat dieser Plan etwas mit Mathematik zu tun, dachte sie. Niemand hat bisher überlegt, ob man die Bäume zählen muss und das vielleicht in ein Alphabet übertragen muss. Das probiere ich jetzt mal. Vier Bäume aneinandergereiht sind vier Buchstaben des Alphabetes, dann müsste das der Buchstabe D sein. Dann sind es sechs, sechs und vier Bäume. Ergibt DFFD. Kein Wort wird so geschrieben. Also falsch. Vielleicht nach unten lesen. Also

DFEAEC, genauso ein Quatsch. Nein, das war es sicher nicht. Sie legte ihr Handy wieder zur Seite und träumte weiter.

Auf dem Bett liegend träumte auch Sophie. Sie war eingeschlafen und eine ganze Horde Spürhunde war gerade hinter ihr her. Sie hetzte durch einen Wald, der ihr bekannt vorkam. Sie betrat eine Lichtung und schaute sich um. Oben auf dem Hochsitz stand Tobias mit einem Gewehr in der Hand. Er zielte auf sie und rief „Pass auf, du räudiger Köter." Sophie lief und lief, stolperte über Wurzeln, rutschte über Laub und hörte es knallen. Sie rieb sich den rechten Arm, denn der Knall war ihr Fall aus dem Bett gewesen. Sie war auf ihre rechte Seite geknallt.

„Was ist los", rief es aus dem Badezimmer.

„Nichts!", erklärte Sophie. „Habe mich nur gestoßen." Was für ein blöder Traum, dachte Sophie.

Nachdem auch Sophie gebadet und sie ihre Pizzen gegessen hatten, kamen sie wieder auf ihr Lieblingsthema. Wilhelm zu Auersbach.

„Ich verstehe ihn nicht", erklärte gerade Julia. „Und du weißt, ich habe ihn bisher immer gut verstanden", fügte sie hinzu.

„Hast du schon mal versucht, die Bäume zu zählen und..."

„Und in Buchstaben umzuwandeln?", Julia lachte leise auf. „Ja, das war auch meine Idee. Kommt allerdings nur Buchstabensalat dabei heraus."

„Also keine Mathematik", seufzte Sophie.

„Nein, leider nicht".

„Und Geometrie?", Sophies Stimme wurde höher, als sie weitersprach.

„Wie meinst du das?", grübelte Julia.

„Also, schau mal mit mir auf den Plan. Da haben wir einen Hochsitz, der ist, na sagen wir mal viereckig, vielleicht auch ein bisschen rechteckig. Dann haben wir den Wald, der ist auf jeden Fall rechteckig angelegt. Dazu kommt der Teich, der bestimmt rund oder na ja, vielleicht auch oval ist. Das sind doch alles Formen in der Mathematik oder?“

„Stimmt!“, gab Julia ihrer Freundin recht. „Aber weißt du eigentlich, wie viele Formen es sonst noch in der Mathematik gibt?“

„Na mir brauchst du das nicht sagen, mit Mathe stehe ich zurzeit so“, und sie kreuzte zwei Finger übereinander.

„Was ist denn gebräuchlich in der Mathematik außer Quadrat und Kreis“, überlegte Julia laut weiter.

„Na, da würde mir nur das Dreieck einfallen“, rief Sophie.

„Siehst du denn hier ein Dreieck?“, Julia beugte sich erneut über das Bild auf ihrem Handy.

„Ja klar, hier.“ Sie deutete auf die Mitte des Planes. „Wenn Wilhelm auf dem Hochsitz saß und Richtung Fontäne schaute, dann guckte er quasi in ein angelegtes Dreieck aus Bäumen.“

„Das habe ich mir auch gerade überlegt“, meinte Sophie. „Aber was sagt uns das? Das in diesem Bereich etwas vergraben ist. Du liebes Bisschen, wie eklig. Außerdem können wir doch nicht das ganze Waldstück dort umgraben. Wer weiß, um welche Größenordnung es sich hier handelt.“

„Und ob es überhaupt stimmt“, immerhin ist es nur eine Vermutung von uns“, gab Julia zu bedenken.

„Aber eine gute“, schloss Sophie als es an der Tür klopfte. Sophie stand auf und öffnete die Tür. Ihre Mutter stand im Türrahmen.

„Na, seid ihr fleißig am Lernen?“, sie schaute ins Zimmer.

„Eher nicht, Mama“, gab Sophie kleinlaut zu. „Aber das Rätsel ist im Moment so spannend“, und sie begann ihrer Mutter zu berichten. Diese hörte aufmerksam zu und betrachtete auch den Plan.

„Wie ich sehe, habt ihr euch schon etwas zu essen bestellt“, sagte sie nachdem die Mädchen alles erzählt hatten und stand auf. „Ich werde schnell noch eine Kleinigkeit im Restaurant essen und dann auch auf mein Zimmer gehen. So spät will ich heute nicht ins Bett, morgen früh muss ich zeitig wieder aufstehen. Schlaft gut, ihr Mädchen." Sie gab Sophie einen Kuss, strich Julia übers Haar und schloss die Tür von außen.

Am nächsten Morgen wachten die Mädchen fast gleichzeitig auf. Es war noch recht früh am Tag und so faulenzten sie noch eine Weile im Bett, bis sie aufstanden. Während Julia unter der Dusche stand schaute Sophie auf ihr Handy. Außer einem „guten Morgen-Gruß" ihrer Mutter war eine Sprachnachricht von Tobias und Andreas darauf. Abgeschickt war sie gestern am späten Abend und Sophie hörte hinein: „Unser Männerabend läuft super", hörte man Tobias sagen und Andreas von hinten grölen „yeah, yeah, yeah". „Liegt ihr schon brav im Bettchen?", das war wieder Tobias´ Stimme. Im Hintergrund hörte sie, wie jemand eine Flasche öffnete, es zischte zumindest laut. „Wir würden die Ladys morgen früh gerne abholen, wenn es erlaubt ist". „Und seid brav bis dahin", das war die Stimme von Andreas. Dann brach die Sprachnachricht ab. Puh, dachte Sophie. Das kann ja heiter werden überlegte sie, hielt der verdutzten Julia das Handy ans Ohr und schritt anschließend ins Bad.

Julia hatte in der Zwischenzeit den Herren eine Sprachnachricht zurück geschickt, auf die die Beiden bisher nicht geantwortet hatten. Die Mädchen waren bereits beim Frühstück und anschließend auf ihrem Zimmer gewesen, hatten sogar schon einen Spaziergang bei dem herrlichen Wetter unternommen als Sophies Handy klingelte.

Tobias Stimme hörte sich verschlafen an, als er sich meldete: „Sorry, Sophie, ich weiß auch nicht, was in uns gefahren ist. Der Männerabend hat uns etwas umgehauen. Ich gehe jetzt mal Andreas wecken, keine Ahnung wo der ist. In seinem Bett auf jeden Fall nicht, da liege nämlich ich drin und ich würde vorschlagen, wir treffen uns in einer Stunde vor dem Hotel. Ist dir das recht?"

Sophie nickte und sagte zur Bekräftigung auch noch: „Ja." Dann legte sie auf.

Ziemlich pünktlich, eine Stunde später, fuhren Andreas und Tobias vor dem Hotel vor. Tobias trug eine dunkle Sonnenbrille, Andreas sah eigentlich aus wie immer.

„Du glaubst doch nicht, dass wir zu euch ins Auto steigen, wenn ihr so eine Nacht hinter euch habt, wie man glauben muss, aus der Sprachnachricht von gestern entnehmen zu müssen", Julia blieb demonstrativ stehen.

„Boah, wie lange hast du gebraucht, um diesen Satz auswendig zu lernen", kam es mit lauter Stimme hinterm Steuer hervor.

„Lass mal Julia", versuchte Tobias zu erklären. „Andreas war eigentlich ganz brav, ich habe etwas über die Stränge geschlagen. Er kann fahren. Nur ob ich heute als Beifahrer tauge, das wird sich erst noch herausstellen müssen."

„Strafe muss sein", kommandierte Julia. „Komm schwing dich nach hinten, ich setze mich neben Andreas."

Tobias musste dann doch erst noch mal kurz eine Toilette aufsuchen aber dann konnten sie losfahren. Er lehnte mit leicht schweißnassem Gesicht an der Schulter von Sophie und sie waren beide froh, als der Parkplatz vom Schloss vor ihnen auftauchte. Nachdem Tobias hier erst mal durchatmen musste, ging es ihm langsam besser. Der Tee mit etwas Zucker, im Büro des Verwalters, weckte die Lebensgeister und brachte den Kreislauf in Schwung. Nachdem sie sich gestärkt hatten, spazierten sie mit dem Verwalter zum umzäunten Waldstück. Die Mädchen berichteten ihm und auch den Jungs unterwegs von ihren Erkenntnissen. Da es sonst keine Lösungsvorschläge gab, wollten sie mit ihrer Entdeckung beginnen. Als sie die Baumgruppe erreicht hatten, um die es sich laut Abbildung handeln sollte, begannen sie, sich umzusehen.

„Habe ich es mir doch gedacht", hörten sie die Stimme des Verwalters. Sie schauten ihn fragend an und er fuhr fort: „Bei dieser Baumgruppe handelt es sich um Linden. Und Linden, müsst ihr wissen, können recht alt werden. Es ist also durchaus möglich, dass hier bewusst Linden gepflanzt wurden. Oder wenn sie schon da waren, hat er sich vielleicht bewusst für diese Art entschieden, weil er wusste, dass die sehr lange leben können. Für mich ein Hinweis, dass ihr mit eurer Entdeckung recht haben könntet."

„Aber wenn die Linden damals schon da waren und vermutlich kleiner waren, als sie heute sind, was können die uns dann sagen?", wollte Julia wissen.

„Ehrliche Antwort? Ich weiß es nicht", Herr Lindenfels schüttelte mit dem Kopf.

„Kann doch nicht wahr sein, dass wir nun jede dieser Linden von unten nach oben untersuchen müssen, ob da vielleicht Wilhelm irgendwo ein kleines Kreuzchen gemacht hat", unverkennbar Sophies Stimme.

„Vielleicht die einzige, wenn auch einfache, logische Erklärung", überlegte Andreas laut.

Tobias hatte sich etwas Abseits ins Gras gelegt und döste vor sich hin. Ihm war im Moment nicht so sehr nach Schatzsuche zumute.

Die Mädchen und Andreas suchten systematisch die Bäume ab. Der Verwalter hatte ihnen einen Zweitschlüssel dagelassen, da er zurück ins Büro musste.

„In Goethes Gedicht steht zum Schluss doch auch irgendwas von ausgraben oder graben?", überlegte Julia laut und Sophie zückte ihr Handy und schaute nach.

„Du hast recht, da steht unter anderem *„…Nicht zurück an diesen Ort. Grabe hier nicht mehr vergebens!"* … Ich befürchte ja, wir müssen hier den halben Acker umgraben."

„Ach Sophie, sei doch nicht immer so negativ", Julia kam von ihrem Baum herüber.

„Du weißt doch, wie mich solche Sachen ekeln. Mein Verhältnis zu Spinnen und anderem Kleintier ist nicht das Beste."

„Nicht das Beste?", Julia lachte laut auf. „Hattet ihr überhaupt schon mal eins?"

„Komm! Wir machen eine Pause und legen uns zu Tobias ins Gras", meinte Julia. Sie lagen eine Weile ruhig nebeneinander nur Sophie saß sehr aufrecht und beobachtete alles um sich herum.

„Manchmal finde ich es schon erschreckend, wie treffsicher Goethe in seinem Gedicht die Situation beschrieben hat. Als hätte er einen heimlichen Informanten gehabt", meinte Sophie.

„Na ja, unter treffsicher stelle ich mir schon ein bisschen was anderes vor. Jeder interpretiert in Gedichte andere Sachen hinein. Ähnlich wie bei Horoskopen, die stimmen auch immer. Denk doch nur an deine Interpretationen, die du in der Schule schon mal geschrieben hast. Ich gehe jede Wette ein, dass es selten nur eine Meinung in der Klasse gab", Andreas schaute Julia an.

„Also graben müssen wir hier bestimmt, wir sollten uns beim nächsten Mal einen Spaten mitnehmen", witzelte Julia und stand auf. Dankbar erhob sich auch Sophie. Sie wollte lieber weiter suchen als hier im Gras sitzen. Das viele Kleingetier, ihr wisst schon.

Es war nicht einfach, die alten Bäume zu untersuchen. Einige waren wirklich ziemlich alt, sie sahen aus, als hätte schon Wilhelm sie gesehen. Ihre Rinde sah richtig adrig aus. Wenn hier jemand etwas eingeritzt hatte, konnte man das kaum noch lesen. Nach einer Weile glaubten sie, an einem besonders schön verästelten Baum, einen Hinweis gefunden zu haben und mussten gleich wieder lachen. Diesen Hinweis hatte der Baum wohl selbst eingearbeitet.

„Schaut mal hier", Andreas rief die beiden Mädchen zu sich. „Hier hat man eine kleine Tafel angebracht und der Baum hat sie schon ein bisschen verschluckt. Könnt ihr da was drauf erkennen?"

Julia kam näher und schaute sich die Tafel an. Sophie hielt einen gewissen Sicherheitsabstand. Sie hatte bereits gesehen, dass nicht nur Rinde am Baum war.

„"Linde" könnte das erste Wort heißen. Darunter vermutlich eine Jahreszahl, ich glaube „1608"?"

„Ist das nicht das Geburtsjahr von unserem Wilhelm?", fragte Sophie aus sicherer Entfernung.

„Mensch Sophie, klar, das ist das Geburtsjahr von Wilhelm. Was für ein Zufall", Julia war begeistert.

„Und wenn es kein Zufall ist", kam es von der kleinen Lichtung."

„Wie meinst du das, Tobias?", fragte Sophie.

„Zufälle gab es bei den Rätseln doch eher kaum. Ich meine, wenn Wilhelm diesen Baum als Botschafter auserkoren hat, dann musste er ihn doch irgendwie kennzeichnen. Er konnte aber auch schlecht schreiben: „Hier ist der Baum von Wilhelm. grabt hier an Wurzel sechs und ihr findet meinen Schatz". Nein, er wollte uns mit dem Baum und seinem Geburtsjahr vermutlich einen weiteren Hinweis geben."

„Einen weiteren Hinweis, das ist doch kein Hinweis", das war diesmal Julias Stimme, die leicht in höheren Tonlagen rangierte. „Allmählich kann ich Sophie verstehen, wir haben jetzt genug gerätselt."

„Kannst du denn noch etwas lesen?", fragte Sophie.

„Ja, da steht noch etwas aber das ist so schlecht zu entziffern. Wartet mal, ich versuche ein Foto zu machen. Vielleicht können wir es auf dem Handy oder am Computer vergrößern."

Auf dem Handy war zwar eine Vergrößerung möglich, aber dadurch wurde es so unscharf, dass man nichts erkennen konnte. Nachdem sie das Foto per Mail an Herrn Lindenfels geschickt hatten, spazierten sie langsam zum Schloss zurück.

„Was wollen wir eigentlich machen, wenn wir mal mit den Rätseln fertig sind?", fragte Sophie.

„Wie meinst du das," Tobias schaute sie an.

„Ich meine, sehen wir uns denn wieder? Wir verstehen uns so gut, wir können doch unmöglich nach all dem, was wir erlebt haben..."

„Es gibt doch die sogenannten Sozialen Netzwerke, da können wir uns dann gegenseitig unsere Essensbilder schicken, wie das so manche machen", lachte Andreas.

„Natürlich werden wir weiterhin Kontakt halten", versprach Tobias.

„So weit wohnen wir nun auch nicht voneinander entfernt, da können wir uns schon gegenseitig besuchen", warf Julia ein. „Außerdem haben wir doch auch mal wieder Ferien, ich denke, da findet sich etwas."

Herr Lindenfels war nicht an seinem Platz und das Büro verschlossen. Die Dame an der Kasse erklärte, er wäre im Schloss unterwegs und so schlenderten sie mal wieder durch die Ausstellung. Sie fanden den Verwalter im sogenannten Blumenzimmer. Er schaute sich mit einem Handwerker die Fenster an. Als dieser sich verabschiedet hatte, ging er auf die Kinder zu.

„Habt ihr schon etwas gefunden?", er schaute von einem zum anderen.

„Wir haben das an einem besonders alt aussehenden Baum gefunden", Sophie holte ihr Handy heraus und zeigte ihm das Schild.

„Da kann ich leider absolut nichts drauf erkennen, die Augen", und seufzte ein wenig mitleidig mit sich selbst.

„Wir haben das Foto auch nur gemacht, um es vielleicht am PC zu vergrößern. Die Handyvergrößerung reicht nicht aus", erklärte Sophie weiter.

„Auf dem Schild steht ganz oben das Wort „Linde", darunter vermutlich die Jahreszahl „1608" und das ist Wilhelms Geburtsjahr", erklärte Julia. „Auch darunter ist noch etwas eingraviert, das konnten wir leider nicht mehr lesen. Deshalb das Foto und nun wollten wir sie bitten, dass sie mal ihren PC hochfahren, wir haben es ihnen schon per Mail geschickt."

„Na dann kommt mal mit."

Im Büro setzten Julia und Sophie sowohl die Kaffeemaschine als auch den Wasserkocher in Gang, während Herr Lindenfels den PC hochfuhr und die Mails abrief. Nachdem er das Foto aufgemacht und vergrößert hatte konnte man verschwommen zwei Buchstaben und zwei Zahlen erkennen.

„NO 73", las der Verwalter laut vor.

„No 73, was soll das denn sein?", Tobias schaute Herrn Lindenfels über die Schulter und schüttelte den Kopf.

„Vielleicht Nummer 73?", überlegte Julia laut.

„Möglich", antwortete der Verwalter. „Dann wäre es zum Beispiel der 73. Baum. Das wäre kein Hinweis."

„Außerdem müsste es dann Nr. heißen und nicht No, wir sind nicht in Italien", gab Tobias zu bedenken, der Italienisch als dritte Fremdsprache hatte.

„Könnte auch aus dem Französischen stammen, aber da hätte ein Punkt hinter dem „o" stehen müssen", ergänzte Sophie, die Französisch als zweite Fremdsprache gewählt hatte.

„Damit hätten wir das auch geklärt", der Verwalter drehte die Augen schmunzelnd gen Himmel. „Vermutlich steht es nicht für das Wort Nummer, sind wir uns darin einig?

„Habt ihr schon mal darüber nachgedacht, ob es sich bei „N" und „O" um die Himmelsrichtungen handeln könnte?", Herr Lindenfels nahm seine Brille ab und putze sie.

Andreas pfiff durch die Zähne: „Dann könnte es sich um Norden und Osten handeln?"

„Richtig"

„Und bei den Zahlen 7 und 3 um…", weiter kam Andreas nicht, denn Sophie und Julia schrien gleichzeitig: „Schritte handeln."

„Oder Meter", ergänzte Tobias.

„Nein, Meter sicher nicht. Erst Ende des 18. Jahrhunderts wurde das Längenmaß Meter festgelegt. Wilhelm konnte dieses Maß also noch nicht kennen", erklärte Herr Lindenfels. „Früher hat man üblicherweise mit Klafter, Elle, Fuß, Schritt oder Zoll gemessen. Das hat er uns nun leider nicht überliefert, wie er die fünf und die drei vermessen hat. Wie sollen wir weiter vorgehen?"

Julia überlegte laut: „Wenn es sich wirklich um Schritte handelt, dann sollten wir uns mit einem Spaten bewaffnen und schauen, was Wilhelm vergraben hat. Hoffentlich hat er ein Gefäß verwendet, das den Witterungseinflüssen von 350 Jahren standgehalten hat. Also Holz scheidet für mich da aus", lachte sie.

„Ich würde noch einen Kompass mitnehmen", schlug Herr Lindenfels vor, was bei den Kindern nur ein müdes Lächeln hervorrief.

„Dabei", lachten sie, während Tobias auf seine Hosentasche klopfte, in der sein Handy steckte und gingen mit dem Verwalter zur Tür hinaus. Er holte aus dem Geräteschuppen zwei Spaten und eine Spitzhacke, „Sicher ist sicher", meinte er und gemeinsam zogen sie los.

Am Baum angekommen nahm Tobias sein Handy heraus und richtete den Kompass aus. Er stellte sich an den Baum und ging sieben Schritte geradeaus. Sie hatten in der Zwischenzeit im Internet nachgeschaut und herausgefunden, dass man früher von einer Schrittlänge von 71 – 75 cm ausging. Julia reichte ihm zwei Stöckchen, die er auf den Boden als Markierung legte. Nun ging er drei Schritte Richtung Osten und markierte auch diese Stelle.

„Einige kleine Unschärfen bei der Berechnung der Schrittlänge mal außen vor gelassen, müsste sich der „Schatz" ungefähr in diesem Areal befinden", und er ging gemessen an dem zweiten Paar Stöckchen eine Strecke von zwei Mal zwei Metern ab.

„Das müssen wir jetzt alles umgraben?“, unverkennbar Sophies Stimme.

„Nein, nicht unbedingt. Wenn du Röntgenaugen hast, langt auch ein kurzer Blick von dir“, antwortete Julia trocken. Sie lachten und begannen mit der Ausgrabung.

Kapitel 13 - Ausgrabung

Zum Glück hatte es in den vergangenen Nächten immer ein wenig geregnet. Außerdem lieferte der Baum sich selbst genügend Schatten, so dass der Boden darunter, den sie nun umgruben, einigermaßen locker war. Die Jungs behandelten ihn abwechselnd vorsichtig mit der Spitzhacke, die Mädchen versuchten gemeinsam mit dem Verwalter die Erde abzutragen. Sie hatten sich auf eine Tiefe von ungefähr einem halben Meter geeinigt. Es ging langsam voran und die Kräfte bei den Mädchen erlahmten zusehends.

„Puh, ist das anstrengend“, meinte Julia.

„Macht eine Pause, ich übernehme euren Spaten“, sagte Tobias.

Die Mädchen setzten sich auf die mitgebrachte Decke und tranken etwas. Julia legte sich hin und schaute durch die Zweige in den Himmel. Da rief Tobias: „Moment mal, hier habe ich einen Widerstand.“

Er versuchte vorsichtig mit dem Spaten die Erde zu lockern. Nach einer Weile kam ein brauner Deckel zum Vorschein. Die Mädchen sprangen auf.

„Lass mich mal!“, sagte Herr Lindenfels. „Ich werde versuchen, die Erde ganz vorsichtig mit den Händen wegzunehmen. Nicht, dass wir auf den letzten Metern noch etwas kaputt machen.“

Etwas später hatte der Verwalter den Deckel komplett freigelegt. Er war verschlossen. Er nahm eine kleine Schaufel und legte einen Ring um den Deckel frei. Nun konnte man erkennen, dass es sich um einen Tontopf handelte. Nach einer weiteren halben Stunde und vielen Schweißtropfen später war der Tontopf soweit freigelegt, dass sie ihn herausziehen konnten.

„Was ist denn da ekliges um den Deckel herum?", fragte Sophie.

„Das könnte Pech sein", erklärte Herr Lindenfels. „Je nachdem, was sich im Inneren befindet, hat man den Tontopf mit Pech versiegelt, damit keine Feuchtigkeit eindringen kann. Ich würde vorschlagen, wir nehmen den Topf mit und öffnen ihn in unserem Gerätehaus."

Die Vier waren damit einverstanden und so schaufelten sie zunächst das Loch wieder zu. Danach gingen sie zum Schloss zurück. Sie kamen nur langsam voran, da der Topf sehr schwer war. Alle waren sehr gespannt, als der Verwalter im Gerätehaus ein Teppichmesser zur Hand nahm und den Pechrand löste. Anschließend hob er vorsichtig den Deckel hoch und legte ihn zur Seite. Er zog sich die mitgebrachten Handschuhe an und fasste in den Tontopf. Sophie ekelte sich umsonst, kleine und auch größere Bewohner kamen nicht zum Vorschein. Zunächst holte er mehrere Säcke mit Münzen heraus, zumindest ließ die Schwere und Form darauf schließen. Weiter unten lagen sowohl ein großer Sack mit Edelsteinen als auch mit Schmuck. Zum Schluss zog Herr Lindenfels ein Pergamentpapier heraus. Er fühlte noch einmal herum, hatte aber nichts vergessen. Die Jungs hoben den Tontopf zur Seite, Julia nahm den Handfeger und befreite den Tisch von den Erdresten.

„Erst die Schätze oder erst das Papier?", Herr Lindenfels schaute von einem zum anderen.

„Papier", kam es aus vier Mündern.

Herr Lindenfels breitete das Pergament vorsichtig aus.

Lieber Finder,

ich freue mich, dass Ihr nun erfolgreich meinen Schatz in den Händen haltet. Mein Vermächtnis soll sein, nur Gutes damit zu tun. Ich habe ihn von einer alten Hexe verfluchen lassen, solltet Ihr ihn an Euch nehmen und für Euch behalten wollen. Sie hat mir bei ihrer Ehre versichert, dass ihre Zaubersprüche bisher immer gewirkt haben. Tuet in meinem Namen Gutes, das ist mein letzter Wille.

Euer stets ergebener

Wilhelm zu Auersbach

„Vielleicht sollten wir die Säcke nehmen und uns in mein Büro verziehen. Ich glaube, dort können wir erst mal eine kleine Stärkung gebrauchen. Außerdem habe ich dort die Möglichkeit, die Fundstücke auf geeignete Unterlagen zu legen und gegebenenfalls gleich zu fotografieren. Während Sophie und Andreas die Kaffeemaschine füllten und das Teewasser kochten, half Julia dem Verwalter, den Inhalt des ersten Sacks vorsichtig auszubreiten. Sie staunten nicht schlecht, wie viele Münzen vor ihren Augen lagen. Der Verwalter holte seine Lupe und betrachtete einige Stücke sehr intensiv.

„Ich bin kein Experte für Münzen aber ich meine schon, dass hier ein paar sehr wertvolle Stücke dabei sind. Genau müssen natürlich die Mitarbeiter vom Denkmalamt darauf schauen. Nur sie können den genauen Wert beziffern. Auch im zweiten und dritten Sack befanden sich nach intensiver Betrachtung nur alte Münzen.

„Wilhelm hat hier augenscheinlich ein beträchtliches Vermögen zusammen getragen“, erklärte Herr Lindenfels und nippte an seinem Tee. „Nun schauen wir mal in den Sack mit den Steinen.“

Sie ließen die Steine behutsam auf die Auslagen gleiten während Andreas durch die Zähne pfiff. Sie staunten nicht schlecht, was da vor ihnen lag. Rubine, Smaragde und Saphire funkelten um die Wette, dazu ein nicht unbeträchtlicher Anteil an ungeschliffenen Diamanten.

„Ich vermute, dass alleine die Edelsteine einen sehr großen Wert haben", der Verwalter war sprachlos und nahm den letzten Sack, um den Inhalt langsam auf dem Schreibtisch auszubreiten. Darin waren Goldarmbänder, mit Edelsteinen gefasste Broschen, Armbänder, Halsketten. Es glitzerte und funkelte auf dem Schreibtisch.

„Was machen wir denn nun?", fragte Julia. Wir können diese wertvollen Sachen unmöglich hier in den Safe einschließen oder irgendwohin transportieren. Es ist zwar sehr unwahrscheinlich, dass uns jemand an der Nasenspitze ansieht, welchen Wert wir in den Säcken haben, aber trotzdem."

„Nein, Julia, das wäre viel zu gefährlich", erklärte der Verwalter und tupfte sich wieder den Schweiß von der Stirn. „Ich werde mich umgehend mit der Polizei und dem Denkmalamt in Verbindung setzen, damit man uns jemanden zur Bewachung bis zum Abtransport vorbei schickt."

Eine halbe Stunde später hatten sich zwei Polizisten eingefunden, die mit der Bewachung beauftragt worden waren. Zwei zuständige Herren vom Denkmalamt waren bereits unterwegs, verspäteten sich aber. Sophie telefonierte in der Zwischenzeit mit ihrer Mutter, die kaum glauben konnte, was ihre Tochter erzählte. Nachdem alle Personalien aufgenommen und die Fundstücke sicher verwahrt waren, verabschiedeten sich die Herren. Die Vier ließen sich auf die Stühle fallen und griffen beherzt in die Keksdose, die Herr Lindenfels ihnen hingestellt hatte.

„Was für ein tolles Ende unsere Schatzsuche nun genommen hat", meinte Julia.

„Haben sie eine Ahnung, wie das nun weitergeht?", Sophie schaute Herrn Lindenfels an. „Immerhin hat Wilhelm verfügt, dass mit dem Schatz nur Gutes zu tun ist. Er soll ja verflucht sein, was man so hört", sie grinste.

„Soweit mir in Erinnerung ist, gehört alles, was man als „Schatz" findet, dem Land, also in diesem Fall dem Land Nordrhein-Westfalen. Die werden entscheiden, ob man die Fundstücke in Museen gibt oder ob sie nicht weiter wertvoll sind. Das müssen wir abwarten und das wird sicher noch eine ganze Weile dauern."

„Das heißt, wir haben kein Mitspracherecht, was mit den Fundstücken passieren wird?", Julia schaute Herrn Lindenfels mit großen Augen an.

„Ich befürchte nein", er schaute betreten drein.

„Das finde ich überhaupt nicht in Ordnung", Andreas Stimme klang wütend. „Nicht nur, dass wir seit Tagen schuften wie die Blöden, nun können wir noch nicht mal Wilhelms letzten Wunsch erfüllen. So haben wir aber nicht gewettet."

Es klopfte und herein kam Sophies Mutter. Sie hatte es sich nicht nehmen lassen und war in der Mittagspause zum Schloss geeilt.

Kapitel 14 - Ende gut, alles gut

„Ich hätte zu gerne die Fundstücke noch gesehen, aber leider konnte ich meine Mittagspause nicht früher legen. Was macht ihr denn für betrübte Gesichter?"

„Wir haben gerade erfahren, dass wir mit dem Schatz nichts Gutes tun können, weil das Land automatisch Eigentümer des Schatzes wird", erklärte Tobias.

„Nun, das ist nicht so ganz richtig. Ich habe mich da vorhin etwas eingelesen. Die Gesetzeslage ist schwierig und ich hoffe, ich habe es richtig verstanden. Der Gesetzgeber definiert einen

Schatzfund nämlich damit, dass ein Schatz nur ein Schatz ist, wenn der Eigentümer nicht mehr zu ermitteln ist. Wenn es noch einen Eigentümer gibt, dann kann der Finder eigentlich keinen Anspruch erheben, außer natürlich einen Finderlohn. Anders ist das, wenn der Eigentümer auf sein Eigentum verzichtet hat, dann kann der Finder schon einen Anspruch erheben. Das sollten wir auf jeden Fall mal im Hinterkopf behalten, sollte uns das Denkmalamt leer ausgehen lassen. Ich habe unseren Rechtsanwalt in der Firma bereits kontaktiert, er hat uns Hilfe zugesichert, sollte sie von Nöten sein. Habt ihr denn schon mal überlegt, was ihr mit dem „Finderlohn" anfangen wollt. Welches Projekt möchtet ihr unterstützen? Vielleicht denkt ihr in den nächsten Tagen mal darüber nach. Und nun würde ich vorschlagen, wir gehen was Essen, möchten sie mitkommen, Herr Lindenfels?"

Während sie zum Parkplatz gingen, überlegten sie, worauf sie Lust hatten und entschieden sich für einen Chinesen in der Nähe, der ein Mittagsbuffet anbot. Während des Essens erzählten die Kinder Sophies Mutter noch einmal, wie sie den Schatz nun gefunden hatten. Sophie zeigte ihrer Mutter auch die Bilder.

„Ich bin immer noch sehr beeindruckt, wie ihr das so toll herausgefunden habt." Sie schaute die Mädchen an.

„Ohne die Hilfe der Jungs", dabei schaute Sophie auch den Verwalter an, „hätten wir das sicher nicht geschafft. Auch der Onkel von Tobias und Frau Maurer haben uns geholfen. Also wir hätten alleine vermutlich wesentlich länger gebraucht oder hätten die Rätsel vielleicht auch nie lösen können."

„Was habt ihr heute noch vor?", fragte Tobias die Mädchen.

Sophie schaute ihre Mutter an. „Ich glaube, heute darf ich mir noch einmal eine Auszeit vom Lernen nehmen, ab morgen muss ich bestimmt meine Nase wieder in die Schulbücher stecken."

„Was schlagt ihr vor?", Julia wollte gerade aufstehen, um sich noch etwas vom Buffet zu holen. „Ihr kennt euch doch hier besser aus als wir." Nachdem sie sich noch etwas Reis und Erdnusssoße auf ihren Teller geschöpft hatte, kam sie an den Tisch zurück. „Konntet ihr euch einigen?"

Ich würde vorschlagen, wir fahren schwimmen und gehen heute Abend bowlen, was haltet ihr davon?", schlug Andreas vor.

Der Nachmittag und Abend ging wie im Flug vorbei. Sie saßen im Hotelgarten ziemlich abseits und überlegten, ob sie morgen noch einmal etwas gemeinsam unternehmen wollten. Sophie würde am nächsten Morgen in die Schulbücher schauen. Julia erklärte ihr zu helfen, damit sie schneller durchkam. Die Jungs schlugen vor, einen Abstecher in einen Freizeitpark zu unternehmen. Die Mädchen waren begeistert und das Wetter sollte weiterhin phantastisch bleiben. Sie verabredeten sich für den nächsten Mittag.

Die nächsten Tage vergingen recht schnell. An den Vormittagen half Julia ihrer Freundin bei den zu bewältigenden Aufgaben. Ab Mittag trafen sie sich immer mit Andreas und Tobias. Gegen Ende der Woche erklärte Sophies Mutter, dass sie Samstag nun endgültig heimfahren würden. Sie wollte am Nachmittag zur Denkmalbehörde fahren und hatte sich mit der Sachbearbeiterin zu einem Termin verabredet. Die Mädchen wollten unbedingt dabei sein und so fuhren sie am letzten Tag vor ihrer Abreise zur Denkmalbehörde. Die Sachbearbeiterin war eine ältere Frau, die sich ihr Anliegen in aller Ruhe anhörte. Nachdem Sophies Mutter geendet hatte erklärte sie den Anwesenden, dass man die Edelsteine und Schmuckstücke bereits gesichtet hatte. Sie hatten einen nicht unbeträchtlichen Wert. Die Münzen konnten bisher nur zu einem kleinen Teil angeschaut werden, dafür waren es einfach zu viele. Auch hier waren Stücke dabei, die so gut erhalten waren, dass man diese gerne in geeignete Museen geben wollte.

Wie schon von Sophies Mutter angenommen, würde den Kindern ein nicht unerheblicher Teil an Finderlohn zustehen, da wollte sich das Land Nordrhein Westfalen auch nicht drücken. Nur im Moment könnte man noch nicht genau die Höhe festlegen. Sie vermutete aber schon, dass der Finderlohn sich auf einen fünfstelligen Betrag beziffern würde. Als die Mädchen das hörten, freuten sie sich sehr, dass ihre Mühe so belohnt wurde. Die Sachbearbeiterin versprach, sich wieder bei ihnen zu melden und so machten sie sich auf den Weg zum Hotel. Sophies Mutter wollte am Abend mit allen Beteiligten noch einmal Essen gehen. Sie beauftragte die Mädchen, diese zu informieren. Beim Abendessen nahmen dann außer den Kindern und Sophies Mutter auch Herr Lindenfels, Frau Maurer, sie ging noch an Krücken, und Tobias Onkel Platz. Sie hatten gerade die Vorspeise gegessen, da gesellte sich auch noch die Kommissarin dazu. Sie erzählte von den letzten Ermittlungen, sofern man diese bereits Preis geben konnte. Wie bereits beim letzten Mal berichtet, hatte das Pärchen noch einiges mehr auf dem Kerbholz und so saßen sie auch noch in Untersuchungshaft. Namen von Hintermännern hatten sie bisher nicht verraten. Auch der finstere Typ, Herr Schreiber, würde wohl bis zum Prozessbeginn in Untersuchungshaft bleiben. Vermutlich müssten die Mädchen noch mal nach Köln kommen, um ihre Aussage vor Gericht zu machen. Das würde davon abhängen, ob Herr Schreiber bis dahin geständig wäre. „Bleibt eigentlich nur noch das Rätsel der Schale zu klären. Diese ist bisher nicht wieder aufgetaucht“, schloss die Kommissarin ihren Bericht.

„Aber wieso?“, hörte man die Stimme von Frau Maurer.

„Die Schale aus dem Rätsel, die wir dann in den Geheimgang zurückgelegt haben, die ist bis heute verschwunden“, erklärte Herr Lindenfels.

„Na die habe ich doch aus dem Geheimgang geholt, nachdem Herr Schreiber überführt worden war. Sie liegt in meinem Schreibtisch.“

Alle lachten während Herr Lindenfels meinte: „Dann wäre dies also auch geklärt" und ließen sich den Hauptgang schmecken. Nachdem die gebrauchten Teller vom Kellner herausgetragen waren, fragte Sophies Mutter die Mädchen, Tobias und Andreas, was sie mit dem Finderlohn Gutes tun wollten.

„Also!", erklärte Sophie und schaute ihre Mitstreiter an. „Wir haben die letzten Tage schon mal überlegt, was man damit machen könnte. Dass es jetzt so viel ist, ist natürlich eine ganz tolle Sache, stellt uns aber auch vor die Entscheidung, sollen wir eine Sache unterstützten oder wäre es besser mehrere Projekte zu bedenken. Wir haben uns dafür entschieden, das Geld an drei Organisationen zu spenden."

„Eine sehr gute Idee.", lobte Tobias´ Onkel und fügte hinzu, „Nennt mir später mal die Namen, denn ich möchte den Betrag noch etwas aufstocken. Ich habe keine Familie, keine Kinder, das wäre sicher auch im Sinne von Wilhelm.

Alle klatschten und Tobias schaute seinen Onkel verdutzt an.

„Keine Angst", der Onkel lachte. „Du erbst schon auch noch etwas davon."

„Lass dir damit aber noch ein bisschen Zeit, mit dem Vererben meine ich", lachte auch Tobias.

Es wurde noch ein sehr vergnüglicher Abend und trotzdem stimmte es Sophie und Julia traurig. Sie mussten ab morgen in ihren Alltag zurück. Zu Hause würden keine spannenden Rätsel mehr auf sie warten, wenn überhaupt vielleicht spannende Schulbücher. So zögerten sie mit vielen Fragen, die sie sowohl Tobias´ Onkel als auch dem Verwalter stellten, den Abschied noch etwas hinaus. Da kam Sophies Mutter auf eine Idee. Sie nahm die beiden Mädchen kurz zur Seite und besprach sich mit ihnen. Als die Mädchen heftig nickten erklärte sie: „Was haltet ihr davon, Tobias und Andreas, wenn ihr uns in der nächsten oder übernächsten Woche mal besuchen kommt. Die Mädchen haben noch Ferien, ihr habt noch Ferien und Platz haben wir."

Die Jungs schauten sich an und lächelten. „So etwas Ähnliches hatten wir heute Nachmittag auch schon ausgeheckt. Wir haben uns im Internet mal nach einem geeigneten und nicht so teuren Hotel umgeschaut. Aber so wäre es natürlich noch viel besser." Die Mädchen jubelten. So endete der Abend richtig schön.

Am nächsten Morgen nach dem Aufstehen packten die Mädchen ihre Sachen in die Koffer und gingen zum Frühstück. Sophies Mutter saß schon am Tisch und unterhielt sich mit Tobias, der heute mal wieder Dienst hatte. Andreas wollte auch gleich vorbei kommen, ließ er die Mädchen wissen, denn sie wollten sich noch verabschieden. Die Mädchen erfreuten sich noch einmal an dem leckeren Frühstück, da kam Andreas schon herein. Es war nicht mehr viel los im Speisesaal und so setzte er sich zu den Mädchen und trank eine Tasse Kaffee. Als sie fertig waren, gingen sie auf ihr Zimmer und holten die Koffer. Sophies Mutter bezahlte in der Zwischenzeit an der Rezeption die Rechnung. Die Jungs halfen, die Koffer im Auto zu verstauen.

„Melde dich mal", raunte Sophie Tobias zu.

„Auf jeden Fall. Wir kommen sicher in der nächsten Woche bei euch vorbei."

Andreas zog Julia etwas zur Seite. „Ich", versuchte er ein Gespräch zu beginnen. „Ich wollte dir nur sagen, dass ich…"

„Ja", Julia schaute ihn fragend an.

„Ich wollte dir nur sagen, dass ich dich mag. Ach verdammt, ich habe damit überhaupt keine Übung. Ich glaube, ich habe mich ein bisschen in dich verliebt", er schaute verlegen auf den Boden. Und statt etwas zu erwidern, legte sie beide Arme um seinen Hals und drückte ihn fest an sich.

Ich möchte mich bei einigen Personen für die tatkräftige Unterstützung bedanken.

Danke an meine Familie, dass sie mir die Zeit gelassen hat, mir einen lang gehegten Traum zu erfüllen.

Danke an meinen Mann für seine Geduld, aber auch für die Gespräche über technische Fragen oder gute Impulse, wenn ich mich mal etwas verstrickt hatte.

Danke an meine Schwester für die Korrekturen.

Danke an meine Kinder, die mich inspiriert haben, so etwas zu schreiben.

J.W. v. Goethe: Der Schatzgräber

Arm am Beutel, krank am Herzen,
Schleppt' ich meine langen Tage.
Armut ist die größte Plage,
Reichtum ist das höchste Gut!
Und, zu enden meine Schmerzen,
Ging ich, einen Schatz zu graben.
Meine Seele sollst Du haben!
Schrieb ich hin mit eignem Blut.

Und so zog ich Kreis' um Kreise,
Stellte wunderbare Flammen,
Kraut und Knochenwerk zusammen:
Die Beschwörung war vollbracht.
Und auf die gelernte Weise
Grub ich nach dem alten Schatze
Auf dem angezeigten Platze.
Schwarz und stürmisch war die Nacht.

Und ich sah ein Licht von weiten,
Und es kam gleich einem Sterne
Hinten aus der fernsten Ferne,
Eben als es zwölfe schlug.
Und da galt kein Vorbereiten.
Heller ward's mit einem Male
Von dem Glanz der vollen Schale,
Die ein schöner Knabe trug.

Holde Augen sah ich blinken
Unter dichtem Blumenkranze;
In des Trankes Himmelsglanze
Trat er in den Kreis hinein.
Und er hieß mich freundlich trinken;
Und ich dacht': Es kann der Knabe
Mit der schönen lichten Gabe
Wahrlich nicht der Böse sein.

"Trinke Mut des reinen Lebens!
Dann verstehst Du die Belehrung,
Kommst mit ängstlicher Beschwörung
Nicht zurück an diesen Ort.
Grabe hier nicht mehr vergebens!
Tages Arbeit, abends Gäste!
Saure Wochen, frohe Feste!
Sei Dein künftig Zauberwort."

Mai 1797

Quelle: https://de.wikipedia.org/wiki/Der_Schatzgr%C3%A4ber_(Goethe)

Das Geheimnis von Schloss Auersbach ist ein Kriminalroman für Jugendliche ab 12 Jahren und für jung gebliebene Erwachsene. Vier Jugendliche schlittern in ihren Ferien in ein Abenteuer. Die Rätsel, die sie gestellt bekommen, sind nicht immer einfach. Alle versuchen ihr Bestes. Können sie am Ende das Geheimnis des Wilhelm von Auersbach, der ihnen immer mehr ans Herz wächst, lösen und einen Schatz heben?

Heike Scholze wurde 1966 in Frankfurt am Main geboren. Nach einer kaufmännischen Ausbildung arbeitete sie zunächst für ein Versandhaus und später bei einer Versicherung. Für ihre Kinder begann sie das Schreiben eines Kinderkriminalromans. In ihrer Freizeit beschäftigt sie sich gerne mit ihrer Enkeltochter. Mit ihrem Mann lebt sie in einem Stadtteil von Frankfurt.